〈침묵〉의 소리

〈침묵〉의 소리

2016년 10월 26일 초판 1쇄 인쇄
2023년 10월 26일 초판 2쇄 발행

지은이   엔도 슈사쿠
옮긴이   김승철
펴낸곳   도서출판 동연
펴낸이   김영호
등 록   제1-1383호(1992. 6. 12)
주 소   (03962) 서울시 마포구 월드컵로 163-3
전화/팩스   02-335-2630 / 02-335-2640
인스타그램   https://www.instagram.com/dongyeon_press

ⓒ 도서출판 동연, 2016

ISBN 978-89-6447-325-2 03830

〈침묵〉의 소리

엔도 슈사쿠 지음 | 김승철 옮김

동연

엔 도 슈 사 쿠 가 들 려 주 는 " 〈침묵〉의 소리 "

01

02

03

01 엔도 슈사쿠가 어릴 때 세례를 받았던 슈쿠가와 교회

02 소토메마치(外海町)에 있는 〈침묵의 비〉와 엔도 슈사쿠

03 오우라천주당 앞 계단을 오르는 엔도 슈사쿠

나의 의도는 '신은 침묵하고 있는 것이 아니라 말씀하고 있다'는 것이었다.
즉 '침묵의 소리'라는 의미가 포함된 〈침묵〉이라고 생각하고 있었는데
소설의 제목이 오독의 원인이 되고 말았다.

04 엔도 슈사쿠

05 소설 〈침묵〉의 자필 원고

06 기리시단들이 처형되었던 니시자카 공원의 현재 모습

'후미에'란 '밟는 그림'이라는 뜻으로서, 배교의 상징이었다.
후미에를 밟으면 기독교 신앙을 버린 것으로 간주되어 풀려났다.
후미에에 남겨진 발가락 자국은 결코 남의 일이 아니었다.
그것이 나로 하여금
소설을 쓰도록 만들었던 것이다.

01 동판으로 된 후미에
02 〈침묵〉 집필의 결정적 계기가 되었던 오우라천주당
03 엔도가 지니고 있던 종이 후미에

04 프치챵 신부의 "신도 발견"을 기념하는 비(오우라천주당)

05 아기 예수를 안고 있는 성모 마리아상(오우라천주당)

06 〈침묵〉에서 페레이라와 로드리고가 만나는 것으로 설정되었던 사이쇼지(西勝寺)

〈침묵〉의 주제는 "기리시단 주거지 관리인의 일기"에 숨겨져 있으므로
이 부분을 읽지 않는다면 '신의 침묵'의 참된 의미를 알 수 없다.

01 "기리시단 주거지 관리인의 일기"의 원본이 수록된 〈사켄요로쿠〉

02 일본 26 가톨릭 성인 순교자기념비

03 다테야마 부교소 입구

차례

화보   4

역자 서문 및 해설   11

침묵의 소리   23

일기(페레이라의 그림자를 찾아서)   92

아버지의 종교, 어머니의 종교: 마리아 관음(觀音)에 대하여   104

기리시단 시대의 지식인   119

그리스도의 얼굴   123

유다와 소설   129

어머니 되시는 분   137

작은 마을에서   184

〈침묵〉을 새롭게 읽는다   226
     "기리시단 주거지 관리인의 일기" 해제 및 번역과 주해

침묵의 비(碑)

가톨릭 작가 엔도의 주제,
〈침묵〉과 "기리시단 주거지 관리인의 일기"

　여기에 번역하는 엔도 슈사쿠(遠藤周作, 1923-1996)의 『침묵의 소리沈黙の声』는 1992년에 출판되었습니다. 엔도가 세상을 떠나기 4년 전이었습니다. "침묵의 소리"라는 제목이 말해주듯이, 이 책은 엔도의 대표작이라고도 할 수 있는 소설 〈침묵〉을 집필하기까지의 경위와 배경 그리고 〈침묵〉이 출판되고 나서 독자들과 비평가들이 보였던 반응에 대해서 작가 자신의 소회를 기록한 책입니다.

　〈침묵〉이 발표되었던 것이 1966년이었으므로, 그로부터 약 30년 가까이 지난 시기에 작가가 자신의 작품에 대해서 스스로 언급한 책이 바로 『침묵의 소리』인 것입니다. 더욱이 이 책에는 〈침묵〉이 발표되었던 시기를 전후해서 〈침묵〉과 동일한 주제에 대해서 썼던 여러 단편들을 모아놓았으므로, 〈침묵〉을 이해하는데 있어서 그리고 나아가서는 엔도의 문학세계 전체를 이해하는데 있어서 많은 도움이 되리라고 여겨집니다.

2016년은 엔도가 세상을 떠난 지 20주년이 되는 해이고, 또 『침묵』이 발간된 지 50주년을 맞이하는 해입니다. 소설 〈침묵〉은 미국의 영화감독 마틴 스콜세지에 의해서 영화 〈Silence〉로도 제작되었습니다. 이미 2015년에 촬영을 마친 이 영화는 2016년 말쯤에는 개봉되리라는 소식이 들려옵니다. 이러한 시기에 〈침묵〉에 대해서 작가 스스로가 말한 책 『침묵의 소리』가 번역되어 출판될 수 있다는 사실에 엔도 슈사쿠를 공부하는 한 사람으로서 감사하게 생각하고 있습니다.

가톨릭 작가 엔도의 주제

엔도 슈사쿠는 1923년에 도쿄에서 태어났습니다. 어린 시절에 그는 아버지의 직장 관계로 가족과 함께 만주의 다롄大連으로 이주하였습니다. 그런데 거기서 소년 엔도는 부모님 사이의 불화로 인해서 우울한 나날을 보냅니다. 결국 부모님은 이혼하게 되고, 엔도는 어머니를 따라서 고베로 돌아와 슈쿠가와 가톨릭교회에서 세례를 받았습니다. 이혼한 후 어머니는 기독교 신앙에 귀의하고, 그 어머니의 권유로 어린 엔도도 기독교 신앙을 가지게 되었습니다. 이 책에 실려 있는 단편 〈어머니 되시는 분〉에는 이러한 엔도의 어린 시절의 경험이 그대로 반영되어 있습니다.

그러나 엔도는 자신이 받았던 세례에 대해서 끝없는 의문을 지니게 됩니다. '서구에서 들어온 기독교가 아시아에서 태어나 자라난 내

엔도가 어릴 때 세례를 받았던 슈쿠가와 교회

게 도대체 무슨 의미가 있을까' 하는 것이 그를 따라다니던 물음이었습니다. 이 물음에 대해서 적절한 답을 찾을 수 없었던 엔도는 급기야 신앙을 버릴까 하는 생각을 한 적도 있었습니다. 하지만 그럴 수는 없었습니다. 왜냐하면 그 신앙은 자기를 그 누구보다도 사랑해주시던 어머니가 선물로 주신 신앙이었기 때문입니다. 어머니가 선물로 주신 신앙을 버린다는 것은 곧 어머니를 버린다는 것을 의미하였기 때문입니다.

그래서 엔도는 하나의 결심을 하게 됩니다. 그리고 사실은 이 결심이 소설가 엔도를 탄생시켰습니다. 그 결심이란 다름 아니라, 어머니가 선물로 주신 서구의 기독교 신앙을 아시아 사람인 자신의 몸에 맞는 신앙으로 만들어 가겠다는 결심이었습니다. 엔도 자신의 말을 빌린다고 한다면, 그는 서구 기독교라고 하는 "몸에 맞지 않는 양복"을 자신의 몸에 맞는 옷으로 만들고자 하였던 것입니다.

한 사람의 신앙인으로서 그리고 한 사람의 작가로서, 엔도는 평생에 걸쳐서 이러한 시도를 참으로 성실하게 그리고 끈질기게 수행하였습니다. 그 결과 태어난 작품이 다름 아닌 〈침묵〉입니다. 〈침묵〉에서 엔도가 형상화시켰던 기독교 신앙은 어머니가 자기 자식을 감싸 안아주시는 것처럼 약한 인간을 무한히 끌어 안아주시는 신에 대한 신앙이었습니다. 기독교가 박해 받던 시기에 무자비한 방법으로 신앙을 버리도록 강요를 받았던 사람들, 그래서 어쩔 수 없이 신앙을 버렸노라고 할 수밖에 없었던 사람들조차 버리지 않고 끌어안으시는 신, 어머니처럼 자애로운 신을 엔도는 〈침묵〉을 통해서 표현하고자 하였던 것입니다.

〈침묵〉은 서구 기독교의 탈서구화를 통해서 기독교 신앙을 일본과 아시아에 뿌리내리려는 시도였다고 할 수 있습니다. 이른바 기독교 신앙의 토착화를 위한 시도였습니다. 그리고 이런 점에서 〈침묵〉은 한국의 기독교인들에게, 그리고 비단 기독교인뿐만 아니라 자신의 영혼을 울릴 수 있는 신앙을 찾고자 애쓰는 한국의 모든 종교인들에게도 시사하는 바가 크다고 할 것입니다.

그런데 엔도가 이 책의 제목을 "침묵의 소리"라고 정한 것에는 중요한 사실이 포함되어 있습니다. 그것은 이 책에서 엔도가 쓰고 있는 것처럼, 〈침묵〉이라는 작품은 '신은 침묵하고 있다'라고 오해되어서는 안 된다는 사실을 말하고자 함입니다. 엔도가 말하려고 했던 것은 '신은 침묵하고 계신 것이 아니라 말씀하고 계신다'라는 것이었습니다. 하지만 제목이 "침묵"이라고 되어 있으니, 사람들은 '아! 이 책은 신이 침묵하고 있다는 것은 말하는 것이구나'라고 여겼던 것입니다.

원래 엔도가 정했던 제목은 "침묵"이 아니었습니다. 그것이 어떤 것이었는지 그리고 어떻게 해서 "침묵"이라는 제목으로 결정되었는가에 대해서는 본문에 상세하게 기록되어 있으므로, 여기서는 거론하지 않기로 하겠습니다. 독자들께서 직접 읽어 주시기를 바랍니다.

〈침묵〉과 "기리시단 주거지 관리인의 일기"

다만 여기서는 한 가지만 말씀드리고자 합니다. '신은 침묵하고 계신 것이 아니라, 말씀하고 계신다'는 것을 엔도는 〈침묵〉에서 이미 분명하게 써놓았다는 사실입니다. 그러나 엔도가 불만을 함의한 듯한 말로 표현하고 있듯이, 독자들은 그 사실을 간과해버리고 말았던 것입니다.

'신은 침묵하고 계신 것이 아니라 말씀하고 계신다'는 사실을 기록한 것이 〈침묵〉의 말미에 있는 "기리시단 주거지 관리인의 일기切支丹屋敷役人日記"라는 장입니다. 엔도는 이곳에서 고문과 폭력에 의해서 기독교 신앙을 버리겠노라고 말하지 않을 수 없었던 사람들—주인공 로드리고를 포함한 많은 신자들 이 사실은 평생에 걸쳐서 내면적으로 신앙을 지니고 있었으며, 더욱이 비밀리에 그 신앙을 후대에 전해나갔다는 사실을 또렷하게 기록하였던 것입니다.

그런데 사람들은 맨 마지막에 있는 이 "기리시단 주거지 관리인의 일기"를 읽지 않고 책을 덮었던 것입니다. 뿐만 아니라 지금까지 한글로 번역된 『침묵』에는 이 장이 아예 번역에서 누락되어 있으므로, 한국의 독자들로서는 소설 〈침묵〉에 "기리시단 주거지 관리인의 일기"가 실려 있다는 사실조차 알 수 없었던 것입니다.

　"기리시단 주거지 관리인의 일기"는 엔도가 〈조쿠조쿠군쇼루이쥬続々群書類従〉라는 문서집 안에 들어있는 "사켄요로쿠査祆余録"로부터 발췌해서 고쳐 쓴 것입니다. 엔도는 이 문서를 그대로 베껴온 것이 아니라, 자신의 분명한 의도하에 "발췌해서 고쳐 썼던" 것입니다. 그러므로 그것은 명백히 엔도의 작품 〈침묵〉의 일부일 뿐만 아니라, 〈침묵〉의 대단원에 해당하는 중요한 부분입니다. 오래전에 고인이 된 유명한 평론가 다케다 토모쥬의 지적대로, 〈침묵〉의 주제는 "기리시단 주거지 관리인의 일기"에 숨겨져 있으므로 이 부분을 읽지 않는다면 '신의 침묵'의 참된 의미는 알 수 없을 것입니다.

　하지만 대부분의 〈침묵〉의 독자들은 이 작품의 결론이라고 해야 할 "기리시단 주거지 관리인의 일기"를 읽지 않고 책을 덮어버렸습니다. 왜 그랬을까요? 사실 "기리시단 주거지 관리인의 일기"는 초판본에는 본문보다 작은 활자로 인쇄되어 있었고, 중세로부터 근대에 걸쳐서 일본의 공문서나 서간 등에 사용되던 문체인 이른바 '소오로오분'(候文: 문장 끝이 정중함과 겸양을 나타내는 조동사 소오로오候로 끝나기에 붙여진 명칭)으로 쓰여 있습니다. 그러므로 현대의 일반 독자들에게 낯선 이 문서는 독서에서 제외되어 버렸다고 추론해 볼 수 있습니다. 많은 사람들은 "기리시단 주거지 관리인의 일기"를 〈침묵〉에 붙어있는 부록쯤으로 여겨 책을 덮었고, 번역자들은 아예 번역에서 생략하지 않았나 생각합니다.

그렇다면 엔도는 왜 이러한 글쓰기 방식을 택하였을까요? 자신의 작품의 결론 부분을 일부러 이해하기 어렵게 만들었다고도 할 수 있는 그러한 글쓰기 방식을 채택한 이유는 무엇일까요? 이 물음은 엔도의 문학 전체와도 관계가 있는 중요한 물음이기에 이 짧은 글에서 다 논할 수 없을 것 같습니다. 그러므로 이 물음에 대한 대답은 다른 기회로 미루기로 하고, 여기서는 "기리시단 주거지 관리인의 일기"의 몇 부분을 인용해 보도록 하겠습니다. 그렇게 함으로써 〈침묵〉의 주제는 '신의 침묵'이 아니라, '신은 말씀하고 계신다'는 점을 이해할 수 있을 것이라 기대합니다. 엔도의 『침묵』은 『침묵의 소리』로서 다시 읽어야 한다는 말입니다.

엔뽀(延宝) 원년(元年) 계축년(癸丑年, 1673년)

11월 9일 아침 6시경, 보쿠이가 병사病死함. 검사 오카치메쯔케御徒目付 기무라 요에몬과 우시다 진고베가 두 명의 코비토메쯔케小人目付와 함께 오다. 요리키与力 쇼오자에몬, 덴에몽, 소베에, 겐스케, 도오신同心 아사쿠라 사부로에몬, 아라카와 큐자에몬, 카이누마 칸에몬, 후쿠다 하치로베에, 히또츠바시 마타베가 입회함. 보쿠이는 무료인無量院이라는 절에서 화장되었고, 보쿠이가 받은 계명은 코오간 죠오텐 젠조몬向岸清轉定門이었다. 엔도 히코베, 쿠미가시라[与頭] 코다카 토자에몬이 보쿠이의 하인이었던 토쿠자에몬이 지니고 있던 모든 소지품을 샅샅이 검사하였으며, 후미에踏絵를 밟게 한 후, 자신이 머무는 집으로 물러가도록 명함.

기리시단 수도사였던 보쿠이가 세상을 떠나자 그를 수행하던 도쿠자에몬의 소지품을 조사하고 후미에를 밟도록 하였다는 말은 도쿠자에몬도 보쿠이의 영향으로 기리시단 신앙을 가지게 된 것은 아닌가 하고 의심을 받았다는 뜻입니다. 이것은 기리시단 주거지 안에서도 기리시단 신앙이 비밀리에 이어져 왔음을 말해준다고 보아야 할 것입니다. 실제로 기리시단 신부나 수도사들이 배교를 맹서한 후에도 그들을 계속해서 수용소 안에 감금하였다는 것은 바쿠후幕府가 이들의 배교를 진정한 것으로 인정하지 않고, 고문에 의해서 마지못해 배교했노라고 선언했음을 간파하였기 때문일 것입니다. 다른 곳을 한군데 더 인용해 보겠습니다.

엔뽀 4년 병진년(丙辰年, 1676년)

오카다 산에몬이 데리고 온 츄우겐中間 키치지로가 수상하다고 의심을 받아 감옥에 갇혔다. 파수꾼 초소에서 키치지로의 주머니 속에 있는 일용품들을 검사한 결과 그가 목에 걸고 있던 부적 주머니에서 기리시단들이 존경하는 본존本尊[1]이 그려진 상像이 하나 나왔다. 그 본존의 한편에는 성 바울로와 성 베드로가, 반대편에는 가브리엘 천사가 새겨져 있었다. 키치지로는 옥에서 불려 나와 어디 출신이며, 친척은 누구인가 등에 대해서 문초를 당했다. 그가 태어난 곳은 규슈의 고토五島이며, 올해 54세가 되었다.

[중략]

---

1 본존: 예수상.

토오토오미노카미 님께서도 이곳까지 몸소 오셔서 서원으로 키치지로를 호출하시어 기리시단의 본존을 누구로부터 받았는가 하고 엄히 물으셨다. 그러자 키치지로가 대답하기를, 3년 전에 이곳을 찾아왔던 츄우겐 사이자부로가 그것을 가지고 있었으며, 그가 이곳에 왔을 때 땅에 떨어뜨렸으므로 자기가 그것을 주워놓았다고 하면서, 이 사실은 당시 문지기였던 토쿠에몬도 알고 있노라고 하였다. 그리하여 토쿠에몬도 불려 나와 심문을 받기에 이르렀는데, 그가 말하기를 "옷과 물건을 햇볕에 널어놓고 말리고 있던 어느 여름날 그러한 일을 보았다"라고 하였다. 다시 이것을 산에몬으로부터 받은 것은 아닌가라고 추궁 당하였으나, 키치지로는 말하기를, 산에몬으로부터 이러한 것을 받을 틈이라고는 전혀 없었는데, 그 자세한 이유는 산에몬에게 갈 때에는 언제나 당번인 도오신 두 사람이 산에몬과 자기를 각각 따라다녔으므로 그렇게 할 틈이 없기 때문이라고 하였다.

키치지로는 〈침묵〉 속에서 몇 번이나 신앙을 버렸던 약한 사람이었습니다. 그는 붙잡혀서 고문을 받게 되면 곧 신앙을 버리곤 하였고, 심지어는 신부 로드리고를 밀고하여 그가 붙잡히도록 한 인물이기도 하였습니다. 예수를 배반했던 유다 같은 사람이었지요. 하지만 "기리시단 주거지 관리인의 일기"에서 엔도는 키치지로가 여전히 기리시단 신앙을 가지고 있었다고 쓰고 있습니다. 그는 기독교 신앙을 나타내는 메달을 몸에 지니고 있었던 것이지요. 더구나 이 메달은 로드리고—위의 문장에서 오카다 산에몬이라는 일본 이름으로 불리는 사람이 〈침묵〉의 주인공 로드리고 신부임—로부터 받은 것이 아니냐고 추궁을 받아도, 키지지로는 예전과 달리 로드리고를 보호하기 위해서 말을 둘러대고 있습니다. 약하고 비굴하기까지 했던 신앙인 키치지로가 어느새 강한 신앙인으로 다시 태어났던 것입니다.

이번에 엔도가 〈침묵〉에 대한 자신의 입장을 쓴 작품인 『침묵의 소리』를 한글로 옮기면서, 그동안 한국에는 소개되지 못했던 "기리시단 주거지 관리인의 일기"를 번역해서 실었습니다. "관리인의 일기"를 읽으심으로써 〈침묵〉의 주제는 "신의 침묵"이 아니라, "신은 침묵 속에서 말씀하고 계신다"는 점이었다는 사실을 다시 한번 이해할 수 있다고 생각합니다. 엔도의 〈침묵〉은 『침묵의 소리』로서 다시 읽어야 한다는 사실을 "기리시단 주거지 관리인의 일기"는 말해주고 있는 것입니다.

참고로 이 책에 실린 "기리시단 주거지 관리인의 일기"는 본 역자의 졸역으로 「기독교사상」 691호(2016년 7월호)에 주해와 함께 실렸었지만, 이번에는 당시 지면의 제한으로 말미암아 생략할 수밖에 없었던 각주와 설명문을 첨가하였습니다.

언제나 그래왔습니다만, 이번에 이 책을 번역하여 출간하면서도 많은 분들의 도움을 입었습니다. 먼저 이 책과 "기리시단 주거지 관리인의 일기"를 한국어로 번역하여 출판하도록 쾌히 허락해주시고 격려해주신 엔도 슈사쿠의 아드님 엔도 류노스케遠藤龍之介 씨께 심심한 감사를 드립니다. 저는 몇 년 전부터 "엔도 슈사쿠를 읽는 모임遠藤周作を読む会"을 제가 있는 난잔대학南山大學에서 개최해 오고 있습니다. 매달 한 차례씩 만나서 엔도의 작품을 한 권씩 읽고 토론하는 모임인데, 이번에『침묵의 소리』를 번역, 출판함에 있어서도 이 모임의 회원 여러분들로부터 많은 격려를 받을 수 있었습니다. 특히 이 모임을 위해서뿐만 아니라 부족한 역자를 위해서 늘 기도해주시고, 도움을 주시는 엔도 케이코遠藤恵子 씨에게 감사한 마음을 전해드리고 싶습니다.

"한국일본기독교문학회"와 일본의 "엔도슈사쿠학회"의 연구자 여러분들께도 이 자리를 빌려서 심심한 감사를 드립니다. 그리고 고운 책으로 펴내주신 도서출판 동연의 김영호 대표님과 편집부 여러분의 수고에도 감사를 드리는 바입니다.

2016년 8월

난잔종교문화연구소에서

김승철 씀

일러두기

이 책 본문에 있는 괄호 형태로 된 주는 모두 저자 주이고, 각주는 모두 역자(김승철)
주입니다.

침묵의 소리

〈침묵〉을 발표했던 것은 1966년이었다. 나는 그전에 약 2년 동안 병원에 입원하고 있었다. 그런데 매일처럼 병원 침대 신세를 지다 보면 여러 가지 생각을 하게 된다.

나는 어렸을 적에 나의 의지가 아니라 어머니의 권유로 기독교의 세례를 받았다. 당연한 말이겠으나, 그래서 나는 서양의 종교를 믿었던 일본인들을 조상으로 둔 한 사람의 일본인이라고 생각하고 있었다.

이 조상들을 전국시대의 기리시단 속에서 찾아보고 싶다는 생각이 들었다. 그래서 병원에서 요양하는 동안 기리시단 관계의 책들을 구해서 공부를 계속했다. 그러나 당시에는 그 내용을 소설로 쓰겠다는 생각은 없었다.[1]

---

1 '전국시대'란 일본 역사에서 15세기 말~16세기 말경에 전국의 무장들이 천하를 통일

오우라 천주당

　병에서 회복되자 우선은 '밝은 곳에 가보고 싶다'는 생각이 들었
다. 그래서 나가사키로 가기로 했지만, 당시는 가벼운 마음으로 그
저 관광여행으로 다녀올 작정이었다.

　어느 초여름날 저녁, 오우라천주당의 오른쪽에 있는 언덕길을 올
라가자 〈16번관〉이라고 쓰여 있는 건물 앞에 서게 되었다. 관광객들
로 붐벼대는 천주당 쪽으로는 돌아가고 싶지 않았으므로, 어디서 적
당히 시간이라도 보낼 생각에 목조로 된 그 서양관으로 들어갔다.

하기 위해서 합종연횡하면서 서로 싸우던 시기를 가리키는 용어이다. 또 '기리시단'
(キリシタン)이란 기독교인을 의미하는 포르투갈어 Cristão의 일본식 발음으로서, 한
자로는 切支丹, 또는 吉利支丹이라고 표기한다.

거기서 나는 동판에 새겨진 후미에踏絵2와 만나게 되었던 것이다.

그것은 피에타pieta, 십자가에서 내려진 그리스도를 끌어안은 듯한 '슬픔의 성모mater dolorosa'상을 동판으로 만들어 널빤지에 고정시켜 놓은 후미에였다.

후미에를 보았던 것은 물론 그것이 처음은 아니었다. 하지만 여기에는 동판을 둘러싼 나무 부분에 후미에를 밟았던 사람들의 발가락 자국 같은 것이 남아있었다. 나는 잠시 서서 그 검은 흔적을 바라보았다.

나가사키에서 보았을 때에는 아무것도 아닌 것처럼 생각했던 후미에가 내 마음속에서 다시 떠오른 것은 도쿄에 돌아오고 나서부터였다. 길을 걸을 때나 일을 하고 있을 때, 문득문득 나무틀에 남아있던 저 검은 발자국들이 마음속에 떠올랐다. 그것은 한 사람이 남긴 것이 아니라 틀림없이 수많은 사람들에 의해서 남겨진 검은 자국이었다.

누구라도 이런 생각을 품었겠지만 나 역시 '저 검은 발가락 자국을 남겼던 사람들은 도대체 어떤 사람들이었을까'라는 의문을 가지게 되었다. 자신이 믿는 것을 자신의 발로 밟았을 때 그들은 도대체 어떤 심정이었을까?

나는 전쟁 중에 살았던 사람이므로 자신의 신념이나 사상을 버린

---

2 '후미에'란 '밟는 그림'이라는 뜻으로서, 기독교 신자를 배교시키기 위해서나 그러한 배교를 확인하기 위해서 사용되었다. 후미에를 밟으면 기독교 신앙을 버린 것으로 간주되어서 풀려났다.

채 전쟁 속에서 죽어갈 수밖에 없었던 사람들을 많이 보아왔다. 학교의 선생님들이나 선배들 중에도 그러한 사람들은 많이 있었다. 즉 인간이 육체적인 폭력에 의해서 자신의 신념이나 사랑을 쉽사리 굽혔던 사례를 내 눈으로 목격하였던 것이다. 그 시대는 사람들이 자기 자신도 믿지 못하던 시대였다. 타인을 믿지 못한 것은 물론, 자기 자신조차도 신용할 수 없었던 그런 시대였다.

그러므로 후미에를 밟았던 사람들의 이야기는 결코 먼 나라의 이야기가 아니었다. 그것은 오히려 나에게 매우 절실한 문제였다. '신앙'이라고 하면 '그것은 나와는 별로 관계없는 이야기야'라고 생각하실 독자가 계실지도 모르겠다. 그렇다면 '신앙'이란 말 대신에 '자신의 삶의 방식이나 사상, 신념을 폭력에 의해서 굽힐 수밖에 없었던 사람들의 기분'이라고 하면 어떨까? 이것은 그 누구라도 뼈아프게 느낄만한 문제일 것이다. 후미에의 발가락 자국은 결코 남의 일이 아니었다. 그것이 나로 하여금 소설을 쓰도록 만들었던 것이다.

나는 그 후에도 가끔 나가사키를 방문했다. 그러는 가운데 내 안에서 소설의 카메라 앵글이 서서히 결정되기 시작했다. 그와 동시에 대상과의 거리도 정해져 갔다. 말하자면 소설을 쓰는 첫 발걸음이라고 할 수 있는 눈으로 보는 작업이 이루어져 갔다.

페레이라에게 다가갈 때까지

소설을 쓸 때 현지에 취재하러 가는 것은 비단 나만의 경우는 아닐 것이다. 그러나 나 자신에 대한 것 한 가지를 말한다면, 나는 '자연

엔도가 나가사키를 방문할 때마다 머물던 야타로(矢太楼) 호텔에서 내려다보이는 나가사키 항의 모습

묘사'를 대단히 좋아한다. 그래서 내 소설에 등장하는 인물들이 실제로 보았을 산과 강과 바다와 바람 소리를 추체험追體驗해보고 싶다는 생각이 대단히 강하다. 그것을 체험하는가 그렇지 않은가에 따라 글을 쓸 때의 자신감은 현저하게 달라진다.

내가 취재하러 가는 목적은 사실을 모으기 위한 것이 아니다. 사실이라면 이미 충분히 조사해놓았기에 머릿속에 이미 들어가 있다. 내가 그곳에서 찾으려고 했던 것은 나의 주인공들이 일찍이 거기서 맡았던 공기의 냄새나 귀로 들었던 바람 소리, 눈으로 보았던 태양빛과 풍경인 것이다.

그것을 자신의 마음으로 확인하면서 '그는 이 바람 소리를 이렇게 들었겠지', '틀림없이 이 바다를 이렇게 보았을 거야'라고 상상한다. 그것이 소설을 쓸 때 자신감으로 연결되는 것이다.

나가사키를 다시 찾아감으로써 내 안의 주인공들의 모습을 차츰 분명하게 만들어 나가기 시작했다.

선택해야 할 주인공은 두 세계 중 어느 한쪽에 속한 인간이었다. 즉 자신의 신념을 굽히지 않고 후미에에 발을 올려놓지 않았던 사람이든지, 어쩔 수 없는 마음으로 자신이 믿는 바를 밟았던 인간.

후미에를 밟지 않았던 사람은 결국 고문을 받고 죽어 갔다. 그들은 '강한 사람들'이었다. 그러나 다른 한편, 본의는 물론 아니면서도 후미에를 밟았던 '약한 사람들'도 있었다. 누구를 막론하고 아마도 후미에를 밟고 싶은 사람은 한 사람도 없을 것이다.

성모 마리아를 밟는다. 그렇게 생각해도 별로 실감이 나지 않는다면, 예를 들어서 자신의 어머니나 연인의 얼굴을 밟으라고 강요된 사람을 상상해 보면 된다. 밟고 싶은 사람은 단 한 사람도 없을 것이다. 그러나 밟지 않으면 고문을 받게 되거나, 혹은 가족이 죽임을 당한다. 그렇게 되면 본의 아니게 밟는 사람들이 있다는 것을 적어도 전쟁 시대에 자라난 나는 알고 있다.

내가 생각했던 것은 사람들을 이렇게 강자와 약자로 나눈다면 나 자신은 도대체 어느 쪽에 속할까 하는 것이었다. 소설가가 '자기 자신이 아닌 인간'을 쓸 수는 없는 일이기에, 당연히 '자신의 배꼽이 연결되어 있는 것은 어느 쪽 사람들일까'라고 물었던 것이다.

전쟁 중에 있었던 일을 되짚어 보아도, 내 주위에 살고 있던 사람들 대부분은 후자, 즉 약자였다. 끝까지 강자로 남을 수 있었던 일본인은 내 주위에는 한 명도 없었다. 그것이 이 소설의 주인공으로서 '약자'를 선택하게 된 이유였다. '강자'와 '약자'에 대해서 나는 언젠가 다음과 같은 글을 쓴 적이 있다.

* * * * *

이처럼 두 번째의 나가사키 여행 때에는 나에게도 이 거리를 바라보는 시점이 어느 정도 형성되어 있었다. 그 시점이란 말할 필요도 없이… 강자와 약자의 문제였다. 어떤 박해나 모진 고통 속에서도 자신의 신념과 신앙을 계속해서 지키면서 죽어 간 강한 사람들. 그들은 순교자라고 불린다. 그리고 그들이 자신의 신념이나 신앙에 의지해서 영혼을 주의 품에 맡겼던 영광의 장소가 순교지인 것이다.

기리시단들이 순교했던 니시자카 공원의 현재 모습

내가 나가사키를 다시 방문했을 때 이미 기리시단에 관한 책이라면 트렁크 하나를 가득 채울 수 있을 정도로 모아놓았었다. 나는 지도를 열심히 살펴가면서 나가사키나 그 주변에 있는 순교지들을 찾아가 보았다. 그러한 순교지는 일일이 헤아릴 수 없을 정도로 많이 있었다.

비행기에서 내린 오오무라에서는 호콘바루, 타카시마, 코오리가 그런 순교지였다. 26인의 성인들이 처형된 것으로 유명한 나가사키의 니시자카도 그런 곳이다. 그 부근에 있는 타카보코지마, 이사하야도 마찬가지였다.

카자카시라야마風頭山에 있는 숙소로부터 오른쪽으로는 니시자카의 언덕이 내려다보였다. 지금 그 언덕은 나가사키 시내가 되어 있지만, 예전에 이곳은 바다에 돌출해 있던 곳이었다.

26인의 순교자에 대해서는 외국은 물론 일본에서도 많은 책이 나왔다. 당시는 이미 기독교를 보호했던 오다 노부나가가 죽고 토요토미 히데요시가 다스리던 시대였다. 히데요시는 텐쇼 15년(1587년)에 주지하는 바와 같이 기리시단 금지령을 내려서 선교사들을 추방할 것을 명하였다. 그러나 주로 포르투갈인들로 구성되어 있던 예수회에서는 히데요시를 자극하지 않도록 조심하면서 포교활동을 계속했다. 그 결과 일본 전 국토에는 약 30만 명의 신도가 있었다고 전해져 온다.

그런데 1596년, 즉 케이쵸 원년에 히데요시는 갑자기 교토와 오사카에 있는 선교사와 신자들을 처형하라는 명령을 내렸다. 히데요시가 그때 왜 그런 명령을 내렸는지는 학자들 사이에서도 수수께끼가 되어 있다.

당초에는 많은 사람들이 체포 리스트에 올라 있었다. 하지만 이시다 미쯔나리[3]는 이 숫자를 대폭적으로 줄여서 히데요시의 체면을 유지할 수 있는 최소한의 인원만 체포하도록 조치하였다. 이리하여 결국 23명만을 체포하게 되었다. 즉 성프란시스코회에 속하는 선교사와 수도사 6명, 그들의 지도를 받는 신자 14명, 그 외 예수회와 관계된 일본인 3명이었다. 그런데 일이 진행되면서 2명이 더 추가로 체포되었고, 또 스스로 관가를 찾아 온 12살 난 소년까지 포함하여 모두 26명이 체포되기에 이르렀다.

그들은 1597년(케이쬬 2년), 먼저 교토의 네거리에서 왼쪽 귀를 조금 잘렸다. 그 후 손을 뒤로 묶인 채 짐수레에 실려 교토, 후시미, 오사카 등지로 끌려다녔다.

이들을 구경하러 길가에 나왔던 사람들은 열두 살이나 열세 살 난 소년이 세 명이나 포함되어 있는 모습에 눈물을 감출 수 없었다. 열두 살 난 소년의 이름은 루드비코 이바라키. 그는 역시 같이 체포된 밥티스타 신부[4]가 운영하는 교토의 병원에서 일하고 있던 아이였다. 열네 살의 토마스 코자키는 활을 만드는 가난한 직공의 아들로서 아버지와 함께 붙잡혔다. 그리고 열세 살 된 안토니오. 이 소년의 아버

---

3 이시다 미쯔나리(石田三成, 1560-1600). 전국시대의 무장.
4 밥티스타(Pedro Baptista, 1546-1597). 스페인 출신으로 일본 최초의 프란치스코 수도회의 선교사.

토마스 코자키(일본 26성인 기념비 사진 왼쪽에서 4번째)

밥티스타 신부(일본 26성인 기념비 중 사진 맨 오른쪽)

지는 중국인이고 어머니는 일본인이었는데, 밥티스타 신부에게 맡겨진 후 공부를 위해 교토에 와 있었다. 안토니오의 부모는 안토니오에게 기리시단의 가르침을 버리라고 애원하였지만, 소년은 말을 들으려고 하지 않았다. 루드비코 이바라키도 나중에 사형 집행인인 테라사와로부터 신앙을 버린다면 자기 밑에서 일하는 무사로서 써주겠다고 설득을 받았다. 하지만 그는 이것을 거절했다.

2월 4일, 그들은 소노기로 건너가서 토기츠에 상륙한 후 우라카미의 나병원에 수용되었다. 그리고 다음 날인 5일에 이 니시자카의 형장으로 끌려왔다. [중략] 오늘날 니시자카 공원은 평지가 되어 있지만, 그 무렵은 바다에 접해 있는 곳이었다. 원래 이 부근은 처형장이었고, 당초의 계획으로는 보통 형장으로 쓰이는 장소에서 26명을 처형할 예정이었다. 그런데 포르투칼인들이 부교소에 탄원하여 처형장이 현재의 위치로 바뀌었다고 한다.

그들을 매단 십자가는 세, 네 걸음 간격으로 동쪽에서 서쪽으로 일렬로 세워져 있었다. 그들은 십자가에 양팔을 묶여서 매달린 채 성가를 부르거나 사람들에게 신의 길에 대해서 말하면서 형리가 옆구리를 찌르는 창을 받았다. 숨이 끊어질 때 "천국"(파라이소)이라고 외치는 사람도 있었다. 여섯 번째 십자가에 달린 일본인 수도사 미키 파울로는 미요시 나가요시 막하幕下의 무장인 미키 한타오의 아들로서 아즈찌신학교安土神學校[5]의 제1회 입학생이었다. 그는 죽기 직전까

---

5 일본인 사제를 양성하기 위해서 예수회 선교사 발리냐뇨가 당시의 실력자 오다 노부나가의 허락을 받아서 세웠던 신학교.

지 사람들에게 계속 설교했다. "저는 저를 처형하는 사람들을 조금도 원망하지 않습니다. 하루라도 빨리 타이코太閤 님을 비롯하여 모든 일본인들이 기리시단이 되시기를 바랍니다." 이것이 그가 남긴 마지막 말이었다.

　26명의 순교자들은 문자 그대로 가르침에 따라서 목숨을 버린 사람들이었다. 육체의 고통, 죽음의 공포, 육친에 대한 애착, 현세에 대한 집착. 이런 것들은 그들의 불굴의 신념을 결코 꺾을 수 없었다. 그들은 신앙의 힘과 신의 은총에 의지하여 불타는 듯한 용기로 마음을 태우면서, 자신의 영혼을 천국의 영광이 있는 곳으로 나아가도록 하였던 것이다.

일본 26성인 순교지적(殉教跡)

처음 이 니시자카의 언덕에 올랐을 때는 마침 여기저기 흩어진 검은 비구름이 저쪽으로 보이는 만濟 위를 흐르는 저녁이었다. 그 비구름을 응시하면서, 나는 오랫동안 이 언덕이 나에게 걸어오는 말을 듣고 있었다. 즉 이들 신념의 사람들을 생각하였던 것이다. 이 언덕에 26개의 십자가가 세워지고, 군중들이 그들을 둘러싼다. 이윽고 관리들의 지시로 26개의 십자가에 불이 붙여진 정적 그 자체의 순간을 생각해 보았다. 입을 여는 사람은 아무도 없는 침묵이 계속되는 순간, 사람들은 공포심이나 존경심이나 모멸감을 느끼면서 이 순교자들의 최후의 모습을 바라보고 있었다.

어떤 사람에게는 그것이 단순히 자극적일 정도로 참혹한 구경거리로서밖에 마음에 남지 않았을지도 모른다. 또 어떤 사람은 이 26명의 순교자를 영문을 알 수 없는 광기에 사로잡힌 사람들이라고 여겨졌을 지도 모를 일이다. 하지만 또 어떤 사람들에게는 ―비록 그들이 기독교를 신앙하지는 않았다고 하더라도― 이 기억은 그들의 생애에 영향을 미쳤을지도 모른다.

그들 중 어떤 이들에게 이 순교자들은 아마도 선망의 대상이었을 것이다. 만일 그들이 스스로를 이런 순교의 용기를 도저히 지닐 수 없는 타고난 겁쟁이라고 여기는 사람들이었다면 더욱 그랬을 것이다. 그들은 평생 강자가 될 수 없는 약자라고 하는 콤플렉스를 지니고 있었을지도 모른다. 그렇다면 이 콤플렉스는 그들의 삶의 방식에 어떤 영향을 미치게 되었을까?

비가 내리는 니시자카 공원에 서서 이러한 것들을 생각해보았던 이유는 순교자가 될 수 없었던 그 사람들을 나 자신도 외면할 수 없었기 때문이었다. 그러나 또 이런 순교자들을 단순히 광기적인 인간으로 여긴다든지, 순교자의 심리를 단지 허영심이나 자기만족으로 치부하려는 근대의 합리주의에 대한 반발심도 들었다. 이들 순교자의 마음속에는 인간적인 허영심이나 자기 만족감이 섞여 있었을지도 모른다. 그러나 그런 표면적인 마음보다 더 깊은 곳에는 신앙이 없는 이들로서는 이해할 수 없는 숭고한 어떤 것이 있었음이 틀림없다. 그 숭고한 용기를 인간적인 차원으로 환원해 버리려는 현대인의 인간관에 대해서 나는 역시 반발심을 느끼고 있었다.

이렇게 강한 순교자에 대해서 외경과 동경을 느끼면서도, 다른 한

성 빌립보 교회(26성인 순교지 뒤에 위치해 있다)

편으로는 강자가 될 수 없었던 배교자와 배신자들 또한 생각하였다. 배교자와 배신자가 순교자에 대해서 지녔던 말로는 표현할 수 없는 콤플렉스에 대해서 생각해 보았다. 그 콤플렉스 속에는 내가 갖고 있는 것과 같은 선망과 질투 그리고 때로는 증오마저 섞여 있었을 것이다. 순교할 수 없었던 사람들 가운데에는 평생 그 미안한 마음을 등에 짊어진 채 살다 간 사람도 있을 것이다. 그들은 비록 사회로부터는 경멸을 받지 않았을지도 모르지만, 스스로 자기 자신을 경멸하지 않을 수 없었을 것이다.

하지만 이것은 지극히 표면적이고 조야한 관찰일 뿐이라고 생각했다. 약자의 심리는 더 복잡한 것이고, 여전히 어두운 그림자 속에 감추어져 있다.

어쨌든 처음으로 니시자카 공원에 올라갔던 비가 내리던 그 날, 나는 그 언덕에 서서 강한 사람과 약한 사람에 대해서 생각해 보았다. 그리고 그것은 내가 장차 쓰게 될지도 모를 소설의 시점, 즉 카메라 아이즈를 결정하는 문제로 발전해 나갔다.

_〈하나의 후미에로부터〉 중에서

* * * * *

이렇게 해서 나는 기리시단 시대에 관심을 가지게 되었다. 그러나 곧 실망하지 않을 수 없었다.

순교자가 될 수 없었던 사람들, 즉 자신의 약함으로 말미암아 신앙을 버렸던 사람들에 대한 기록은 그 어느 교회에도 남아있지 않았기 때문이다. 신념을 관철했던 강자에 대한 기록은 남아 있었지만 배교자, 말하자면 '썩은 사과'에 대해서는 당시의 교회는 거의 아무 말도 하지 않고 있었다. 마치 학교가 낙제생에 대한 기록을 남기지 않는 것과 같았다.

그래서 나는 죠치대학上智大學의 유명한 기리시단 연구자인 치스리크6 선생님을 찾아갔다. 친구인 미우라 슈몬도 가세해 주어서 우리는 한 주에 한 차례씩 강의를 받으러 나갔다. 그리고 정말 얼마 되지 않는 분량이긴 했지만, 기리시단 시대의 자료에 남아있는 대표적인 약자들을 알게 되었다.

그중에서 나는 소설로 쓰고 싶은 네 명의 인물들에 대해서 대학노트로 10장 정도 메모해 두었다. 그들 네 명이란 후칸사이 하비안不干斎巴鼻庵, 토마스 아라키荒木トマス, 크리스토반 페레이라澤野忠庵 그리고 쥬세페 키아라였다.

나는 다시 나가사키를 찾아갔다. 그러자 소설의 대상이 될 만한 인물들이 한층 더 뚜렷해졌다. 그와 동시에 내가 찾아가 보아야 할 장소도 분명해졌다. 그 장소에 가서 바다나 하늘의 풍경을 보고 있노라면 구체적인 이미지가 떠올랐다.

나가사키의 오래된 길을 걸으면서 '그 사람도 여기를 지나갔겠지'

---

6 치스리크(Hubert Cieslik, 1914-1988). 폴란드 출신의 예수회 신부. 오랫동안 죠치 대학에서 강의하면서 기리시단과 관련된 많은 연구서를 남겼다.

라고 생각하노라면, 그의 뒷모습이나 낙심했을 때의 모양까지도 보이는 듯하였다. 그 인물이 나의 마음속에서 살아가기 시작한 것이다. 작중 인물의 이미지를 내 마음속에서 붙잡음으로써 소설을 쓰기 위한 두 번째 단계가 시작되었다.

앞에서도 말했듯이, 치스리크 신부님 밑에서 공부하면서 내가 선택할 수 있었던 약자는 네 명이었다. 텐쇼소년사절7로서 바다를 건너갔다가 화려하게 귀국한 토마스 아라키. 그는 콜레지요 로마노(현재의 그레고리안 대학)에서 공부하였으므로 라틴어도 훌륭하게 구사하였고, 당시의 추기경의 총애를 받았으나, 귀국 후에 배교하고 말았다.

다른 한 명인 하비안 후칸사이는 나가사키의 콜레지요(신학교)에서 신학을 공부한 뒤 수도사(이루만)가 되었다. 그는 〈헤이케 모노가타리平家物語〉8를 외국어로 번역하고, 기독교적 입장에서 불교나 유교, 신도를 비판한 서적도 저술한 인텔리였다. 그 역시 나중에 배교하였는데, 그 자세한 이유에 대해서는 알 수 없다.

이런 인물들에 대해서 한 명씩 확인해 나가다가 맨 마지막에 도달했던 인물이 크리스토반 페레이라였다. 그는 사형당한 일본인의 이름을 그대로 받아서 사와노 츄앙이라 불리었고, 그 사형수의 처와 아이들까지 떠맡았던 불행한 선교사였다. 이 인물에 관한 자료는 다

---

7 天正少年使節. 天正遣欧少年使節이라고도 한다. 1582년(텐쇼 10년) 로마에 파견된 소년 4명을 중심으로 하는 사절단.
8 카무쿠라(鎌倉) 시대에 저술된 책으로서, 헤이케 집안의 영고성쇠를 묘사한 이야기.

른 인물들에 대한 자료보다 불과 3-4줄 정도 더 많을 뿐이었다.

그러나 "왜 그 인물을 주인공으로 선택했는가?"라고 누군가가 묻는다면, "그냥 소설가의 감이겠지요"라고 대답할 수밖에 없을 것이다. 소설가란 자기 자신을 투영하기 쉬운 인물을 직관적으로 알아내기 때문이다.

물론 그때까지 내가 크리스토반 페레이라에 대해서 전혀 몰랐던 것은 아니었다. 왜냐하면 나가요 요시로가 1923년에 발표했던 소설 〈청동의 그리스도青銅の基督〉에 배교한 신부 페레이라가 등장하기 때문이다.

사실 '선배 작가가 이미 묘사했던 인물이니까 가능하면 피해야지'라는 생각도 강하게 들었다. 하지만 고맙다고나 해야 할까, 〈청동의 그리스도〉는 그다지 명작은 아니었다. 만약 명작이었다면 나는 페레이라라는 인물에게 손을 대지 않았을 것이다.

기리시단 소설을 썼던 일본의 작가 중에서 가장 훌륭한 작품을 남긴 작가는 아쿠타가와 류노스케라고 생각한다. 후의 타이쇼 시대에 들어와서도, 예를 들어 키타하라 하쿠슈의 시를 보아도 알 수 있듯이, 사람들이 기리시단에 대해서 갖고 있던 관심은 나의 문제의식과는 전혀 다른 것이었다. 역시 아쿠타가와 류노스케야말로 중요한 문제를 포착했던 작가로서 그 발군의 감각이 빛나지만, 다른 선배 작가들로부터는 '나와 기리시단시대를 대결시키자'라는 심경을 엿볼 수 없었다.

이런 이유도 있고 해서 페레이라는 피하는 것이 좋지 않을까 하고 생각하면서도 결국 그를 다루기로 하였다. 한 걸음 더 나아가서 말해본다면 페레이라는 사나이에게는 모종의 드라마성이 있었다.

그는 이역만리 파도를 넘어 일본에 왔으나 결국은 소식이 두절되었고, 그 페레이라를 찾아서 이번에는 쥬제페 키아라9가 바다를 건너 일본에 왔다. 페레이라가 배교했다는 소문은 당시 마닐라에까지 퍼져있었지만, 사제나 수도사들 중에는 그 소문을 부정하는 사람이 많았던 것도 사실이다.

"덕망 있는 페레이라 신부님이 신앙을 버렸을 리가 없어."

그들은 자신들의 이런 믿음을 확인하기 위해서 젊은 신부 몇몇을 일본에 파견하였다. 쥬제페 키아라도 그중의 한 명이었다. 하지만 그들은 결국 모두 붙잡혀서 처형되거나 신앙을 버리는 길을 가게 된다.

이처럼 어떤 극적인 기복이 있다는 점도 페레이라를 선택한 이유였다.

실제로 그는 매우 훌륭한 신부였다. 기리시단이 박해를 받던 시대였으므로 일본을 빠져나가도 전혀 문제될 것이 없었음에도 불구하고, 그는 잠복하면서 포교활동을 계속하였다. 그처럼 훌륭했던 사나이가 마지막에는 비참한 만년을 보내지 않으면 안 되었던 것이다. 이 드라마틱한 생애를 포함해서 나는 이제 분명하게 그에게 초점을 맞추기 시작하였다. 예를 들어 토마스 아라키의 경우에는 당시 유럽의 식민지주의에 대한 경계심으로 말미암아 신앙을 버렸지만 페레이

---

9 일본 이름은 오카모토 산에몬(岡本三右衛門). 〈침묵〉에 등장하는 로드리고 신부의
  모델.

라는 그렇지 않았다.

그는 고문에 졌다기보다는 '일본이라는 풍토에 졌다'고 생각하고 있었다.

크리스토반 페레이라에 대해서 나는 언젠가 다음과 같이 쓴 적이 있었다. 독자들의 이해를 구하기 위해서 조금 길지만 다음에 인용해 두고 싶다.

* * * * *

치스리크 선생님이 우리에게 페레이라에 대해서 가르쳐 주신 내용을 기록한 노트가 지금도 내 책상 서랍 안에 남아 있다. 그 노트나 다른 문헌에 의지하면서 나는 대략적으로 알 수 있는 범위 내에서 페레이라의 생애를 여기에 써둔다.

크리스토반 페레이라Christovaõ Ferreira는 1580년(텐쇼 8년), 포르투갈의 지브레이라에서 태어났다. 아버지는 도밍고 페레이라, 어머니는 마리아 로렌쪼라고 한다. 그 외에 집안이나 직업은 알 수 없다.

16세 때 페레이라는 코인브라에서 예수회에 들어갔다. 그리고 그 다음 해부터 칸보리도의 수련원에서 수련을 받았다. 그 후의 그의 행적에 대해 남아 있는 기록은 23세 때 동양의 마카오의 신학생이었다는 증명서밖에 없다. 이러한 사실로부터 미루어 보아 아마도 21세 전후 무렵에 그는 다른 신학생들과 함께 동양 포교를 명받아서 리스본을 떠났을 것이라고 추정된다. 당시 동양의 마카오까지 도착하려면 적어도 2년간의 뱃길 여행이 필요했으므로, 그가 21세를 전후해서 리스본을 출발했을 것이라고 여겨지는 것이다.

그가 어떤 루트를 거쳐서 동양에 왔는지는 잘 모른다. 아마도 그 후에 왔던 포르투갈 선교사들처럼 페레이라도 고아로 향하는 인도 함대에 편승했을 것이다. 그는 애당초 인도에서 전도할 것을 희망하고 있었다. 수에즈 운하가 없던 시대, 배는 아프리카의 희망봉을 돌아 인도양으로 빠져나가서 고아로 향하였다. 그 여행이 오늘날의 우리에게는 상상할 수도 없는 고난의 연속이었음은 의심할 여지가 없다. 폭풍이 덮쳐오고, 더위나 무풍지대와 싸워가는 가운데 갈증이나 병으로 동료들은 하나 둘씩 쓰러져 간다. 낯선 풍토와 음식, 언어의 부자유 등을 생각해 볼 때, 우리는 다른 선교사들처럼 페레이라에게 이러한 어려움을 뛰어넘도록 해 준 것이 무엇이었던가를 역시 생각하지 않으면 안 된다. 모험정신도 분명히 그에게는 있었을 것이다. 그러나 그것이 전부는 아니었다. 만약 청년 페레이라에게 기독교가 진리라는 신념과 그것을 포교하려는 격렬한 열정 그리고 동양인들을 위해서 무언가 공헌하고 싶다는 사제적인 마음이 없었다면, 그러한 고난을 쉽게 뛰어넘을 수는 없었을 것이다. 내가 이러한 사실을 강조하는 것은 고문을 받아 배교한 페레이라에게도 그러한 당초의 마음이 변형된 채 그대로 남아있었기 때문이다.

어쨌든 1603년, 고아로부터 마카오에 도착한 페레이라는 여기서 5년간 신학생으로서 윤리학을 배웠다. 사제로서 서품되어 첫 미사를 드렸던 것도 마카오에서였다. 중국어나 일본어는 아마도 마카오에서 배웠을 것이다. 동양 포교에 큰 족적 남겼던 발리냐노(Alessandro Va-lignano, 1539-1606) 신부는 1603년에 일본에서 마카오로 돌아왔기 때문에, 페레이라도 발리냐노 신부를 마카오에서 만났을 것이다.

1609년, 페레이라는 마카오를 떠나 포교의 목적지인 일본으로 향했다. 항로도 도착지도 알 수 없지만, 아마도 규슈의 시마바라 방면이었을 것이다. 바다로부터 일본의 아름다운 섬과 나지막한 산들을 보았을 때, 이 29세의 청년에게는 앞으로 전개될 자신과 일본 사이의 투쟁이 얼마나 잔혹한 것이 될지 짐작도 못했으리라. 자신이 이 일본이라고 하는 감옥에 갇힌 채, 살아있으면서도 죽은 자와 다름없는 만년을 보내리라고는 당시의 페레이라로서는 꿈에도 생각할 수 없었을 것이다.

1609년은 도쿠가와 이에야스의 시대였고, 기독교는 노부나가 시대만큼은 환영을 받지는 못하던 시대였다. 지방에서는 박해나 순교가 있었지만 나중에 이루어진 탄압에 비하면 아직 약간은 너그럽게 봐주던 무렵이었다. 페레이라가 일본에 상륙한 후의 4년간의 행적은 분명하지 않지만, 그가 비교적 자유롭게 규슈나 츄고쿠 지방이나 카미카타 지역[10]을 옮겨 다녔으리라는 것은 어렵지 않게 상상할 수 있다. 1613년에 그는 교토의 교회에서 회계 일을 맡아보았으며, 원장을 도와 주로 일본의 지식 계급에게 교리를 가르쳤다. 그의 일본어는 유창하였다.

1614년 히데타다는 엄격한 금교령을 반포하였다. 바야흐로 본격

---

10 천황이 있는 교토를 중심으로 하는 지역을 일컫는 말.

적인 탄압이 시작된 것이다. 다카야마 우콘이나 나이토 조안 등과 같은 기리시단 다이묘는 나가사키까지 호송된 후 추방되었다. 선교사들도 나가사키의 키바치木鉢에 소집되었으며, 10월 6일과 10월 7일에 그들을 태운 배가 각각 마카오와 마닐라를 향해서 출발하였다. 그러나 이 추방령에도 불구하고 37명의 사제들은 일본 신도를 버리지 않고 일본에 잠복하였다. 페레이라도 그중 한 명이었다.

일본에 남는다는 것은 순교할 각오가 없으면 할 수 없는 일이었다. 페레이라가 그때 이러한 결의를 하지 않았었다고 어떻게 말할 수 있을까? 사실 그는 1617년 10월 1일에 예수회에 종신서원을 하였다. 그 결심이 거짓이 아니었음은 그가 일본에 남았다는 사실을 통해서도 분명히 드러난다. 이미 카미카다 지방의 지구장이라는 중요한 직책에 있던 그는 하나의 큰 지주였음에 틀림없다. 페레이라는 목자를 잃을 위기에 처해있던 신도들의 지주였으며, 자기처럼 잠복해 있던 용감한 사제들의 지주였다. 유명한 『일본 기리시단종문사日本切支丹宗門史』를 쓴 레옹 파제스(Leon Pages, 1814-1886)는 당시 일본에 잠복했던 예수회 사제 22명과 수도사 6명의 이름을 책 속에서 나열하였는데, 거기에도 "크리스토반 페레이라 신부. 서원 사제. 관구장의 고문, 충고역"이라는 이름이 분명히 보인다. 파제스는 당시의 페레이라의 활동에 대해서 다음과 같이 쓰고 있다.

카미카다 지방에서는 장로 발타자르 드렌스, 베네딕티노 페르난데스, **크리스토반 페레이라**, 일본인 야콥 고이치 등의 신부들이 전도를 담당하고 있었는데, 정치의 중심지인 이 지역은 위험하기 그지없었고, 피난소는 찾기 어려웠으며, 비적秘跡의 관리는 대단히 힘들었다. 이들 신부들은 탄바, 셋츠 그리고 시코쿠를 두루 방문하였다.

아네사키 마사하루 박사[11]는 이들 잠복 사제들이 낮에는 신도의 집 마루 밑에 숨어 있다가 밤이 되면 일본인 농부의 옷을 입고서 포교활동을 하거나 영성체를 집전하기 위해서 활동했다고 쓰고 있다. 이 무렵의 페레이라도 그러한 생활을 하고 있었음에 틀림없다. 그는 또 자신의 주위에서 체포되어서 순교하는 신도를 목격하면서 겁에 질린 신도들을 격려했을 것이다. 1623년에 일어났던 유명한 에도 대순교[12]에 대해서 보고서를 썼던 것도 페레이라였다. 1631년의 운젠雲仙에서 자행되었던 기리시단 고문이나 이시다 신부를 포함한 신부들의 빛나는 순교에 대한 보고서를 썼던 것도 다름 아니라 페레이라였다.

앞의 편지에서 저는 신부님께 이곳의 기독교가 처한 상태에 대해서 전해드렸습니다. 오늘은 이어서 그 후에 여기에서 일어났던 일들에 대해서 보고 드립니다. 이곳은 온통 새로운 박해, 압박, 고통으로 가득 차 있습니다. 1629년, 신앙을 지니고 있다는 이유로 붙잡힌 다섯 명의 성직자들(…)에 대해서부터 말씀드리겠습니다. 나가

11 일본의 종교학자.
12 가톨릭교도 50명이 화형되거나 참수된 사건.

사키 부교奉行의 타케나카 우네메는 그들로 하여금 신앙을 버리게 하고, 나아가 우리의 거룩한 가르침과 사역자들을 비웃었습니다. 이렇게 신도들의 용기를 좌절시킨 후 그들의 예를 따라서 간단하게 신앙을 버리도록 하였던 것입니다.

이시다 신부를 비롯한 신부들의 순교를 전하는 페레이라의 이 편지를 읽을 때, 우리는 말할 수 없는 비애를 느끼지 않을 수 없다. 그가 나가사키 부교의 타케나카 우네메에 대해서 "이렇게 신도들의 용기를 좌절시킨 후 그들의 예를 따라서 간단하게 신앙을 버리도록 하였던 것입니다"라고 썼던 구절은 묘하게도 장차 페레이라가 맞이할 운명을 암시하고 있기 때문이다.

그는 신앙을 위해서 기꺼이 목숨을 버리려는 이들 사제나 수도사들을 높게 칭송하였다.

결국 우네메는 아무래도 자기가 이길 수 없다는 사실을 깨달았습니다. 이것이 우리들의 거룩한 가르침이 대중들에게 칭송을 받아 신도들의 용기를 북돋워 주었으며, 폭군들이 먼저 계획하고 기대했던 것과는 반대로 그들이 결국 패배하기에 이른 놀라운 결말인 것입니다.

1620년(겐나 6년) 파제스에 의하면 페레이라는 카미카타 지방으로부터 규슈의 히라도로 왔다.

은총과 보기 드문 재능을 타고 난 페레이라 신부는 히라도로 갔다. 그는 천사처럼 대접을 받았으며 1,300명의 고해를 들어주었다. 그는 밤에 해변을 걸으면서 영혼의 일을 수행하였다.

우리는 파제스의 마지막 말, 즉 어두운 히라도의 밤에 파도가 밀려오는 소리를 들으면서 해변을 걸으며 기도를 드렸다고 하는 페레이라의 모습에서 성자의 아름다운 이미지를 연상하게 된다. 하지만 그것은 아름다운 것이기는 하였으나 말로 다할 수 없는 비극을 예고하는 것이었다. 만약 파제스의 이 기록이 정확하다면, 페레이라의 이 모습을 보았던 신도들 중에서 과연 누가 그로부터 13년 후에 이 "천사 같은" 사람의 배반과 기교와 좌절을 생각할 수 있었을까? 밤의 해변에서 기도를 드렸던 페레이라 자신조차도 그러한 미래를 예상할 수 없었을 것이다.

이 히라도 여행이 일시적인 것이었는지, 그래서 그 후에 그가 다시 카미카타 지방으로 돌아갔는지, 혹은 그대로 나가사키 지방에 남아 있었는지는 알 수 없다. 우리가 알고 있는 것은 그가 칸에이 3년(1626년), 나가사키에서 관구장의 고문역을 맡고 있었다는 사실이다.

그러나 비극은 서서히 그에게 다가오고 있었다. 그가 일본에 체재한 지는 벌써 23년이 지났으며, 그의 이름은 신도들 사이에서 입에서 입으로 번져나갔다. 가령 페레이라가 붙잡히는 일이 있다고 해도, 이 사람만큼은 순교할 것이라고 모두들 믿고 있었다.

칸에이 10년(1633년), 당시의 슈몬부교宗門奉行[13]는 이노우에 치쿠고노카미였다. 이 치쿠고노카미에게 나가사키에 잠복해 있던 페레이라가 붙잡힌 것이다.

붙잡힌 후 이른바 고문을 받기까지 치쿠고노카미가 페레이라와 어떤 문답을 하고 어떤 신문을 했는지는 알 수 없다. 다만 치쿠고노카미는 처음부터 육체적인 고문은 상책이 아니라고 생각했던 인텔리였다. 그는 선교사나 신도를 이론적으로 설득하는 것이야말로 최선의 방법이라고 생각하고 있던 부교였다.

고문에 의지하는 것을 좋아해서는 안 된다. 부교는 아무리 힘들더라도 철저하게 조사하고, 자세하게 조서를 작성하고, 갖은 방법을 고안해내어 손을 쓰고 조사해야 한다. 그래도 신앙을 감추거나 항복하지 않을 때에 최후의 수단으로서 격하게 문초하여야 한다.

이것은 치쿠고노카미가 그의 후임자인 호조 아와노카미에게 남겼던 문서의 일부이다. 이를 보면 치쿠고노카미가 페레이라에게 고문을 가하지 않을 수 없었던 경위를 짐작할 수 있다. 치쿠고노카미는 이 문서의 마지막에 썼던 것처럼 아무리 설득해도 페레이라의 신앙심을 흔들 수 없었기에 어쩔 수 없이 최후의 수단으로 고문을 가하였던 것이다.

파제스에 의하면 그것은 1633년 10월 18일의 일이었다.

---

13 에도 시대에 민중들의 신앙(宗門) 종교생활을 조사하고 감시하던 관청.

나가사키 예수회의 관구장인 포르투갈 사람 크리스토반 페레이라 신부와 예수회의 일본인 신부 젤리아노 데 나까우라가 구멍에 거꾸로 매달리기라는 고문을 받았다. 또 시실리아인으로서 예수회 소속인 요하네 마태오 아다미 신부, 예수회 소속의 포르투갈인 안토니오 데 소자 신부. 성 도미니크회의 수도사 이스파니야인 프라이 루카스 델 에스피릿트 산트 신부, 예수회 소속의 일본인 수도사 베드로와 수사 마태오, 성 도미니크회의 일본인 수사 프란치스코가 구멍에 거꾸로 매달리는 고문을 받았다.

고문을 받기 시작한 지 5시간 후, 23년 동안 용감하게 일하고, 수없이 많은 사람들을 개종시키는 열매를 맺었으며, 박해와 시련을 성자처럼 확고하게 참고 견디던 페레이라 신부는 슬프게도 기교하고 말았다.

파제스의 글 중에서 "구멍에 거꾸로 매달린다"는 것은 이노우에 치쿠고노카미가 최후의 수단으로서 사용했던 고문이다. 오물을 넣은 구멍 안에 몸을 묶어서 거꾸로 매단다. 피가 머리로 역류하면, 그 고통은 처음에는 완만하지만 서서히 극에 달하여 마지막에는 말로 다할 수 없는 고통에 이른다.

치쿠고노카미가 이러한 고문 방법을 쓰게 된 것은 종래의 고문이 단시간에 너무 많은 고통을 주어서 신도나 선교사를 빨리 순교에 이르게 하고, 그리하여 그 영웅적인 죽음이 고문을 가하는 관리에게까지 감동을 주는 일이 종종 있었기 때문이었다. 구멍 매달기의 경우는 장시간 고통이 계속된다. 그들의 의식은 혼란해지고, 고통에 못 이겨 몸은 벌레처럼 몸부림치게 된다. 이미 거기에는 순교의 영웅적 아름다움은 존재하지 않는다. 추한 고통과의 장시간에 걸친 투쟁만이 전개될 뿐이다. 이노우에 치쿠고노카미는 그러한 심리적인 면이 신도들에게 미치는 영향을 계산할 줄 알았던 뛰어난 수완의 소유자였다.

"5시간 후" 의식이 혼란한 나머지 페레이라는 이성을 잃어버렸다. 사람의 일생 중에서 이 순간만큼 무서운 순간도 없을 것이다. 페레이라는 20여 년 전, 아프리카의 남단을 지나 폭풍과 병과 기갈을 참고 견디면서 일본으로 오던 그 이상에 넘치는 시대를 지금 잃어버리려 한다. 많은 일본인들에게 포교해서 세례를 주고 설교를 했던 빛나던 시대를 지금 잃으려 하고 있다. 박해하에서도 여전히 일본에 잠복하면서 모두를 격려하고, 히라도의 바닷가에서 기도를 드리던 저 용감한 시대를 잃으려 하고 있다. 그리고 그 순간, 그는 이 모든 것을 잃었다.

구멍에서 꺼내 진 페레이라는 이미 5시간 전의 페레이라가 아니었다. 용기 있는 선교사 페레이라가 아니라 배신자이고 약자인 페레이라가 거기에 있었다.

치스리크 신부에 의하면 페레이라가 구멍에 거꾸로 매달렸을 때 마침 네덜란드 배가 일본을 출항하였는데, 그들에 의해서 페레이라가 순교하였다는 보고가 해외로 흘러가게 되었다고 한다. 그러나 1636년, 그 보고가 사실이 아닌 것으로 판명되자 예수회는 그를 정식으로 추방하였다.

처음에도 썼듯이, 이 10월 이후의 페레이라의 삶에 대해서 우리는 거의 아무것도 알 수 없다. 다만 확실한 것은 그가 일본인 사형수였던 사와노라는 자의 이름을 받고 그의 처와 살도록 강요되었다는 사실, 그래서 사와노 츄앙(沢野忠庵, 中庵이라고도 한다)이라는 이름으로 바쿠후에서 통역사로 일했다는 사실이다. 자신을 박해했던 자의 앞잡이가 된 것이다.

파제스에 의하면 1639년(칸에이 6년), 예수회 소속의 카스이 신부가 체포되어서 앞뒤로 포박당한 채 시키미 신부, 포르로 신부와 함께 에도로 이송되었다. 거기서 5월인가 6월에 효조쇼評定所[14]에 불려 나갔는데, 거기에 열석해 있던 페레이라가 그들에게 신앙을 버릴 것을 권했다고 한다. 만일 그것이 사실이라면 사와노 츄앙, 즉 페레이라는 신앙을 버린 후 나가사키와 에도를 오가면서 붙잡힌 선교사들이 취조를 받을 때 통역하는 일을 했다고 여겨진다.

일본인 카스이 신부가 시라스에서 이 불행한 페레이라와 만났다. 그 자리에서 카스이 신부는 페레이라를 거침없이 비난하였다. 페레이라는 시라스로부터 모습을 감추었다.

나가사키의 〈네덜란드 상관일기商館日記〉를 자세히 읽어보노라면 때때로 페레이라의 이름을 만나게 된다. 그중에는 다음과 같은 기사가 있다.

---

14 송사 사건을 다루던 관청.

1641년(칸에이 18년) 6월 29일. 부교 히라에몬이 통역사 하치자에몬을 시켜서 최근 입항한 중국 배에서 발견한 화폐를 보이면서, 어느 나라의 화폐인가, 거기에 쓰인 문자는 무엇인가, 가치는 얼마냐고 질문하였으므로, 우리는 그것이 네덜란드의 통화라는 사실을 서기를 시켜서 일본문으로 보고하도록 하였다. 부교는 배교자 쥬앙에게 같은 질문을 했는데, 쥬앙의 대답도 우리의 대답과 일치했으므로 붙잡힌 중국인을 석방하였다.

이 〈상관일기〉에 페레이라가 "배교자 쥬앙"이라고 쓰여 있다는 사실에 나는 주목하고 있다.

1643년(칸에이 20년) 3월 17일. 리스본 태생의 크리스토반 페레이라는 4일간 거꾸로 매달리는 고문을 당한 후 배교하여 지금은 나가사키에 살면서 쥬앙이라고 불리는데, 이 사나이와 어느 선교사의 하인이 고소함으로써 22년 전에 매장된 신부(바테렌)의 유해를 발굴해서 태운 후 바다에 버렸다.

여기서 말하는 "쥬앙"은 물론 츄앙忠庵이라는 이름을 상관의 주재원들이 잘못 알아들은 이름일 것이다. 그 쥬앙은 앞에서 인용한 글 이외에도 1643년의 일기에 네 번, 1644년과 1650년의 일기에는 각각 한 번씩 등장한다.

1643년(칸에이 20년) 7월 25일. 최근에 붙잡힌 신부들이 바쿠후에 의해서 얼마 전 우리의 통역사 두 명 그리고 배교자 쥬앙과 함께 에도로 이송되었다.

1643년 11월 24일. 통역사 고헤이의 이야기에 의하면 지난 7월 에도로 이송된 포르투갈인들은 몇 차례의 고문을 받은 후 기교棄教하였으며, 현재 죄인으로서 행동의 자유는 없으나, 앞으로 평생 매달 쌀 5자루[俵], 즉 1년에 1관씩 배급을 받으면서 배교자 쥬앙처럼 나가사키에서 일하게 될 것이라고 한다.

1644년(칸에이 21년 11월). 조선과 가까운 쓰시마섬으로부터 급사急使가 와서 보고하기를, 여기에 도착한 중국 정크선 한척을 억류했는데 승무원 52명 중에 신부가 있었고, 중국인 대부분은 기리시단 같다는 것이었다. [중략] 부교 칸하치權八 님은 정오 무렵 출발하였으며 통역사 전원이 멀리까지 배웅하였다. 그 사이에 오메쯔키 이노우에 치쿠고노카미의 집사 이마지나 님께서 메쯔키로서 10월 24일에 도착하여 회담을 위해서 오셨지만 통역이 없었기 때문에 과일과 과자, 포도주를 대접하면서 배교자 쥬앙이 오기를 기다렸다.[15]

그리고 마지막으로 1650년의 일기는 페레이라의 죽음을 보고하고 있다.

---

15 오메츠키나 메츠키는 관직의 이름으로서 이에 대한 설명은 다음 장의 "기리시단 주거지 관리인의 일기"의 주를 참조하시오.

1650년 11월 6일. 지금까지 40년간 바쿠후에 붙잡혀 있었으며, 우리가 쥬앙이라고 불렀던 예수회 소속의 신부 배교자 쥬앙이 어제 세상을 떠났다고 들었다.

마츠다 키이치[16] 박사에 의하면 일본 측 기록과 이 〈네덜란드 상관일기〉는 페레이라의 죽음에 대해서 이틀 정도의 차이를 보인다고 한다. 그러나 그런 것은 어찌되었든 간에, 이 얼마 안 되는 자료를 가지고도 베일에 가려진 사와노 쥬앙이 나가사키나 에도에서 보냈던 삶의 모습을 어느 정도 상상할 수 있다. 하지만 그가 이러한 생활을 하면서 얼마나 괴로워하였으며 얼마나 절망감에 울었는지, 때로는 자포자기하면서 자신의 운명을 얼마나 미워하였는가를 기록한 문서를 우리는 찾을 수 없었다.

한편 파제스에 의하면 페레이라의 죽음은 병사가 아니었다고 한다. 이런 생활로부터 다시금 자신이 일찍이 버렸던 신앙에 복귀하기 위한 재순교였다고 한다.

크리스토반 페레이라는 25년 후 다시 신앙으로 돌아와 순교함으로써 예수의 교회와 그가 속했던 예수회를 위로하였다. 페레이라 신부는 당시 54세였고, 예수회에 입회한지 37년이 되었다.

---

16 일본에서 난반학(南蛮学)의 태두로 존경받는 학자로서 죠치대학의 교수를 지냈는데, 엔도의 기리시단 관련 소설은 이 마츠다 박사로부터 많은 도움을 받았다.

파제스는 여기서 몇 가지 오류를 범하고 있다. 먼저 페레이라가 죽은 것은 54세가 아니라 70세를 넘어서였다. 또 그가 예수회에 속했던 기간은 40년간이다. 그러나 마츠다 박사가 쓴『역사적 사실의 페레이라史実のフェレイラ』에 의하면, 페레이라가 다시금 신앙으로 돌아가 순교하려 했다는 이야기는 해외에서는 꽤 알려진 사실이었던 것 같다.

1653년(으로부터 다음 해에 걸쳐서) 나가사키를 떠난 네 척의 중국 배가 인도지나의 통킹에 도착했는데, 현지에서 파울로 다 바타라고 불리는 일본인에게서 페레이라가 다시 기독교 신앙을 고백한 결과 처형되었다는 보고를 얻었다. 일본 관구 순찰사 P. Onofre Borges는 바타를 찾아와 이 중대 정보를 들었고, 마리노 신부는 1654년 7월 31일자로 이 사실을 로마에 보고하였다. 그해 연말의 계절풍을 타고서 두 척의 중국배가 나사사키로부터 통킹에 도착했는데, 선장은 역시 똑같은 보고를 바타에게 전했다. [중략] 바타는 통킹 정부의 사제들에게 이 사실을 보고하였고, 그중 한 사람, 쥬제페 아그네스는 1655년 5월 6일자로 페레이라의 순교를 세레베스의 마캇사르 주재의 동료 마테로 삭카노에게 알렸다. [중략] 그 내용을 요약하면 다음과 같다.

"페레이라는 이미 노령으로 수년째 병상에 누워 있었다. 그는 자기가 신을 배반했다는 것에 마음이 아픈 나머지, 큰 소리로 가슴속에 있는 내용을 토로하였다. 이는 즉시 부교소의 사졸들에게 보고되었고, 사졸들은 츄앙을 신문하였다. 츄앙은 솔직하게 비통한 심경을 토하면서 기독교 신앙을 고백하였다. 사졸들은 그를 야유하고 모욕했지만 페레이라가 들은 척도 하지 않자 부교에게 보고하였다. 조사가 이루어졌으며, 부교는 시민들이 소란을 피우지 않도록 페레이라를 처형하기로 하였다. 사졸들이 이러한 사실을 페레이라에게 전달하였지만 그는 태연자약하였다. 그는 곧 구멍에 거꾸로 매다는 고문을 하는 장소로 끌려 나왔다. 부교소의 저지에도 불구하고 많은 일본인과 중국인들이 바라보는 가운데 페레이라는 구멍에 거꾸로 매달려서 절명하였다."

그러나 마츠다 박사도 말하고 있듯이 이러한 정보는 〈네덜란드 상관일기〉에 비해서 사료로서의 가치가 부족하다. 나로서는 페레이라가 순교한 것이 아니라 오랫동안 병상에 누웠다가 세상을 떠났다고 생각한다.

페레이라가 생존 중에 선교사들을 취조할 때에 통역사의 역할을 하도록 명령받았다는 것에 대해서는 이미 썼지만, 여기서 잊어서는 안 될 것이 하나 있다. 배교하고 나서 3년째가 되는 칸에이 13년(1636년)에 페레이라는 자신의 기교를 내외에 명확하게 알리는 『켄기로쿠顯僞錄』라는 책을 쓰게 되었다는 사실이다. 그것은 기독교의 오류를 밝히는 책으로서, 3년 전까지 자신이 거기에 의지하면서 살아왔던 것을 모두 부정하는 서적이었다.

물론 그것은 부교소의 명령 혹은 강제에 의한 것이었지, 페레이라의 자발적 행위는 아니었을 것이다. 그것은 이 책을 읽어보면 금방 알 수 있다. 기독교에 대한 소개나 반박의 내용이 너무나 유치하고 소박해서, 예수회의 신학 교육을 받은 페레이라가 쓴 것이라고는 도저히 믿어지지 않기 때문이다. 아네사키 박사의 추정에 의하면 이 책은 "부교소의 지시를 받은 몇몇 유생들이 츄앙에게 기독교 교리에 대해서 물으면 츄앙이 이에 대답하고, 그 대답에 대한 논박을 쓴 후 다시 그 내용을 츄앙에게 보이는" 식으로 기록되었다. 그렇다면 어쩌면 유생들과 페레이라의 합작이었을 지도 모를 일이다.

그러나 〈켄기로쿠〉의 어떤 구절을 읽어보면 이 배교자의 저주의 목소리가 들려오는 부분이 있다.

천지의 조물주, 만상의 주가 지혜의 근원이라면, 어째서 세상의 사람들이 모두 주를 알도록 피조되지 않았을까. [중략] 자비의 근원이라면 어째서 세상을 사람들의 팔고八苦, 천인의 오쇠五衰, 삼계무안으로 가득 찬 고난의 세계로 만들었을까.

가령 이 구절이 페레이라 자신이 쓴 것은 아니라고 하더라도, 공술자供述者가 이것을 읽었을 때 페레이라의 마음속에는 고문과 처형을 견디지 않으면 안 되었던 많은 일본 기리시단의 얼굴이 어른거리지 않았을까?

기리시단에서 말하는 '예정'(프레데스티나토: 앞으로의 삶이 미리 선택
된다는 뜻)이란 무시무종無始無終으로부터 데우스神가 선택해서 돕는
것을 말하고, 같은 종지宗旨에도 레프로포(reprobatus: 앞으로의 삶이
데우스로부터 버림을 받는다는 뜻)가 있어서 어떤 지옥에 떨어진다는
가르침이다. 이것을 어찌 자비의 근원이라고 할 수 있단 말인가?"

이 구절은 기교한 페레이라의 슬픔을 그대로 말해주고 있는 것 같
다. 신에 의해서 구원받기로 예정된 사람과 지옥에 떨어지는 운명으
로 결정된 사람이 구별된다(가톨릭이었던 페레이라가 마치도 개신교들처
럼)는 사실을 인정한다는 것은 자신을 '운명론자'라고 생각했기 때문
이었을까?

〈켄기로쿠〉가 페레이라의 자발적 저술이었든 아니었든 간에, 그
가 그 책을 자신이 쓴 것이라고 인정했다고 한다면, 그는 이제 될 대
로 되라는 식의 자포자기의 기분이 되어 있었을까?

〈켄기로쿠〉의 앞부분에 있는 다음 구절 속에는 말로 다할 수 없는
그의 슬픔이 배어 나오는 듯하다.

남만南蛮에서 태어난 어떤 자가 있었으니… 젊어서부터 기리시단의
종지를 가르치는 것만을 업으로 하여 마침내 출가하였다. 그는 오
랫동안 이 도道를 일본에 널리 펴려는 뜻을 깊이 하여 수천만 리를
멀다하지 않고 일본에 왔다. 이 법을 만민에게 가르치기 위해서 긴
세월 배고픔과 추위를 기꺼이 참으면서 산과 들에서 숨어 지내고,

코다이지

신명身命을 아까워하지 않고, 나라의 법을 두려워하지 않으며, 동표
서박東漂西泊하면서 이 법을 널리 전하였다.

배교한 후에도 페레이라에게는 사람들에게 도움을 주려는 사제
로서의 심리가 남아 있었다. 그가 일본인을 위해서 천문학과 의학을
가르친 것도 그러한 심리의 발로였을 것이다. 그의 의학적 지식과
천문학적 지식은 물론 당시의 예수회 사제가 포교를 위해서 습득한
정도에 불과했지만, 그래도 일본인들에게 공헌한 바는 자못 큰 것이
었다. 의학적으로는 페레이라의 문하에 스기모토 츄앙이나 니시 겐
포西玄甫 등이 태어났고, 이노우에 치쿠고노카미의 명에 의해서 서양
의 천문학서 『켄콘벤세츠乾坤弁說』[17]를 번역할 때에는 페레이라 자신

---

17 1659년에 쓰인 자연과학서로서 일본에 표착한 포르투갈인이 지니고 있던 것을 페레
이라가 번역한 것.

코다이지에 있는 무덤들

도 치쿠고노카미의 신하들에게 천문과 기하를 강의하였다. 그는 네덜란드 선장에게 볼록렌즈나 망원경을 구해달라고 부탁하기도 하였다.

페레이라가 1650년 11월에 나가사키에서 죽은 것은 나가사키의 〈네덜란드 상관일기〉에 기록되어 있다. 그의 무덤이 나가사키의 코다이지晧台寺에 있었던 것은 확실하다.

그 후 그의 무덤은 페레이라의 사위인 스기모토 츄앙에 의해서 시나가와의 토카이지東海寺로 옮겨졌으며, 스기모토 집안의 자손인 스기모토 킨마의 이야기에 의하면, 최근에는 다시 야나카로 옮겨졌다고 한다.

_ 〈하나의 후미에로부터〉에서

* * * * *

등장인물과 나의 관계

소설가는 자신 속에 있는 여러 인격을 각각 독립시켜서 그것을 작중 인물로서 그려나간다. 〈침묵〉에 대해서 말해 본다면, 페레이라, 키치지로, 로드리고는 모두 나이며, 이노우에 치쿠고노카미도 역시나 자신이다. 즉 내 안에서 공존하고 있는 것을 작중 인물로서 독립시켜서 묘사한 것이다. 따라서 당연히 등장인물들 사이의 관련성은 매우 강하다.

내가 나가사키의 거리를 걷기 시작했을 때 그 등장인물들은 아직 이름을 갖고 있지 않았다. 그러나 항상 그들은 내 마음속에서 서로 이야기를 주고받고 있었다. 내 안에서 이야기를 주고받는 한 사람 한 사람을 구체적인 인물로서 묘사하는 것이 소설이라는 작업이다.

다른 소설가의 경우도 마찬가지겠지만, '타인에 대해서 쓴다'는 것은 정말 대단한 재능이 있는 소설가가 아니면 할 수 없는 일이다. 자신과는 완전히 다른 사람을 쓴다는 일은 거의 불가능에 가깝다고 나는 생각한다.

내가 로드리고의 모델로 삼았던 쥬제페 키아라에 대해서는, 후에 그가 지금의 코단샤에서 가까운 〈기리시단 주거지〉로 이송되었고, 거기서 두 명의 남녀 하인을 데리고 살았다는 기록도 남아 있다. 사실 나는 〈침묵〉의 속편으로서 키아라의 후반생을 별도의 소설작품으로서 쓸 수 있으면 좋겠다고 생각하였다. 그리고 만일 그것을 쓴다면 아마도 픽션이 될 것이라고 생각하였으므로 〈침묵〉에서는 키아라의 이름을 일부러 로드리고라는 다른 이름으로 바꾸었다.

쥬제페 키아라(오카모도 산에몬)는 역사적으로 유명한 인물이기 때문에 독자에게 오해를 주어서는 안 된다고 생각했기 때문이었다. 키아라에 대해서 기록을 통해서 알 수 있는 사실은 그가 포교를 위해서 일본으로 밀항해 왔으나 하카다만에서 붙잡혀서 에도로 이송되었다는 것뿐이어서, 내가 〈침묵〉에서 묘사했던 산 속을 도망다니는 장면 등은 모두 꾸며낸 픽션이었다.

이런 점에서 보면, 페레이라의 경우 이노우에 치쿠고노카미의 고문을 받아 배교했다는 것과 그 후 끔찍한 삶을 보냈다는 것이 모두 기록으로 남아 있다. 〈네덜란드 상관일기〉 등을 보아도 그렇게 기록되어 있다. 나는 페레이라에 대해서는 사실에 근거해서 썼기 때문에, 실명 그대로 등장시켜도 독자들에게 불필요한 혼란을 일으킬 염려는 없다고 생각했다. 다만 그가 키아라(로드리고)와 재회한 후에 나눈 문답은 나의 창작이다.

또 하나의 인물인 키치지로에 대해서 말해 보겠다. 키치지로는 〈침묵〉의 첫 부분에서 로드리고의 안내역을 맡아 마카오로부터 일본으로 돌아온다. 나는 키치지로를 처음부터 일본에 살고 있는 것으로 설정하지 않고 마카오로부터 일본으로 돌아오는 것으로 설정하였다. 그 이유는 우선 성 프란시스코 자비에르가 고아로부터 일본인을 데리고 일본에 왔다는 사실을 알고 있었기 때문이다. 당시 고아나 마닐라에는 일본인들이 많이 살고 있었다. 키치지로처럼 자기가 두려워하는 일본에 다시 돌아간다는 것은 사실은 중요한 부분이다. 소설의 후반부에서도 키치지로는 붙잡힌 로드리고를 (감옥으로) 다시 찾아간다.

일본의 비평가들은 거의 눈치채지 못했겠지만, 성서에는 제자 베드로가 예수가 붙잡혀 있는 가야바의 관저를 찾아가는 장면이 있다. 그곳을 스스로 찾아간다는 것은 큰 위험을 동반하는 것인데도 베드로는 찾아갔다. 거기서 사람들에게 추궁을 받자 "나는 예수를 알지 못한다"라고 닭이 울기까지 세 번이나 부인한다.

위험한 줄 알면서도 갔지만, 막상 주위로부터 추궁을 당하자 신념을 버렸던 것이다. 그러한 인물로서 베드로는 묘사되어 있다. 실은 나는 키치지로를 베드로와 같은 인물로 그렸던 것이다.

인간이란 그런 존재이다. 도망갔지만 다시 돌아오는 것이다. 도스토엡스키의 소설 속에서 살인을 범한 라스코리니코프가 범죄 현장에 다시 돌아오는 장면이 있다. 그것도 역시 마찬가지일 것이다. 단순한 호기심 때문이 아니라 마음의 보상작용으로서 돌아오는 것이다. 키치지로가 자신이 두려워하는 일본에 돌아왔던 것도, 역시 그가 마음속에서 무엇인가를 요구하고 있기 때문이었다. 후에 로드리고에게 돌아오는 것처럼, 자신이 배반을 하였으면서도 일부러 위험한 장소로 돌아온다는 모순된 심정에 대한 하나의 복선으로서, 〈침묵〉의 첫 장면에 키치지로가 일본으로 돌아온다고 설정하였다.

또 한 가지, 키치지로의 배반에 대해 말해보고 싶다. 이것은 아마 누구의 인생 속에도 있을 수 있는 일일 것이다. 물론 나의 인생에도 있다. 즉 나는 소설을 쓰면서 나 자신의 약한 심리를 키치지로에게 투영할 수 있었다.

일찍이 나보다 한 세대 위의 사람들 중에는 좌익운동에 투신했다가 당으로부터 멀어졌던 사람들이 있었다. 그 경우 그들이 자신의 존재 가치를 증명하기 위해서 취했던 길은 두 가지였다. 즉 자신이 몸담았던 당을 철저하게 증오하거나 정면으로부터 부정하든지, 혹은 끝까지 당을 고집해서 마음의 회한을 기억하면서 살든지, 둘 중의 하나였다. 키치지로의 경우는 나보다 한 세대 앞선 사람들을 포함한 일본인 인텔리가 부활한 것처럼 생각하면 된다. 만일 〈변절의 문학〉이라고 하는 것이 있다면, 그것을 체현하고 있는 것이 키치지로가 아닐까?

〈침묵〉을 읽은 많은 사람들이 이렇게 말한다.

"키치지로는 저 자신입니다."

그것은 그들이 기치지로 속에서 자신을 발견하였기 때문이다. 즉 누군가를 배반한다는 것은 나만의 체험이 아니라 인간 모두의 체험인 것이다. 변절하지 않을 수 없는 시대에 우리는 태어나서 함께 그러한 시대를 살아가지 않으면 안 되었다. 따라서 키치지로라는 인물이 구상화되어서 소설 속에 등장했던 것도 당연한 일이라고 할 수 있다.

지금이라면 〈침묵〉이라고 제목을 정하지 않을 것이다

나는 정말이지 과장된 타이틀이라면 질색하는 성격이기 때문에, 탈고된 원고를 출판사에 넘길 때 내가 붙였던 타이틀은 〈양지陽地의 냄새日向の匂い〉였다. 그런데 출판사에서 일하던 친구가 이 제목으로는 박력이 없으니, 역시 이런 내용의 글이라면 〈침묵〉이 좋겠다고 권하는 것이 아닌가?

하지만 당시 영화감독 베르히만의 〈침묵〉이라는 유명한 영화가 있었기 때문에, 솔직히 그 말에 따르고 싶은 생각이 별로 없었지만 결국에는 〈침묵〉이라는 그의 제안을 받아들였다.

그 결과 매우 난처한 일이 일어나고 말았다. 책이 출판된 뒤 일본의 독자나 비평가들은 "이 책은 '신의 침묵'을 그린 작품"이라고 착각하였던 것이다.

나의 의도는 '신은 침묵하고 있는 것이 아니라 말씀하고 있다'는 것이었는데 말이다. 즉 '침묵의 소리'라는 의미가 포함된 〈침묵〉이라고 생각하고 있었던 것이다.

소설의 제목이 오독의 원인이 되고 말았다. 잘못은 물론 그러한 것을 예측하지 못했던 나에게 있었다. 침묵이라는 말이 그대로 평면적으로 받아들여지리라고는 생각하지 못했다. 예를 들어 어떤 여자가 남자에게 "당신이 싫어요"라고 말할 때는 실은 '좋아요'라는 의미가 그 말에 담겨있는 것처럼 말이다. 내 책의 제목인 〈침묵〉도 그렇게 이해될 것으로 생각한 나머지 그만 〈침묵〉이라는 제목을 붙이고 말았는데, 지금 생각해도 후회가 된다.

그러므로 만일 나이를 먹을 만큼 먹은 지금 그 소설을 탈고했다면 〈침묵〉이라는 제목을 붙이지는 않았을 것이다. 아무리 반대 의견이 많더라도 〈양지의 냄새〉처럼 직설적이지 않은 제목을 골라서 붙였을 것이다. 〈침묵〉이라는 제목은 정말 과장된 듯한 느낌이 들어서 민망할 때가 많다. 가능한 한 절제된 제목을 붙임으로서 그 속에서 독자 스스로 소설의 테마를 읽어내도록 하고 싶기 때문이다.

소설의 테마를 겉으로 그대로 드러내는 제목, 즉 제목을 보면 주제를 바로 알 수 있는 제목은 그다지 좋은 제목이라고는 할 수 없다. 아니, 지금에 와서는 그런 것은 오히려 나쁜 제목이라는 생각마저 든다.

자신의 작품 중에서 좋아하는 제목을 말하라고 한다면 나는 〈내가 버린 여자〉나 〈사무라이〉를 꼽겠다. 〈침묵〉은 직접적인 이미지가 강하지만, 이 두 작품은 이중의 이미지를 지니고 있기 때문이다.

"내가 버린 여자"는 '내가 버린 예수'라는 의미를 포함하고 있고, "사무라이"는 무사라는 의미만이 아니라 '사부라우さぶらう', 즉 '누군가를 섬기다, 누군가를 의지하다'라는 의미가 포함되어 있기 때문이다. 나는 그처럼 이중 이미지를 가진 제목을 좋아한다.

처음에 내가 제목으로 삼으려 했던 〈양지의 냄새〉는 조금은 이해하기 어려운 제목일지도 모른다. 하지만 나로서는 다음과 같은 생각을 하고 있었다. 인생의 모든 것이 실패로 끝나버렸던 페레이라. 그는 사형수였던 일본인의 처와 그에 딸린 자식들을 떠맡았다. 그러나 사람들을 위해서 무언가를 하고 싶은 나머지 의사로서 일하는 페레이라. 그런데 때때로 부교소에 불려나가 예를 들어서 중국에서 온 배에 수상한 자가 섞여 있지는 않은지, 혹은 기리시단의 책이 실려 있지는 않은지 등등을 조사하는 일에 참관하지 않을 수 없다. 이렇게 굴욕적인 매일 매일의 삶을 보내고 있던 사나이가 어느 날, 자기 집 뜰을 비추는 양지 속에서 팔짱을 낀 채 지나간 자신의 인생을 회고한다.

그럴 때 거기에는 분명히 '양지의 냄새'가 있을 것이라고 생각하였다. 달리 표현해 본다면 '고독의 냄새'라고나 할까, 그런 이미지를 제목으로 삼고 싶었다.

페레이라가 실제로 양지의 냄새를 맡는 장면을 쓰지 않았던 것은, 역시 문장을 쓰는데 있어서도 절제하는 일이 가장 중요하다고 생각했기 때문이었다.

즉 빛을 묘사하는 대신 그저 담담히 그림자를 그린다.

그 점에서 〈침묵〉이라는 제목은 칼을 곧추세우고 상대방을 제압할 듯이 노려보면서 "자, 잘 보란말이야"라고 소리 지르는 것 같은 느낌이 들어서 마음에 들지 않았다.

다만 그때는 소설을 끝낸 직후여서 완전히 지쳐 있었다. 아마도 지금의 나라면 절대로 양보하지 않았을 것이다. 소설의 내용을 조금 느끼도록 하는 듯한 너클볼과 같은 제목을 붙이고자 했음에 틀림없다.

일본뿐만 아니라 외국의 비평가들도 〈침묵〉이라는 제목에 현혹된 듯하였다. 각국에서 나의 작품을 논해주었지만, 역시 〈침묵silence〉이라는 말이 너무 강한 인상을 주었는지, 그 말에 좌우되고 있는 것처럼 보였다. 그러므로 나 스스로 〈침묵〉은 그런 것이 아니라고 부정하지 않으면 안 되었다. 이 소설이 발표되었을 때 여러 가지 비판이 기독교 교회로부터 쏟아져 나왔는데, 그 대부분이 '신은 침묵하고 있다'라고 이해한 사람들로부터 가해진 비판이었다.

마지막 장 "기리시단 주거지 관리인의 일기"에 관한 오독

앞에서도 말했던 것처럼, 나는 자연 묘사의 경우나 대수롭지 않게 쓴 한 줄의 글에서나, 언제나 이중, 삼중의 이미지를 거기에 포함시키려고 한다.

"주인공 로드리고가 후미에를 밟지 않으면 안 되었다. 마침내 아침이 찾아왔다. 그는 괴로운 밤을 보냈고, 아침이 되어 후미에를 밟게 되었다. 그때 닭이 울었다." 그런데 대부분의 일본 독자들은 이 장면을 읽으면서 거기에 쓰여 있는 대로 "닭이 울었다"라고 단순하게 밖에는 읽어 주지 않았다. 그러나 길고도 괴로운 밤이 지나고 날이 샜을 때 닭이 울었다고 한다면, 외국에서는 성서에 등장하는 베드로의 이야기가 그 안에 숨겨져 있음을 곧 눈치챌 것이다.

혹은 "긴 밤"이라고 하면, 예수가 체포되고 난 후 카야바의 관저에서 보냈던 긴 밤이나, 그 후 제자들이 예수의 무덤에서 꼼짝 않고 있으면서 상황을 지켜보고 있었던 그 밤을 느끼게 될 것이다. 그래서 '여기는 그런 이야기를 바탕으로 해서 쓰고 있구나'라고 받아들일 것이다.

내가 쓴 한 줄 한 줄의 글을 기독교라는 문화 속에서 자라난 유럽인이라면 정확하게 느낄 수 있을 것이다. 나는 그런 기대를 가지고 있었다.

그 기대는 크게 배신당한 것 같지는 않았다. 다만 소설의 마지막 장에 위치시켰던 "기리시단 주거지 관리인의 일기"에 대해서는 외국에서도 오독을 하고 있었다. 그것은 번역의 탓도 있겠으나, 구체적으로 말하면 다음과 같은 구절을 지적할 수 있다.

오카다 산에몬은 종문宗門에 대해서 글[書物]을 쓰도록 토오토오미 노카미에게 명령을 받았다.

여기서 말하는 "글"이란 서약서를 가리키는 것으로서, 오카다 산에몬(로드리고)이 서약서를 썼다고 관리가 보고하는 기록이다.

아무렇지도 않게 그저 기록인 것처럼 보이지만, 왜 산에몬은 토오토오미노카미로부터 서약서를 쓰라는 명령을 받았는가? 또 이 경우 서약서란 무엇인가? 이것이 중요한 문제이다.

사실 기독교 신앙을 버렸다는 서약서라면 산에몬은 이미 오래전에 썼었다. 그는 기독교가 잘못된 가르침이고, 선교사들은 엉터리를 말하면서 돌아다니고 있으며, 자신은 그러한 것을 믿었기 때문에 일본에 왔다는 등등의 내용으로 신앙을 버리겠노라고 이미 서약을 했던 것이다. 그렇다면 왜 지금 그는 다시 서약서를 쓰지 않으면 안 되었을까?

결론부터 말한다면, 그는 일단 배교하기는 했지만 "나는 여전히 기독교인이다. 고문을 견디지 못해서 기교하긴 했지만, 그것은 본심은 아니었다"라고 말했기 때문이다. 그렇기에 다시금 고문을 받고 다시 한번 기교하겠노라는 서약서를 쓴 것이다. 이것을 "기리시단 주거지 관리인의 일기"에 있는 위의 한 줄이 암시하고 있는 것이다.

그런데 영역에는 이 부분, 즉 "글을 썼다"는 구절이 "write a book"이라고 번역되어 있다. "책을 썼다"라고 번역해 버리면 서약서라는 의미가 완전히 사라져 버린다. 그리고 기록 중에서 중요한 한 구절이 전혀 아무런 의미도 없는 문장이 되어 버린다.

하지만 그러한 번역상의 우여곡절이 있었다고는 해도 "기리시단 주거지 관리인의 일기"를 포함해서 외국의 독자들은 꽤 정확하게 〈침묵〉을 읽어 준 것이 사실이다. 이 점은 일본에서의 상황과는 조금 차이가 났다.

내가 듣고 있는 바로는 일본에서는 〈침묵〉이 좌절의 책으로서 읽혔다고 한다. 당시의 일본은 학생운동이 절정에 도달할 무렵이었기에, 그 운동에 좌절한 좌익 사람들이 애독해 주었을 것이다.

기독교 중에서도 가톨릭보다는 오히려 개신교 분들이 많이 읽었다고 들었다. 가톨릭교회에서는 거의 금서처럼 여겨서 미사 중에 "〈침묵〉은 읽지 마세요"라고 말한 신부도 있었다.

일본과 서양의 거리감 — "진흙밭"이 지닌 이미지

어렸을 적에 나는 자발적으로는 성서를 읽지는 않았지만 예수에 대한 이야기는 교회에서 많이 들었다.

그런 이야기들 가운데 "배반했을 때 닭이 울었다"는 것도 내 머리 속에 하나의 이야기로서 형성되어 있었다. 그러므로 내가 소설을 쓸 때 배반하는 장면이 등장하면 당연하다는 듯이 닭이 떠오른다. 요컨 대 '배반과 닭'은 나의 마음속에서 벌써 하나의 이미지로서 형성되어 있었던 것이다.

"로드리고가 후미에에 발을 올려놓았던 아침에도 닭이 울었다." 이렇게 쓰는 것이 내게는 극히 자연스러운 일이었다. 또 독자들도 그렇게 읽어주겠지 하는, 독자에 대한 신뢰감이 있었던 것도 사실이 다. 베드로가 "예수라니? 나는 그런 사람 몰라"라고 부정했을 때 닭 이 세 번 울었다는 이야기는 너무나 유명하므로, 적어도 외국의 소설 을 읽고 있는 사람들은 알고 있다고 생각했다. 그런데 외국의 소설가 가 쓴 것은 그렇게 헤아릴 줄 아는 일본의 비평가들도, 일본인이 썼 다고 하면 설마 하고 여겨서인지 거기까지는 생각해주지 않았다.

하지만 다른 한편으로 생각해 보면, 외국과 일본 사이의 그러한 거리감이야말로 내가 쓰고 싶었던 것이라고도 할 수 있다. 즉, 그것 이 소설의 마지막 장면에서 이노우에 치쿠고노카미가 로드리고를 향해서 했던 말의 의미이다.

이노우에 치쿠고노카미는 한때 기독교인이었던 인물이다. 그러 나 후일 그는 기독교를 버렸다. 그는 뛰어난 인텔리였으며, 토쿠가 와 시대에 전장에는 단 한 번도 출전하지 않고서도 다이묘가 될 수 있었던 최초의 관료였다. 그 정도로 우수한 두뇌를 가진 사나이였다면, 자신이 기독교 신자가 되었을 때나 또 그것을 버렸을 때에도, 여러 가지 문제에 대해서 깊이 생각하였을 것임에 틀림없다. 그러므로 마지막에 그는 로드리고를 향해서 이렇게 말했다.

그대는 일본이라는 진흙밭에게 진 것이다. 이 나라는 기리시단의 가르침과는 어울리지 않는다. 기리시단의 가르침은 뿌리를 내리지 않는다. 일본이란 그런 나라다. 어쩔 수가 없어….

이것은 이노우에 치쿠고노카미가 상대를 동정하면서 했던 말이었다. 외국인 선교사들이 아무리 노력해도, 표면적인 기독교라면 일본에 이식될 수 있지만, 기독교의 배후에 있는 본질적인 것은 자라날 수 없다는 말이다.

이것이야말로 "진흙밭"이라는 말이 나타내고 있는 바이다. 표면에서는 꽃이 피어 있는 것처럼 보일지 모르지만, 뿌리는 벌써 썩어버렸다는 뜻이다. 〈침묵〉이 발표된 뒤 외국인 저널리스트가 나를 찾아오면 반드시 이 부분에 대해서 질문을 던지곤 하였다.

"진흙밭을 어떤 의미로 사용했습니까?"

사실 내가 이 구절을 쓰면서 생각했던 바는 뿌리를 썩게 하는 것을 어떤 이미지로서 표현할까 하는 것이었다.

그러다 나는 진흙밭이라는 이미지를 생각해 냈다. 진흙밭 속에서 식물의 뿌리는 썩어간다. … 가까운 시일 내에 외국의 비평가들의 모임으로부터 〈엔도 슈사쿠론〉이 나올 예정이지만, 아마도 이 점이 그들의 공통된 문제가 될 것이 틀림없다.

이야기를 되돌리면, 나는 이노우에 치쿠고노카미의 그 대사를 상대방을 배려하는 말로서 썼다. 하지만 그 말에 대해서 나 스스로조차 '이것은 서양 사람의 말투잖아'라고 생각한다.

이노우에 치쿠고노카미는 당시의 기독교를 가리켜서 말한 것이었다. 유럽의 사고방식을 토대로 하면서 성립되었고, 그러한 사고방식을 통해서 성장한 기독교를 그대로 일본에 가져온다면 아무런 쓸모가 없다고 말하였다.

다른 말로 한다면 그는 "그대들의 사고방식과는 다른 방식으로 형성된 기독교를 다시 생각해내지 않으면 안 된다"는 뜻이다. 그러므로 그는 로드리고에게 당신들의 종교는 틀렸다고는 결코 말하지

나가사키 다테야마(立山) 부교소

않았다. 그는 단지 당신들의 종교는 일본에는 어울리지 않는다고 말했을 뿐이다.

그렇다면 '일본의 사고방식에 맞는 기독교란 무엇인가'라는 문제가 필연적으로 대두된다. 내가 〈침묵〉 이후에 썼던 소설들은 이 문제에 눈을 돌리면서 썼던 작품들이었다. 〈사무라이〉는 그 대표작이라고 할 수 있을 것이다.

앞에서도 말했던 것처럼, 나는 '당시의 일본인들이 기독교와 같은 이국의 종교를 어떻게 믿을 수 있었는가'라는 점에 흥미를 느끼고 있었기 때문에 그에 대한 공부를 조금씩 계속해 나갔다. 불교적인 생각에 의하면 이 세상은 덧없어서 의지할 것은 아무것도 없다. 전국시대는 자기 주인조차도 의지할 바가 못 되는 시대였다. 그러한 상황 속에서 그들은 기독교 신앙을 받아들였다. 혹은 기독교를 신도神道의 사상과 연결하면서 그들은 기독교의 세계 속으로 들어갔다. 그렇게 하면서도 그들은 기독교를 믿고 있다고 생각했다. 그리고 선교사들도 그것을 용인하고 있었다. 그러한 일을 생각해 보면, 여러 가지 요소가 기독교 안에 포함되어 있었으며, 그러한 일이 가능하였기에 일본에 기독교가 성립될 수 있었다. 바로 이점에 나의 가장 큰 흥미가 있었다.

개를 쓰면 개라고 여기고, 새를 쓰면 새라고 여긴다

일본 문단에서 기독교를 테마로 하는 글을 쓰면 아무래도 잘 받아들여지지 않는다는 것은 어쩔 수 없는 일인지도 모른다. 그래서 나도 그때까지만 해도 글의 방식이나 대상을 바꾸어 가면서 '도대체 어디서 어떻게 조화시키면 좋을까'라고 여러모로 생각해 보았다.

예를 들어 나의 소설에는 구관조나 개가 곧잘 등장한다. 병든 주인공이 자기 마음속의 어두운 비밀을 구관조에게만 털어놓는다. 그리고 주인공이 두 번째의 수술을 받았을 때 구관조는 죽는다. 그러나 그 경우, 나의 독자 중 누구 한 사람도 구관조를 그리스도라고는 생각해 주지 않았다. 혹은 한 마리의 개가 가만히 주인을 쳐다보고 있다. 그 슬픈 눈에서 나는 언제나 그리스도를 느끼고 있기 때문에 그렇게 쓰곤 한다. 그리스도라는 말 대신에 그저 한 마리의 개에 대해서, 그 개의 눈에 대해서 쓴다. 그런데 대부분의 사람들은 그것을 그리스도의 눈이라고는 생각해 주지 않는다. 개를 쓰면 그냥 개라고 생각하고, 새를 쓰면 단순히 새라고 생각하는 것이다. 사람들이 자신의 글을 못 이해한다고 푸념을 늘어놓은 것은 소설가로서는 굴욕적이지만, 이런 일로 꽤나 악전고투를 한 것도 사실이다.

〈침묵〉을 썼던 것은 마침 병을 앓고 난 후였다. '이제는 더 이상 타협이고 뭐고 할 필요 없어. 내가 쓰고 싶은 대로 쓰면 그만이야.' 그렇게 될 대로 되라는 마음이었지만, 그래도 나로서는 꽤나 절제해 가면서 쓴 셈이다.

또 한 가지, 책이 그렇게 많이 팔리리라고는 생각도 못 했다. 출판을 해 준 신쵸샤조차 5만 부 정도만 팔려도 다행이라고 생각했을 것이다. 당시의 순수문학 작품은 대개 많이 팔려야 5만 부에서 7만 부

정도 팔렸기 때문이었다. 그런데 의외로 많은 사람들에게 읽혔고, 이제는 학교의 교과서에도 실리게 되었다. 교과서에는 로드리고가 산속을 헤매는 부분이 게재되었다. 생각해 보면 교과서란 한자나 단어의 의미를 배우도록 하기 위한 것이지 문장을 읽는 방식이라든지 문장의 맛을 보는 방법을 가르치는 것은 아니다. 그런 점에서 생각해 보면 〈침묵〉이 국어 수업에서 어떻게 다루어지고 있는지에 대해서는 별로 관심이 없는 것도 사실이다.

여담이지만, 일찍이 내 소설 중 하나가 대학 입학시험 문제에 출제된 적이 있었다. 작품의 일부가 지문으로 인용되고 나서 "주인공은 어떤 기분으로 그러한 행위를 하였는지, 다음의 보기에서 옳바르다고 생각하는 항을 선택하시오"라는 질문이었다. 나중에 나도 문제를 풀어 보았지만, 내가 정답이라고 생각했던 것과 대학이 정답으로 인정했던 답은 전혀 달랐다. 즉 나는 모든 항목을 다 선택했는데, 대학은 단 하나의 항목만이 정답이라고 정해놓았던 것이다. 하지만 말해 두거니와, 그 글을 쓴 작가는 대학교수가 아니라 바로 나다.

학교의 국어 수업이나 시험이란 그런 것이다. 문학 감상을 위한 공부는 아닌 것이다. 그 증거로 나는 대학에 들어갈 때까지 국어 시간이 되면, 예를 들자면 "이 문장은 맛있다"라는 식으로 배운 기억이 없다. 대학에 들어와서 처음 훌륭한 선생님을 만나서 문장의 맛에 대해 배움으로써 문장에 대한 눈이 열렸다.

글을 쓸 때 부딪히는 큰 벽

이미 몇 번씩 말했지만, 〈침묵〉을 쓰고 있을 때 나는 병을 앓고 난 직후였다. 그래서 카루이자와에서 일찍이 진료소로 쓰이던 집을 빌려서 쓰고 있었는데, 그 집에는 작은 방이 여러 채 딸려 있었다. 대여료도 지불하지도 않고 사용했던 그 방에서 나는 매일 밤 갓도 씌우지 않은 백열전구 밑에서 원고를 써 내려갔다.

하지만 〈침묵〉의 클라이맥스의 장면(로드리고가 후미에를 밟는 장면)은 마치 누군가가 나를 도와주고 있는 듯, 한 줄 한 줄을 거침없이 쓸 수 있었다. 누군가가 내 손을 움직여서 쓰도록 해주고 있다는 느낌이었다. 그것은 우선은 환경, 즉 내가 글을 쓰던 작은 집 덕택이었는지도 모른다. 그 집은 습기가 차있었고 어두웠다. 나한테는 그런 상태가 제일 적합한 것 같다. 시노야마 키신[18]의 말을 빌리자면 그 방은 "어머니 뱃속과 같은 상태"였던 것이다.

넓은 방이나 큰 서재 그리고 햇빛이 환하게 들어오는 호텔 방 같은 곳은 별로 맘에 들지 않는다. 일은 나 자신이 밀실에 감금된 것 같은 상태에서 가장 잘 진행된다. 더욱이 조금 어둑어둑하고, 조금 습기가 찬 듯한 방. … 카루이자와의 오두막집이 우연히 그런 조건과 일치하였다. 클라이맥스 부분은 내가 생각해 봐도 잘 쓴 것 같다.

이와는 반대로, 예를 들어 로드리고가 산속을 헤매는 장면에 이르러서는 붓이 잘 나가지 않아서 힘들었다. 나는 풍경 묘사를 좋아하기

---

18 일본의 유명한 사진가.

때문에 취재차 나가사키에 갔을 때에도 로드리고가 산속을 헤매는 곳으로 하자고 정했던 후쿠다[19]의 뒷산에 대학노트를 한 권 가지고 올라갔었다. 그리고 서투른 솜씨로 그 풍경을 그려놓고, 거기에 '산'이라든지 '구름'이라는 설명까지 덧붙였다. 또 빛의 그림자가 생기는 부분에 사선을 그어서 '그림자'라고 써넣기도 하였다. 나아가 하나하나의 이미지에 대해서 비유를 가지고 대학노트에 써 두었지만, 그것을 다시 꺼내 보아도 글은 좀처럼 잘 써지지 않았다.

일이 잘 안 풀릴 때에는 무엇을 해도 역시 마찬가지이다. 그럴 때에는 아무 전차나 집어타고서 차창에 몸을 기대어 물끄러미 밖의 풍경을 보곤 하던 적이 있었다. 그러노라면 전차가 만들어내는 단조로운 소리의 리듬과 흔들림이 나의 멍한 상태와 중첩되어 며칠씩이나 쓰지 못하고 괴로워하던 벽에 돌연 큰 구멍이 생기기도 하였다. 그러나 그렇게 잘 진행되었다고 해서 다음에 또 벽에 부딪혔을 때 똑같은 방식으로 벽을 넘어가려고 해도 쓸데없는 일이 되고 만다. 문제는 자신의 무의식을 움직이는 일이기 때문에, 의식적으로 자신을 그러한 상태로 만들어도 소용없는 것이다. 경마를 처음 한 사람이 우연히 행운을 만나는 것과 마찬가지여서, 재미를 붙여서 의식적으로 해보려고 하면 좀처럼 들어맞지 않는 것과 마찬가지이다.

---

19 후쿠다(福田): 일찍이 나가사키가 생기기 이전 기리시단 다이묘인 오오무라 스기타다(大村純忠)가 포르투갈 상선의 입항을 허락한 항구.

〈침묵〉에 대한 어떤 비판에 답하다

〈침묵〉에 대한 비판 가운데 페레이라나 로드리고가 배교한 것은 그들의 신앙이 진정한 신앙이 못되고, 바닥이 얕은 신앙이었기 때문이라는 의견이 있었다.

그에 대해서 내가 말하고 싶은 것은 이것이다. 기리시단 박해 시대에 행해진 고문도 경험해 본 적이 없는 사람이 그것을 체험한 사람의 신앙이 깊다느니 얕다느니 말할 수 있는 권리가 과연 있는가?

처음 이노우에 치쿠고노카미는 온갖 고문을 자행했었다. 고문을 가한 마지막에는 기리시단의 목을 베고 화형에 처했다. 그런데 기리시단들은 의연한 자세로 죽어가는 것이었다. 부교소의 관리가 그러한 모습에 감동하여 기리시단이 되었다고 하는 기록도 있을 정도였다.

여기에서 이노우에 치쿠고노카미가 최종적으로 생각해 낸 것이 가장 굴욕적이면서 가장 큰 고통을 지속적으로 가할 수 있는 고문, 즉 구멍에 거꾸로 매다는 고문이었다. 일순간의 고통이라면 사람들은 견딜 수 있다. 그러나 거꾸로 매달리면 머리로 피가 역류한다. 게다가 치쿠고노카미는 피고문자가 금방 죽지 않도록 하기 위해서 귀의 뒷부분에 작은 구멍을 뚫어 놓고서, 거기로부터 피가 조금씩 떨어지도록 해 놓았다. 구멍 밑에는 오물이 담겨 있다. 거기에 하루 종일 매달린다. 그것이 다음날도, 또 그 다음날도 계속된다. 의식은 점점 흐려지고 마침내 사람들은 배교하게 되었던 것이다.

그런 고문을 견딜 수 있는 사람은 아마도 천 명 중에 한 명이나 있을까 말까 할 것이다. 베드로 기베[20]라는 사나이는 이 고문을 견뎌 냈다. 그러나 누구나 다 그렇게 견딜 수는 없는 노릇이다. 나이나 몸의 상태까지 고려해 본다면, 배교한 사람들을 결코 비난할 수는 없을 것이다.

그런데도 그들의 신앙이 얕았기 때문에 배교하였다고 비난한다면, 비록 기독교인이라고 해도 나는 그렇게 말하는 사람에게 화를 내고 싶다. 우선 그렇게 말하는 사람에게는 상상력이 없다. 얕은 것은 배교한 사람의 신앙이 아니라, 그들 배교자들을 비판하는 사람 자신의 애정이다. 그리고 애정이 얕은 사람의 신앙이란 것을 나는 받아들일 수 없다. 지금은 그런 비판을 하는 사람도 없지만, 만약 있다고 해도 나는 그 사람의 얼굴을 그저 빤히 쳐다볼 뿐이다.

〈침묵〉 — 첫 장에 대한 반성

나만한 나이가 되면 밤에 문득 잠에서 깨어나 자신의 인생을 되돌아보는 일이 있게 된다. '그때 그 사람에게 이렇게 했더라면 더 좋았을 텐데', '그 여자에게 이렇게 했었다면 상처를 주지 않았을 텐데….' 그러나 되돌릴 수는 없는 일이다.

소설도 이와 같아서 '그때 이렇게 썼다면 더 좋았을걸'이라고 생각하는 일이 있다. 하지만 소설도 역시 내 인생의 일부분이다. 그래

---

20 베드로 기베(ペドロ岐部, 1587-1639)는 로마에 유학하여 사제가 된 후 일본에서 포교활동을 하다가 순교함.

서 나는 오히려 그대로 놓아두고 싶다.

물론 나중에 어떤 부분을 다시 쓰는 소설가도 있을 수 있겠지만, 그렇다면 그는 '인생을 재구성할 수 있다'고 믿는 사람임이 틀림없다.

소설 속에서 찾아낸 결점은 그것을 썼을 때의 자신의 결점과 다름 없다. 그러므로 나는 고쳐 쓰려고 하지 않는다. 만일 일부분을 고치면 전체의 구성이 균형을 잃어버릴 위험성도 있다. 이른바 결점이 있는 부분까지 포함해서 자신의 몸이기 때문에, 그곳을 고쳤다고 해서 몸 전체가 완전히 치유되는 것은 아니다. 오히려 그 결점이 있음으로 말미암아 다른 부분이 사는 경우도 있다.

〈침묵〉 속에도 지금 생각하면 '이 인물에 좀 더 보강작업을 하면 더 살아날 수 있었을 텐데'라고 생각하는 부분도 있다. 단 한 줄로 등장인물은 살거나 죽거나 한다.

그러나 솔직히 말해서 〈침묵〉에서 지금도 거슬리는 부분은 맨 마지막에 있는 〈기리시단 주거지 관리인 일기〉라는 장이다. 자료에 있는 문장을 그대로 사용했기 때문에 이해하기 어렵게 되어 버렸다. 역시 현대어로 번역해서 썼더라면 오해가 적었을 수도 있었을 것으로 생각한다.

아마도 소설가에게는 두 종류의 유형이 있을 것이다. 나중에 자신의 문장을 이렇게 저렇게 첨삭하는 사람도 있다. 나가이 카후는 그런 사람이었다.

그러나 나의 경우, 예를 들어 30세에 쓴 소설이라면 그 안에 있는 결점은 30세의 정감을 포함한 결점이라고 생각하고 싶다. 초기에 썼던 소설을 나중에 다시 읽어 본다면 누구라도 얼굴을 손으로 가리고 싶을 만큼 부끄러워질 것이다. 문장도 미숙하고, 작중 인물도 살아 있지 못하다. 오랫동안 소설가로서 일을 하노라면 기술도 조금은 향상되기 때문에 '이렇게 쓰는 것이 아니었는데' 하고 금방 알아차린다. 20대에 쓴 소설을 읽어보면 자신의 문장이 치졸하다든가, 시점이 유치하다는 사실을 곧 알아차린다. 그러나 그것도 역시 나의 인생인 것이다.

〈침묵〉의 원고가 목욕탕의 불쏘시개가 되다

확실히 〈침묵〉에도 다시 쓰고 싶은 부분이 없는 것은 아니다. 마지막 장의 "기리시단 주거지 관리인의 일기"에 대한 오해에 대해서는 앞에서 언급했지만, 그 이외의 부분들, 예를 들어서 소설의 맨 앞장이 지금은 눈에 거슬린다.

그 부분을 쓰고 있을 때 쓴다는 일이 정말로 힘들었던 것으로 기억한다. 그렇게 힘들게 썼기 때문인지 몰라도, 오히려 문장이 매끄럽지 않게 되어 버렸다. 다른 장과 비교해 보면 너무 굳어져 있음을 알 수 있다. 예를 들자면 3B의 연필로 쓴 부드러운 터치가 아니고, HB 연필로 쓴 것처럼 딱딱한 문장이 되어 있다. 아무래도 새로운 소설을 쓴다고 하는 긴장감이 그대로 드러난 까닭일 것이다.

소설을 쓸 때 우선 나는 원고용지의 뒷면에 작은 글씨로 써놓는다. 그것을 빨간 볼펜으로 정정하고 나면, 비서가 깨끗하게 정서를 해준다. 그 후에 소리를 내어 읽으면서 녹음을 해둔다. 그렇게 함으로써 문장의 리듬을 귀로 확인하는 것이다. 이 세 가지 작업이 내가 소설을 쓸 때 하는 일이다.

〈침묵〉에 나오는 순교의 장면, 즉 모키치와 이치조가 바닷물 속에 세워진 십자가에 매달려 죽는 장면을 쓸 때는 녹음을 듣고 나서 99%는 잘 썼다고 느꼈다. 비서는 그 부분을 옮겨 쓰면서 눈물을 흘렸다. 그녀는 문학부를 졸업한 것도 아니고 소설에 대해서도 아마추어였지만, 그런데도 그녀가 감동하고 있다는 사실을 느낄 수 있었다. 잘 썼다는 것은 그러한 것을 말한다. '붓이 매끄럽게 나아간다'는 것이 아니라 '한 줄 한 줄을 누군가가 내 손을 잡아주어서 써 나가는 느낌'인 것이다.

다른 소설가로부터도 곧잘 듣는 말이지만, "왜 이렇게 잘 써지지"라면서 어떤 손맛을 느낄 때가 있다.

그러므로 어렵사리 썼다고 해서 꼭 좋은 문장이 된다고는 할 수 없다. 고생한 결과 오히려 악문惡文이 되는 경우도 있다. 문장을 몇 번이고 다듬고 나서 "어때요, 잘 썼지요?"라고 한다면 틀린 말이다. 자신의 기교를 지우는 것이 중요하기 때문이다.

기교가 눈에 띄지 않게 하면서 아무런 특색도 없는 문장과 능숙한 문장의 아슬아슬한 곳까지 밀고 나간다. 진정으로 훌륭한 도예가가 결코 기교를 내비치지 않는 것과 유사하다.

능숙하게 쓰고 있을 때 '누군가의 손'을 느끼는 것은 나만의 경우는 아니다. 일본 화가 히라야마 이쿠오도 같은 말을 한 적이 있다.

그러한 기회를 타고 난 작가야말로 대예술가라고 할 수 있다. 나 같은 소설가는 어쩌다가 그런 기회를 만났을 뿐이지만, 그래도 〈침묵〉을 쓰고 있을 때는 '누군가의 손'을 느낄 때가 많이 있었다.

〈침묵〉을 탈고했던 것은 어느 초가을 밤, 2시나 3시경쯤이었다. 카루이자와의 오두막 안에서 마지막까지 끝내놓고는 집까지 걸어서 돌아왔다. 역시 긴 시간에 걸쳐서 작품을 완성한 뒤인지라, 온몸의 힘이 빠져나간 듯한 기분이었다. 병이 재발하지는 않을까 하는 불안은 없었지만, 수술을 받고 난 몸이어서 조금만 일을 해도 금방 지치고, 발걸음이 조금은 휘청거리는 느낌이었다.

수술 전에는 '이 몸으로 더 이상 소설은 쓸 수 없지 않을까'라는 생각도 했지만, 세 번째의 수술이 성공하여 목숨을 건질 수 있었다.

'이 소설을 끝낼 수만 있다면 죽어도 여한이 없겠다.'

왠지 그런 기분이 들었었기에 소설이 끝났을 때의 만족감은 대단한 것이었다.

그렇다고 하더라도 유감인 것은 〈침묵〉의 원고가 사라져 버린 일이다. 당시 카루이자와의 우리 집에 놀러 와있던 학생이, 이제는 필요가 없을 것이라고 여겨서 원고를 목욕탕의 불쏘시개로 태워 버린 것이다. 비서가 정서해 준 원고는 남아 있지만, 내가 썼던 원고는 거의 전부가 재가 되어 버렸다.

하지만 생각해 보면 다 쓰고 났을 때의 흥분은 역시 〈사무라이〉를 썼던 때가 훨씬 더 컸던 것 같다. 〈사무라이〉를 탈고했던 것은 12월 31일 한밤중이었는데, 마지막 장을 쓰고 있을 무렵 식구들이 보고 있던 텔레비전에서 연말 노래자랑의 노래 소리가 들려왔던 것을 기억하고 있다.

나의 숙제 — 일본과 서양과의 거리

소설 〈침묵〉이 나의 글쓰기 작업에서 차지하는 위치를 생각해 본다면, 아마도 제2기에 들어가는 입구쯤에 놓여있다고 할 수 있다. 즉 내가 끌어안고 있던 문제에 대한 하나의 해결로서 〈침묵〉이 있었던 것이다.

제1기는 내 안에 이런저런 대립이 있던 시기였다. 그것은 일본인과 서양 사이의 문제였고, 또 일본인과 기독교 사이의 문제였다. 그런 대립 속에서 글을 썼었다.

나는 장편소설을 쓰기 전에는 워밍업을 하는 것처럼 단편을 쓰는 버릇이 있다. 야구에 빗대어 말한다면, 투수가 불펜에서 어깨를 풀고 나서 등판하는 것과 비슷하다. 요컨대 워밍업을 하는 사이에 문제를 정리하고, 그 후에 등판해서 결정구를 던지는 방법을 쓰고 있다.

그러므로 〈침묵〉은 어느 날 갑자기 태어난 소설은 아니었다. 넓은 의미로 말한다면 〈침묵〉은 내가 소설을 쓰기 시작하기 이전부터 괴로워했던 문제들이 차곡차곡 쌓여서 태어난 작품이었다. 내가 소설을 쓰기 시작하면서부터 지니고 있던 숙제가 응축된 것이 바로 이 소설이라는 말이다. 따라서 〈침묵〉에는 나 자신의 반생半生을 모두 털어놓지 않으면 안 된다는 문제가 포함되어 있다. 일본인이면서 기독교 가정에서 자라났고, 자신이 믿지도 않는 세계에 자신의 몸이 내던져진 사람이 겪는 이른바 이문화異文化 체험이었다. 게다가 당시의 기독교는 적성종교敵性宗敎였으므로, 주위 사람들로부터 백안시되고 또 경계의 대상이 되어 있었다. 나도 그러한 체험을 했었다. 언젠가는 교회 안에 헌병이 마음대로 들어와서는 신부님을 연행해가는 장면을 목격한 적도 있었다. 그런 시대에 자랐기에 역시 자신의 문제를 가장 투영하기 쉬운 것은 기리시단 시대라고 생각하였다.

나는 병원 침대에 누워서 내가 지내 온 반생을 돌아보는 가운데, '저 옛날 일본인들은 어째서 기독교를 믿었을까'라는 의문이 들었고, 그래서 기리시단시대의 문헌을 읽고 싶어졌다.

이제 와서 다시 생각하면 유학시절에 내가 품고 있었던 문제도 '서양이란 무엇인가'였다.

외국에서 생활한 첫째 해에는 그 나라나 그 나라 사람들에 대해서 무언가 알았다는 생각이 들었다.

'프랑스는 이런 나라다', '프랑스 사람들은 이런 사람들이다'라는 기분이 들었던 것이다.

그런데 한 2년째가 되면서부터는 프랑스와 프랑스인이라는 것을 점차 알 수 없게 되었다. 별것 아닌 것에도 그 배후에는 엄청나게 두꺼운 문화의 층이 있다는 사실을 알게 되었다.

그리고 3년째에 들어와서는 아예 아무것도 모르게 되어 버려서 서양과의 거리감을 통감하게 되었다. 카토 슈이치[21]도 나와 같은 문

---

21 카토 슈이치(加藤周一, 1919-2008). 일본의 평론가.

제를 끌어안고 일본에 돌아왔었다고 하니, 이런 생각은 나 혼자만의 문제는 아니라고 하겠다.

메이지 시대의 유학생들은 '서양을 알았다'라고 느끼면서 일본으로 돌아왔다. 왜냐하면 그들은 서양에서 무언가 쓸 만한 것, 즉 문명만을 배우고, 쓸데없다고 여겼던 것은 버리고 왔기 때문이다. 그리고 일본 정부는 쓸모 있는 것을 배워 온 유학생들을 등용하였다.

그러나 우리 시대는 이미 그런 단계를 졸업한 시대였고, 따라서 일본에게 직접적으로는 도움이 되지 않는 것에 오히려 시선이 향하였기 때문에, 간단히 '알았다'라고 할 수는 없었다.

예를 들어서 죠르류 루오의 그림을 흉내 내서 그려놓고는 '이제 루오를 알았다'라고 한다면, 그것은 표현 형식을 안 것에 지나지 않는다. 루오의 배후에 있는 '중세'와 같은 것이 일본인에게 그렇게 간단하게 이해될 수는 없는 일이다. 모방한 '중세'는 가지고 돌아올 수 있어도, 진짜 '중세'는 역시 숙제로서 껴안을 수밖에 없다.

이러한 것들이 축적되면서 나로 하여금 〈침묵〉을 쓰도록 만들었던 것이니, '약자'라는 것만이 이 작품의 주제였던 것은 아니었다.

개인적인 신상의 이야기로부터 시작해서, '자, 그렇다면 나는 어떻게 하면 좋단 말인가' 하고 문제를 뚫고 나가려 했던 결과가 〈침묵〉이라는 소설이었다.

내 마음 속의 열쇠가 꼭 들어맞는 마을 '나가사키'

〈침묵〉을 다 쓰고 나서도 나는 몇 번이나 나가사키에 다녀왔지만, 역시 그 전의 모습과는 무언가가 달랐다. 〈침묵〉을 완성하기 전에는 나가사키에서 본 것이나 만난 사람들이 모두 절박감으로 가득 차 있었다. 예를 들어 구름의 흐름, 바다의 색 등등. '이 광경은 그 장면에 사용할 수 있을까 없을까?', '저 나무의 그림자는 소설의 어떤 부분에 넣을까?'라는 식이었다.

길을 걷다가 아이들의 목소리가 들려오면 나는 그 목소리를 집어넣을 장면을 생각하곤 했다. 나가사키에서 보내는 하루는 절박감에 가득 차 있었다.

그러나 소설을 완성한 뒤에는 '모든 것이 헛될 뿐이다'라는 기분이 된 것은 어쩔 수 없는 일이었다. 그 후에도 나는 나가사키를 무대로 한 소설을 몇 작품인가 썼지만, 나가사키가 가슴 벅차게 느껴졌던 것은 역시 〈침묵〉을 준비하고 있던 때였다. 그 이후의 작품은 〈침묵〉을 준비하던 당시 얻었던 것을 바탕으로 하면서 썼다고 하는 편이 나을 듯하다.

아마도 사람들은 누구나 자신의 내면에 가장 적합한 거리나 장소를 그 어딘가에 가지고 있을 것이다. 우리 모두는 자신의 마음의 열쇠가 꼭 들어맞는 열쇠 구멍을 일본 혹은 외국의 어딘가에 가지고 있음이 틀림없다.

예를 들어서 나는 가나자와를 좋아한다. 집들이 늘어서 있는 모습이 아름다우며, 음식도 맛있고, 정서도 있다. 그러나 그것은 그저 '좋아하는 도시'에 불과할 뿐이다.

오카야마에 비세이쵸라는 마을도 내가 좋아하는 곳이다. 그곳은 어머니의 고향이다. 하지만 '나 자신의 거리'라는 느낌은 없다.

'자기의 거리'란 자기 자신이 지금까지 품어왔던 문제, 지금 자신이 직면하고 있는 문제, 이런 것들을 그대로 드러내 주는 장소이다.

호리 타츠오는 자신의 내면에 가장 어울리는 장소를 나가노 현의 오이와케에서 찾아냈다. 나에게는 그것이 나가사키이다.

어떤 사람에게 나가사키는 단지 하나의 관광도시일지도 모르고, 또 어떤 사람에게 나가사키는 원자폭탄이 떨어진 도시일지도 모른다. 어쨌든 그 경우에는 각자 나름대로 생각이 있을 것이다. 나에게 나가사키는 내가 소년 시절부터 오늘날에 이르기까지 계속해서 끌어안고 왔던 문제를 모두 지니고 있는 도시이다. 마치 맛도 있고 영양분도 풍부한 음식처럼.

나가사키에 가면 그 거리가 내게 끊임없이 문제를 내주고 말을 건네준다. 그것은 그러나 나 개인의 문제일 뿐이다. 모든 사람이 나와 똑같은 방식으로 나가사키를 보아야한다는 말은 아니다. 우리 각자에게는 각자만의 문제가 있고, 또 자신만의 마음의 장소가 있다.

내가 유학을 갔던 것은 1950년(쇼와昭和 25년)이었다. 우리는 이른바 전후戰後 처음으로 서양과 만났던 일본인이었다. 당시 일본은 아직 패전국이었고, 서양에 대한 정보라고는 아무것도 없었으므로 오늘날의 일본 젊은이들처럼 텔레비전이나 잡지를 통해서 서양을 아는 시대가 아니었다. 그러므로 전국시대에 나가사키를 출발해서 처음으로 서양에 갔던 유학생들의 이문화 체험이라든지, 아리마의 세미나리오(신학교)에서 처음으로 서양의 언어와 학문과 음악을 배웠던 일본인들의 감동이 적어도 10분의 1 정도는 내게도 전달됐다고 할 수 있다.

텐쇼 소년 사절은 비행기를 타고 서양에 간 것이 아니었다. 그들은 배를 타고 2년이나 걸려서 겨우 서양에 도착할 수 있었다. 나도 배를 타고 유럽에 갔지만 그때는 35일 걸렸다. 35일과 2년은 비교도 안 되겠지만, 그래도 오늘날 비행기를 타고 가는 여행처럼 아무런 거리감도 느끼지 못하는 여행과는 분명히 달랐다고 할 수 있다.

이런 여러 가지 사정으로 말미암아, 나가사키에 가면 나는 나 자신의 과거의 체험을 그 거리에 투영할 수 있다.

지금 내 마음의 도시는 인도의 베나레스이다. 그러나 청년기와 장년기에는 나가사키가 내 마음의 큰 부분을 차지하고 있었다. … 기리시단 시대. 나가사키에서는 나와 같은 문제를 붙들고 씨름하던 사람들이 살고 있었다. 그들은, 때로는 고문을 겪으면서, 처절한 영혼의 싸움을 하고 있었다.

일기
(폐레이라의 그림자를 찾아서)

5월 2일

　나의 친척 중에 규슈 출신이라고는 아무도 없다. 그런데 나가사키에 갈 때마다 마치 고향에 돌아온 듯한 기분이 되는 이유는 무엇일까? 그것은 이 거리에는 다른 곳에서 찾아온 사람을 따뜻하게 맞아주는 전통적 기풍이 있어서 나 같은 여행자에게도 위화감을 주지 않기 때문일까?

　어쨌든 나가사키를 방문했을 때 나를 쌀쌀맞게 대해주었다는 생각이 든 적은 한 번도 없었다.

　예를 들어 이런 일이 있었다. 일전에 미우라 슈몬과 친구 신부와 함께 여기에 왔을 때, 장식용으로 낡은 램프를 모아 놓은 것으로 유명한 〈은방울〉이라는 레스토랑에서 식사를 했다. 우리 옆 테이블에는 젊은 아가씨 두 명이 커피를 마시고 있었다.

미우라는 자기 아내인 소노 아야코에게 선물로 무엇을 사 가면 좋을지 고심하고 있었다. 그 모습이 보기에 딱해서 나는 옆 테이블의 아가씨들에게 어디 좋은 가게가 있으면 가르쳐 달라고 물어보았다.

이럴 경우 아마도 도쿄였다면, 그저 가게의 이름이나 가르쳐 주는 것으로 이야기는 끝났겠지만, 이 친절한 아가씨들은 우리를 번화가에 있는 〈벡코우 가게〉[1]까지 데려다주었다. 그리고 점원에게 작은 소리로 무엇인가 말하더니 값을 깎아주기까지 해 주었다.

미우라는 그야말로 배에 끌어올린 하마처럼 입을 헤벌린 채 연신 황송해 하였다. 그러면서 "하지만 이상하네요. 어째서 아가씨들이 말하면 어느 가게나 모두 가격을 깎아주는 거지요?" 하고 물어보았다.

아가씨는 그저 웃고 있었는데 나중에서야 그 이유를 알게 되었다. 아가씨의 집은 번화가인 하마초에서도 유명한 〈타나카야〉라는 여성복집이어서 주변의 가게 사람들과는 매우 친했던 것이다.

그 날 오후 우리의 숙소인 야타로 전화가 걸려왔다. 그 아가씨의 어머니로부터 온 전화였다. 딸로부터 이야기를 들으니 나가사키에는 처음 오신 것 같은데, 괜찮으시다면 맛있는 초밥집을 소개해드리겠다는 전화였다.

내가 〈호랑이 초밥집〉을 알게 된 것은 이 때문이었다. 〈호랑이 초밥집〉은 하마초에서 매우 가까운 곳에 있는 음식점이었는데, 그날

---

1 여성용 장식품을 파는 가게.

밤 우리는 타나카야 일가와 즐거운 시간을 보낼 수 있었다.

〈호랑이 초밥집〉의 주인은 남다른 경력의 소유자였다. 교토대학을 졸업하고 회사의 중역까지 지냈지만, 회사의 사무적인 일이 지긋지긋해 아예 회사를 그만두고 고향인 나가사키로 와서 초밥집을 개업했다는 것이다. 자기가 잡은 고기를 자신이 요리해서 좋아하는 손님에게 내놓는 것이 즐거움이라고 하였다. 이 날도 그는 이렇게 말했다.

이번에 제가 손으로 만든 카라스미[2]를 보내 드리지요. 그 놈을 얇게 잘라서 안에 마늘을 넣고 혀로 굴리는 것처럼 하면서 한 잔 들어보세요. 기가 막힌다니까요.

또는 정월의 귤을 그늘에서 말린 것을 간장과 설탕을 넣고 졸인다. 그것을 갓 해서 따뜻한 밥에 얹어서 먹으면 정말 맛있다고 가르쳐 주었다. 이 말을 듣는 동안 나도 미우라도 침을 삼키지 않을 수 없었다. 그리고 약속대로 나는 매년 〈호랑이 초밥집〉의 주인이 보내주는 수제 카라스미를 받아먹는 행운을 누리고 있다. 그 이후 타나카야 일가와 〈호랑이 초밥집〉은 내가 나가사키에 오면 친척처럼 반갑게 만나는 사이가 되었다. 나가사키가 나에게 고향처럼 느껴지는 것은 이렇게 좋은 사람들과 만날 수 있었던 까닭인지도 모른다.

또 한 가지, 나가사키 사람과 이야기를 하고 있으면 무섭다는 느낌이 들 때가 있다. 무섭다는 말은 두렵다는 뜻이 아니다. 예를 들어

---

2 숭어나 삼치 등의 알집을 소금에 절여서 말린 술안주용 음식.

서 방금 말했던 타나카야라든지 〈호랑이 초밥집〉의 주인은 정말 음식 맛에 정통한 사람들이었다. 음식 맛에 정통하다는 것은 다름 아니라 진정으로 문화에 속하기에 나는 이들에게 친밀감과 동시에 경의를 느낀다. 이 점이 도쿄처럼 무언가 아는 척하는 언필칭 음식 전문가나 유명 요리점의 전문가와 다른 점이다. 내가 무섭다고 한 것은 이런 뜻이다. 음식 맛을 아는 사람은 그 외의 것에 대한 맛도 아는 사람이기 때문이다. 아무래도 이 나가사키에는 에피쿠리안(쾌락주의자)들이 참 많다는 생각이 든다.

5월 3일

카자카시라야마風頭山의 정상에서 나는 지금 이 일기를 쓰고 있다. 정상에서는 두 개의 곶이 마치 양팔이 무언가를 껴안고 있는 듯이 나가사키 만을 감싸고 있는 것이 보인다. 만의 이쪽 편으로 나가사키 거리가 한낮의 태양 빛 아래로 펼쳐져 있다.

정상에 올라온 것은 페레이라가 처음 일본에 도착했던 그 날을 상상해보고 싶었기 때문이다. 그가 일본에 온 것은 1609년(케이쿄 14년)으로 토쿠가와 이에야스와 히데타다秀忠의 시대였다.

초여름의 나가사키는 기분이 좋다. 바람이 어린잎의 향기를 담고 있어서 뺨에 닿는 기분이 상쾌하다. 교회의 종소리가 발밑으로부터 들려온다. 나가사키는 지금도 역시 일본에서 가장 교회가 많은 도시이다. 저쪽 교회로부터 종이 울리면 거기에 화답이라도 하듯이 이쪽

수도원이 낮의 삼종 기도를 위한 종을 울린다. 페레이라가 일본에 왔을 무렵에도 이와 비슷했을 것이다.

당시의 나가사키의 인구는 5만 명 이상이었다. 히데요시가 26명의 선교사나 신자를 니시자카에서 처형했던 기억은 아직 남아 있었지만, 사람들 중에는 신자가 많았다. 교회도 '곶의 교회'를 중심으로 성 베드로 교회(현재의 이마쵸), 성 프란치스코 교회(현재의 사쿠라마치), 성 아우구스티누스 교회(현재의 모토후루카와쵸), 성 도미니크 교회(현재의 카츠야마마치) 등, 그 수효가 열이나 되었다. 교회만이 아니고 수도원이나 병원도 차례차례로 지어졌다.

나가사키를 흐르는 가늘고 긴 조용한 후미入江. 지금은 대형 조선소의 도크가 맞은편 해안에 보이지만 당시 그곳은 초록의 나무들로 우거져 있었음이 틀림없다.

페레이라가 처음 이 후미에 들어온 것은 어느 달의 일이었는지는 모른다. 그러나 그는 고향 포르투갈을 떠나 몇 년이나 걸려서 마지막 목적지인 일본에 도착했을 것이다. 그가 강렬한 감동을 느끼지 못한 채 이 나가사키의 바다나 후미의 풍경을 보았다고는 도저히 생각할 수 없다. 그의 마음에는 그때, 일순간이나마 어떤 공포가 스쳐 지나갔을까? 자신의 비극적인 만년을 예감하는 무엇인가가 뇌리를 스쳤을까?

예전에 고베의 남반미술관에서 보았던 〈남반인도래 병풍〉 속의 광경을 문득 떠올린다. 그것은 당시의 목격자에 의해서 그려진 나가사키 항구의 풍경일 것이다. 검고 큰 남반선. 거기에서 내려오는 포르투갈인과 스페인인, 배에서 부린 진기한 물건이나 동물, 마중 나온 선교사나 무사. 그들의 배후에는 곳에 있던 3층짜리 교회가 그려져 있다.

하지만 현실적으로 서양 선박이 도착했을 무렵의 나가사키 항은 〈슈인선朱印船〉3이 출발하는 곳이었기 때문에 일본 배나 중국의 정크 선이 모여들어 소란스러웠고, 그림에 묘사된 것보다 훨씬 더 지저분하였을 것이다. 일본인들은 차례차례로 내려오는 포르트갈인이나 서양의 물건에 눈이 휘둥그레졌을 것이며, 페레이라도 그 일본 사람들의 호기심이 가득 찬 눈길과 마주쳤을 것이다. 항구는 인부들이 내지르는 소리와 바다의 냄새와 먼지로 북적거렸을 것이다.

무엇보다 그 당시의 항구는 현재의 나가사키에 있는 오하토大波止 근처가 아니고, 지금의 경찰서 앞의 어디였을 것이다. 당시의 나가사키 자체는 지금보다 더 바다에 침식되어 있었다. 곳의 교회도 니시자카 공원의 부근에 있었을 것이다. 거기까지 바닷물이 들어왔던 것이다. 그러니까 당시의 나가사키는 지금의 나가사키보다 배후에 있는 산 쪽으로 더 들어가서 자리 잡은 경사진 마을이었다고 나는 상상하고 있다. (포르투갈인은 마카오나 리스본을 보아도 알 수 있듯이, 산과 바다 사이에 긴 좁은 토지에 마을을 만들기 좋아한다. 나가사키는 그 점에서 포르투갈인들이 선호하는 마을이었을 것이다.)

페레이라가 나가사키에 상륙했던 시기는 기리시단들에게 있어서 가장 행복한 시대였으며, 또 거리 자체도 무역에 의해서 활기가 넘칠 무렵이었을 것이다. 현재의 나가사키 현청縣廳을 중심으로 한 여섯 개

---

3 16-17세기에 일본의 지배자의 해외 도항 허가증(朱印)을 받아서 해외 교역에 사용된 배.

의 마을 외곽에 새롭게 18개의 마을이 형성되고 있었다.

그러므로 페레이라가 보았을 나가사키의 마을이 어디 근처이며, 어느 정도의 규모이었는지를 대체적으로 알 수 있을 것 같다.

카자가시라야마로부터 당시의 마을을 마음속에 그려보려고 애쓴다. 인구는 5만 이상, 2층이나 3층으로 된 중국풍의 절을 닮은 교회가 여기저기에 있는 것 말고는 천정이 낮은 집들이 늘어서 있는 마을. 그것이 페레이라가 보았을 무렵의 나가사키였을 것이다.

5월 5일

이번에 나가사키에 온 목적의 하나는 페레이라의 만년을 여기서 느껴보기 위함이다. 1633년 10월 18일은 페레이라의 생애에 있어서 치욕적인 하루였다. 이노우에 치쿠고노카미에게 붙잡힌 페레이라는 부교소에서 구멍에 거꾸로 매달리는 고문을 당하였고, 5시간 후 그는 배교하였다.

부교소는 모토하카타마치에 있었고, 나중에 소토우라마치, 즉 현재의 현청이 있는 장소로 옮겼다. 페레이라가 고문을 받았던 것은 이 현청이 있던 장소에서였을 것이다.

그가 오사카에서 붙잡혔다는 설도 있지만, 1626년에 그는 나가사키 관구장의 고문역을 맡고 있었기 때문에 아마도 나가사키나 그 부근에서 붙잡힌 것은 아니었을까 하고 추정한다.

기리시단들에게 있어서 당시의 나가사키는 이미 저 옛날의 나가사키가 아니었다. 이에야스의 탄압 정책으로 인해서 선교사나 수도사들은 마닐라나 마카오 등 외국으로 추방되었고, 37명에 불과한 잠복 신부들의 비밀 활동에 의해서 신도들 사이의 연대가 간신히 유지되던 상태였다.

금교령이 반포되면서 나가사키에 있던 교회는 모두 파괴되었다. 당시의 교회는 목조건물이어서 톱으로 기둥을 잘라 놓고, 굵은 줄로 끌어당겨서 간단히 무너뜨렸던 것이다.

그러므로 페레이라가 붙잡혔을 무렵 나가사키에는 교회도, 수도원도, 병원도 이미 존재하지 않았다. 포르투갈인이었던 페레이라가 사람들의 눈에 안 띄었을 리가 없었다. 아무리 신자들이 애써서 그를 숨겨주었다고 하더라도 그가 금교령이 반포된 후 20년 이상이나 잠복할 수 있었다는 사실이 오히려 불가사의할 정도이다.

고문을 받기 시작한 지 5시간 후, 23년 동안 용감하게 일하고, 수없이 많은 사람을 개종시키는 열매를 맺었으며, 박해와 시련을 성자처럼 확고하게 참고 견디던 페레이라 신부는 슬프게도 기교하고 말았다.

나는 나가사키 현청을 지날 때마다 이 파제破堤의 글을 생각하곤 하였다.

그 후 페레이라가 어디에서 살았는지에 대해서 말해주는 확실한 문헌은 없다. 다만 코다이지晧台寺의 과거장過去帳에는 "모토고토마치"에서 사망했다고 기술되어 있는 것으로 보아, 억지로 불교도로 개종을 당한 후 그가 소속된 절4이 코다이지였으며, 모토고토마치에서 1650

년경에 살고 있었다는 것을 알 수 있을 뿐이다. 그러나 현재의 고토마치로부터 내 소설 속의 페레이라의 주거지를 떠올릴 수는 없었다.

오늘 코다이지에 갔다. 하마마치로부터 〈은방울〉 레스토랑 앞을 지나서 조금 더 가면, 곧 산의 경사면 가득히 무수한 무덤이 있는 묘지를 지닌 큰 절이 나온다. 나는 땀을 뻘뻘 흘리면서 그 묘지를 30분 정도 걸으면서 살펴보았지만, 결국 페레이라의 묘는 찾아낼 수 없었다. (일전에 미우라 슈몬과 같이 왔을 때에도 한 시간 정도 찾아보았지만 허사였다.)

그러나 나는 이 코다이지와 그 근처의 이끼가 낀 돌담이나 키 큰 녹나무 그리고 낡은 집들이 한낮의 햇빛 아래에서 쥐 죽은 듯이 조용한 좁은 길을 걸으면서, 여기를 만년의 페레이라가 살았던 장소로서 소설 속에 그리기로 결정했다. (나가사키에서 메이지 초기의 모습을 아직도 지니고 있는 오우라천주당의 부근보다 나는 이 길을 더 좋아한다.)

5월 6일

네델란드 상관商館이 있던 자리, 즉 데지마라고 불리는 부채꼴의 인공섬은 더 이상 옛날의 모습은 찾아볼 수 없다. 그러나 거기에 갈 때마다 그들이 일기 속에서 만년의 페레이라에 대해 얼마 안 되는 기록이나마 남겨주었던 것에 감사하지 않을 수 없다. 적어도 1644년(칸에이 21년 11월)의 기록에 의하면 페레이라는 이 네덜란드 상관

---

4 단나사(檀那寺)라고 하는데 불교 신도가 가족 단위로 소속된 절로서 선조의 위패나 각종 불사(佛事)를 관리한다.

에 가끔 통역사로서 불려 나왔다. 그는 부교소의 명령으로 '일본이나 일본령의 섬에 기항한 배에 선교사나 기리시단이 있는가' 등을 신문하는 통역을 하기 위해서 상관을 방문하곤 하였다.

상관의 옛 자취에 올 때, 나는 여기에 그의 발자국이 있다는 사실을 가슴 아파하면서 주위를 둘러본다. 그에게 있어서는 극도의 굴욕이라고 해야 할 이런 일을 그는 어떤 심정으로 했던 것일까? 일찍이 자신이 믿으면서 거기에 따라 살았던 것을 배반하는 행위를 그는 이 장소에서 했던 것이다.

나는 그 장면을 내 작품의 마지막 장에 넣게 될지도 모른다.

5월 7일

소설의 주인공 로드리고가 페레이라와 처음 만났던 장소를 나는 결국 테라마치에 있는 사이쇼지西勝寺로 하기로 결정했다. 이 절에는 페레이라가 증인의 하나가 되어서 서명한 배교증명서의 사본이 보존되어 있다. 오늘 절을 찾아갔더니 그동안 낯을 익힌 이 절의 부인이 "또 증서를 보시려구요?"라면서 웃었다.

주지는 마침 외출하고 없었다. 나는 안쪽의 방으로 들어가서 상자에 보관되어 있는 배교증명서를 집어 들었다. 그 증명서는 페레이라 자신의 배교증명서는 아니다. 어떤 일본인 부부가 배교한 신부임을, 신앙을 버렸다고 증명하는 증서의 하나다. 하나라고 한 것은 그가 이 밖에도 이런 일의 증인이 되었을 가능성이 있기 때문이다. 더욱이 이것은 잘못 써서 버렸던 문서의 사본에 지나지 않는다. 그러나 사와노 츄앙이라는 이름을 지니게 된 후 그가 쓴 것으로서 남아있는 유일한 유품이다.

나는 그 증서를 상자에 다시 집어넣고 나서 절의 주위를 걸었다. 닭 한 마리가 절 경내를 왔다 갔다 하고 있었다. (큰 은행나무 밑에서는 아이들이 놀고 있었다. 내 작품의 주인공 로드리고는 여기서 페레이라를 만나지만, 그 순간은 반드시 그가 예상치도 못했던 때여야 한다.)

나는 절을 나서면서 경비하는 사무라이들에게 끌려서 이곳으로 오는 로드리고의 모습을 생각한다. 페레이라는 절 안에 있는 것으로 설정하는 편이 좋다고 생각한다. (위에서 말했던 닭이 소설이 완성되고 나서 이 장면에 사용된 것은 작가로서는 예상 밖의 일이었다.)

5월 8일

후쿠다, 일찍이 나가사키가 생기기 전에 오무라 스미타다가 포르투갈 상선의 입항을 허락했던 이 항구는 지금 아무것도 남아있지 않다. 지명도 오바마로 바뀌었고, 나가사키 사람들이 해수욕을 하기 위해서 가는 장소와 연결되어 있다.

나는 그 뒷산에 올랐다. 꽤 가파른 길을 올라가 보니 갑자기 거기에 고원과 같은 풍경이 전개되면서 교회가 있는 작은 마을이 보였다. 교회의 문을 두드렸지만 아무도 나오지 않았다.

조금 전까지 개어 있던 하늘이 갑자기 흐려지면서 비가 내리기 시작했다. 나는 아무도 없는 교회의 성당에 실례를 무릅쓰고 들어가서 비가 그치기를 기다렸다.

그리고 '만일 지금 이 교회의 창으로부터 보이는 풍경을 소설 속에 집어넣는다면, 그 풍경을 어느 장면에 넣을 수 있을까' 하고 생각하였다. 성당이라고 해도 마치 교외의 빈약한 유치원의 놀이방 같았다. 제단이 하나, 그냥 버려진 것처럼 놓여 있었다. 여기는 사제도 살지 않는 듯하였다.

비가 조금 잦아들었으므로 교회를 나와 교회 곁에 있는 농가에 '사람이 있는가' 해서 불러보았지만, 아무도 나오지 않았다. 흩어진 비구름의 배후에 커다란 우윳빛 구름이 천천히 움직이고 있었으며, 감자를 심은 계단식 밭에서는 퇴비의 구린 냄새가 났다. 나는 그 근처를 걸어 돌아다니면서 눈에 띄는 나무들의 이름을 수첩에 적어 넣었다. 어디선가 까마귀가 울고 있었다. 그것도 수첩에 써 두었다.

얼마 안 있어 두 명의 여자아이가 길을 뛰어 올라오다가 먼발치에 서서 나를 가만히 바라보고 있었다.

"이 교회에는 아무도 없니?" 하고 물으니, 여자아이는 "일요일에만 신부님이 오세요"라고 대답하였다. 예상대로 주임사제가 없는 교회였다.

나는 소똥이 떨어져 있는 산길을 걸어서 조금 더 꼭대기에 올라갔다. 거기에 서너 섬이 몇 개 떠 있는 검은 바다가 보였다. (이 광경은 로드리고가 산에서 방황하는 부분을 묘사하면서 써먹을 수 있었다. 나는 로드리고가 비를 피해서 들어간 곳이 교회가 아니라 오두막집이라고 소설에 썼다.)

_〈批評〉1967년 4월호

아버지의 종교, 어머니의 종교
: 마리아 관음(觀音)에 대하여

플루타르크는 어딘가에서 다음과 같이 쓴 적이 있다.

사람은 누구라도 그것을 고백하느니 차라리 죽는 것이 더 낫다고
여기는 어떤 것을 자신의 과거에 적어도 한 가지는 가지고 있다.

마사무네 하쿠쵸는 어떤 책에서 이 글을 읽은 뒤에 다음과 같이
썼다.

나도 절대로 털어 놓고 싶지 않은 비밀을 한두 가지 가지고 있다….
내가 가지고 있는 비밀, 그 누구에게도 고백하지 못하고 무덤까지
가지고 가려는 비밀은 〈이불蒲团〉[1]이나 〈신생新生〉[2]과 비슷한 것은
아니다. 사소설 작가라는 사람들이 염치도 없이 잘도 털어놓는 그

런 비밀이 아니다. 그것은 내가 타인에게 무언가 해를 끼치려고 했던 일이 아니라 나 자신의 몸과 마음에 관계된 일이지만, 그것을 털어놓느니 차라리 죽는 편이 나을 것이다. 그 비밀을 생각하면 자기혐오와 자기모멸로 말미암아 몸이 떨려온다. 죽고 난 후 심판을 받는 자리에 설 때에도 그 비밀만은 제외시켜주면 좋겠다.

하쿠쵸가 말하는바 그대로이다. 사람은 누구에게나 그리고 어떤 작가에게도 그가 인간인 한 '털어놓느니 차라리 죽는 편이 낫겠다고 여기는 비밀'이 어두운 의식 뒤에 숨겨져 있다. 생각하지 말자, 떠올리지 말자고 하면 할수록, 그 비밀은 예전부터의 독기를 품고 마음속에서 되살아온다. 그가 만약 작가라고 해도 결코 그 비밀에 대해서 쓸 수는 없을 것이다. 쓰지 않는 것이 아니라 쓸 수가 없다. 쓰는 것이 무의미하다는 사실을 점점 알게 되기 때문이다. 만약 그가 사소설이라는 형태로 자기 고백을 함으로써 그 비밀로부터 해방되고, 다른 사람으로부터 용서받기를 나름대로 바랐다면 그것은 어리석은 짓이다. 고백 소설은 너무나도 간편해서 거의 의미가 없는 구제의 형식에 지나지 않는다는 사실을 소설가는 알게 된다. 그것은 정신의학에 의한 고백 요법 같은 것에 지나지 않는다. 정신의학은 마음의 질병은 고칠 수 있어도 마음보다 안쪽에 있는 세계, 저 영혼의 영역까지 손댈 수는 없다. 그의 비밀에 의해서 상처를 받지 않았던 독자나 비평

---

1 타야마 카타이(田山花袋, 1872-1930)의 중편소설.
2 시마자키 토오손(島崎藤村 1872-1943)의 소설.

가는 쉽게 그를 용서할지도 모른다. 그러나 자신이 아직도 용서받지 못하고 있음을 누구보다 소설가 자신이 알고 있다. 소설가가 동일한 소재와 주제를 몇 번이고 반복해서 쓰는 것은 그의 초조감으로부터 비롯된 것인지도 모른다. 고백 소설가는 기독교 신자가 고해실에서 성사秘跡를 통해서 새롭게 태어나는 기쁨, 그 재생의 행복감을 결코 맛볼 수 없는 것이다.

이때 절대자는 '용서하는 자'나 '사랑하는 자'가 아니라 홀로 그의 비밀을 꿰뚫어 보는 자, 싸늘하게 응시하고 있는 자이다. 그리고 마지막 심판에서 그 비밀을 백일하에 드러내면서 재판하는 자이다. 절대자는 그때 진노하는 신, 처벌하는 신이다. 신약성서가 말하는 사랑의 그리스도가 아니라 무섭고도 가혹한 구약의 야웨이다.

"나는 신이 무서운 신이라고 믿고 있다"고 하쿠쵸는 어디에선가 쓴 적이 있다. 그러나 그렇게 생각한 것은 하쿠쵸만이 아니었다. 메이지 이후의 일본 문학자들도 그와 같은 관념을 가지고 기독교의 신을 생각하였다. 그들은 자신들의 가장 깊은 곳에서 누구에게도 알려지지 않는 비밀을 재판하는 손, 그 비밀을 처벌하는 자의 이미지를 초월자로 연상했다. 대부분의 사람들은 기독교마저도 조화와 사랑의 종교라기보다는 자기를 추궁하는 종교라고 여겼다. 나는 메이지 이후의 일본인이 기독교에 대해서 막연하게나마 가지고 있던 혐오 속에는, 무엇보다도 먼저 이 서양 종교가 지닌 이질감, 거리감과 함께 신과 교의에 대해서 지금 말한 것 같은 일방적인 해석이 숨어있다고 생각하지 않을 수 없다.

나는 어느새인가 기독교를 가혹한 종교라고 생각하게 되었다. 순교를 강요당하고 있다는 사실을 눈치채게 되었다. … 실로 신자라는 이름에 값하는 신자는 모두 가르침에 목숨을 바쳤다. 모든 환락을 버리지 않으면 안 된다. 중세기에 번영했던 것처럼 수도원에 들어간다는 각오로 일생을 보내지 않으면 안 된다. 꽃과 새와 바람과 달[花鳥風月][3]을 즐긴다는 생각은 기독교의 가르침으로부터 너무나도 멀리 떨어져 있다.

마사무네 하쿠쵸가 기독교에 대해서 이러한 인상을 받았던 것은 그가 우치무라 간조를 통해서 기독교를 이해했기 때문일지도 모른다.[4] 이로 말미암아 하쿠쵸는 앞에서 말했던 것과 같은 일방적인 기독교 이해를 가지게 되었고, 그 위에 이질감이 더해진 결과 마침내 기독교와 결별하기에 이르렀다.

나는 하쿠쵸의 이러한 문장을 읽을 때마다 기독교에 대한 그의 자세가 진지하기는 해도 지나치게 편파적이라는 사실에 탄식하지 않을 수 없었다. 예를 들어서 그는 신약성서에 등장하는 '가나의 혼인잔치 이야기'[5]를 어떻게 읽고 있었을까? 나는 무엇보다도 이 부분에

---

3 아름다운 자연의 풍경이나 이와 연관된 풍류를 의미함.
4 우치무라 간조(1861-1930)는 메이지 시기 일본을 대표하는 기독교 신앙인으로, 그는 엄격한 회개를 통한 구원을 강조하였다. 우치무라는 기독교 신앙이 전통적인 일본의 무사(사무라이)적인 정신과 상통한다고 보았다.
5 예수가 가나의 혼인잔치에서 포도주가 다 떨어진 것을 알고 어머니 마리아가 부탁하자 물로 포도주를 만든 기적이야기로 요한복음 2장 1-11절에 기록되어 있다.

대한 하쿠쵸의 해석을 알고 싶다. 만약 위와 같은 하쿠쵸의 기독교 해석을 사제들에게 보인다면, 그들은 이것이 기독교의 전부는 아니라고 말할 것이다.

그런데 최근 어떤 소설을 쓰려고 하다가, 하쿠쵸가 다음과 같이 말한 것을 처음으로 알게 되었다. 나는 이 글을 읽고 나서 하쿠쵸가 내 작품 속의 인물들과 똑같은 의문을 품고 있었음을 알고 놀란 적이 있다. 하쿠쵸는 이렇게 말하였다.

> 일본에 신의 복음을 전하러 온 성자인 기리시단 신부(바테렌)는 왜 소박한 일본 신도들에게 가혹한 박해를 참으라는 지혜를 강요했을까? 어째서 박해를 참으면서까지 천국에 가지 않으면 안 되는가? 왜 가혹한 박해를 벗어나기 위해서 배교하라는 말을 하지 않았는가? 신이 만일 자비의 신이라면 이런 경우 배교했다고 해서 벌을 주실 리는 없지 않겠는가?

> 나는 박해의 역사를 읽으면서 신자들은 왜 배교하지 않았을까 하는 생각에 마음을 졸이게 된다. 만일 신이 하늘로부터 이 참혹한 박해 광경을 그대로 내려다볼 수 있다면, 신은 형식만으로라도 배교하도록 허락하지 않았을까 하는 의문을 품곤 하였다. 그러나 순교를 신앙의 극치라고 여기며, 모든 박해를 견디는 것이 천국에 가기 위한 조건이라고 신 스스로 정해 놓았다면, 진정한 종교란 가혹하다는 것을 통감하게 된다.

하쿠쵸의 두려움은 기리시단 박해사를 읽은 오늘날의 일본인이라면 아마도 대부분 느끼는 두려움일 것이다. 그와 동시에 당시의 기리시단 신도나 선교사의 마음속에도 '하쿠쵸가 품었던 이러한 의문이 일어나지 않았을까' 하고 생각하지 않을 수 없다. 당시의 기리시단 신자들에게 기독교는 너무나 가혹한 종교가 아니었을까? 그 가혹함에 견딜 수 있는 강자만이 천국(파라이소)에 갈 수 있고 약자는 그 신앙으로부터 떠나지 않으면 안 된단 말인가? 그들도 하쿠쵸처럼 이렇게 고민하지 않았을까?

하지만 오늘까지 발견된 기리시단 문헌을 읽어 보아도 그러한 것을 고백한 신도에 대한 기록은 찾을 수 없다. 선교사들은 배교해도 괜찮다는 말을 결코 하지 않았고, 오히려 〈순교의 권유〉나 〈순교의 마음가짐〉이라는 문서를 신자들에게 돌려 읽히면서 약자가 배교하지 않도록 경계하였다.

지금이라는 순간을 삶의 최후로 정하신 것이 데우스의 뜻이라고 한다면, 숨을 곳이 없게 될 때 우리는 곧 데우스의 결정에 몸을 맡겨야 한다. 인간의 몸이 되어 한 번 죽는 것은 피할 수 없는 길이고 보면, 우리가 어떤 최후를 맞이할지는 아무도 모른다. 이제 이처럼 각오를 분명히 하면서 죽는 것이야말로 오히려 데우스의 고마운 은혜라고 여기고, 죽음이야말로 죄가 용서받는 희생이라고 여긴다면, 이 죽음은 바로 죄를 용서받는 것이기도 하고, 또 큰 공로이기도 한 것이다.

선교사들은 신도들이 이러한 생각을 가지도록 철저하게 권면하였던 것이다. 〈순교의 마음가짐〉은 가책을 받았을 때의 마음가짐까지 분명하게 가르치고 있다.

가책을 받을 때에는 데우스의 수난을 눈앞에 생각해 보아야 한다. 데우스를 비롯해서 산타 마리아, 뭇 천사(안죠), 베아트(천사나 성인)들이 천상에서 우리의 싸움을 보고 계신다. 천사는 관을 가지고서 우리 영혼(아니마)이 나오기를 기다리고 계신다는 것을 알아야 한다. 이러한 상태에 이른다면 데우스로부터 각별한 도움이 있기를 깊이 의지하는 마음을 가져야 할 것이다.

이러한 가르침은 문서나 구전으로 신도들에게 전해졌고, 선교사가 붙잡힌 후에도 신자들이 조직한 모임에서 낭독되면서 서로의 각오를 굳게 하였을 것이다. 하쿠쵸는 이러한 상황을 염두에 두면서 '진정한 종교는 가혹하다'라고 생각했을 것이다.

하지만 이러한 〈순교의 권유〉에도 불구하고 많은 신도들은 배교하였다. 배교한 사람들은 그걸 하고 싶어서 했던 것은 물론 아니다. 고문이나 죽음의 공포로 인해서 배교했던 것이다. 하지만 하쿠쵸는 이렇게 배교한 사람들의 그 후의 사정에 대해서까지는 생각하지 못했던 것 같다. 그는 기독교가 배교한 사람은 버렸다고 나름대로 생각했을지도 모른다.

배교한 사람들 중에는 "신앙심으로 돌아온다"고 해서 다시 한 번 자신이 기리시단인 것을 선언하고, 그리하여 다시 고문을 받고 순교한 사람들도 있다. 그러나 대부분의 배교자들은 그들이 "이교도"라고 불렀던 불교도가 되도록 강제되었다. 그리고 그대로 기독교로부터 멀어진 사람도 있었고, 혹은 주지하는 바와 같이 가쿠레 기리시단이 되어서 비밀리에 신앙을 지녔던 사람들도 있었다. 가쿠레 기리시단이 다른 지방보다 규슈의 나가사키 주변에 많았던 것은, 이 지역에는 고토 열도나 히라도처럼 섬이 산재해 있어 다른 지역에 비해 바쿠후의 감시의 눈이 덜 닿았기 때문이었다.

그러나 가쿠레 기리시단의 신앙은 그들의 조부나 아버지의 신앙과는 본질적으로 다르다. 그들의 신앙에는 세 가지 특징이 있다. 그들이 오랫동안 그 신앙을 계속해서 지니고 있을 수 있었던 것은 (1) 일본인 특유의 조상에 대한 애착, (2) 마을 단위, (3) 공범자 의식이라는 심리가 있었기 때문이다.

첫째, 그들이 기리시단 신앙이 금지된 이후에도 신앙을 계속해서 지켰던 까닭은 그 신앙이 자신의 조부나 부모가 믿었던 종교라는 애착이 있었기 때문이다. 일찍이 프란시스코 자비에르는 일본인들은 자신이 기리시단이 되면 조상을 버리게 된다면서 슬퍼하므로, 조상에 대한 그들의 애착이 그리스도교 신앙을 갖게 되는데 방해가 된다고 한탄한 적이 있었다. 하지만 이제는 조상에 대한 그러한 애착이 반대로 가쿠레 기리시단의 신앙을 지속시켰다.

둘째, 마을 단위라는 것도 그들이 비밀 조직을 만들고 유지하는데 있어서 없어서는 안 될 요소였다. 그들은 마을마다 사제역, 세례역 그리고 그 외 직무 담당자를 뽑아서 세례식이나 고해나 기도를 드리는 일을 다음 세대에게 가르쳤다. 예전에 그들이 배교했을 때에도 개개인보다는 마을 전체가 배교하였던 것처럼—우라카미의 네 번째 붕괴처럼— 신앙을 지키지 않으면 안 될 때는 마을 전체가 결속했다. (네 번째 붕괴 때에 동료를 배반하고 배교한 자는 마을로부터 따돌림을 당하여 마을에 넣어주지도 않았다고 한다.)

그러나 가쿠레 기리시단의 신앙이 예전의 기리시단 신앙과 가장 다른 성격은 그것이 마음의 빚을 지닌 자의 신앙이라고 하는 점이다. 그것은 승리자의 신앙이 아니라 패잔한 사람의 신앙이었다. 강한 사람은 순교했다. 그러나 후미에를 밟거나 고문에 굴했던 약자들이 그 마음의 가책을 견디기 어려운 나머지, 자신이 버리려고 했던 신앙에 남몰래 다시 매달렸을 때 가쿠레 기리시단이 태어났던 것이다. 그들 신앙의 출발점은 자신들이 배절자, 배교한 자, 약자라는 자각이었으며, 그 어두운 출발점은 그들의 신앙에 독특한 성격을 부여하였다. 그 자손들 역시 "나는 다시 신앙심으로 돌아왔다"고 선언하면서 순교할 용기는 없는 사람들이었다. 매년 한 번씩 반드시 "신심을 새롭게 하라"는 부교소의 명령을 받게 되면, 그들은 본의가 아니면서도 또 후미에를 밟았다. 그들의 조상은 '배교자'였고, 그 배교자의 슬픔과 괴로움은 그들의 기도와 더불어 자손들에게도 이어졌다. 그들은 하쿠쵸가 말하는 비밀을 언제나 영혼의 뒷면에 가지고 있지 않으면 안 되었다.

그들의 신앙은 순교자들의 신앙이 아니었다. 강자의 신앙과는 성격이 달랐다. 신만은 가쿠레 기리시단의 과거를 알고 계신다. 심판의 날, 그들을 벌주실지도 모른다.

가쿠레 기리시단에 있어서 데우스神는 노하는 신, 처벌하는 신이었을 것이다. 그들은 데우스의 얼굴을 똑바로 "쳐다볼 수 없었다"(야고보서). 하쿠쵸가 생각했던 가혹한 기독교는 끊임없이 그들의 양심을 괴롭혔으며, 그들의 양심을 아프게 하였을 것이다. 역시 하쿠쵸의 말대로 그들에게 있어서도 "신은 무서운 신"이었다.

나는 지금도 그 흔적이 조금 남아 있는 '마리아 관음'을 볼 때, 이 가쿠레 기리시단, 배절자, 배교자의 깊은 슬픔을 느끼지 않을 수 없다. 그들이 왜 마리아 관음을 필요로 했는지 어느 정도 알 것 같은 생각이 든다.

오늘날 나가사키에 가면 마리아 관음을 고물가게 같은 곳에서 살수 있다. 물론 그들은 가짜다. 우선 마리아 관음 같은 특수한 것이 과연 가쿠레 기리시단에 의해서 만들어졌는지에 대해서도 많은 의문이 있다. 그들은 표면적으로는 불교도임을 가장하기 위해서 보통은 자육관음子育觀音, 백의관음白衣觀音을 마리아라고 여기면서 기도를 드렸다는 것이 나의 생각이다. 따라서 그것이 마리아 관음인지 아닌지를 식별할 수 있는 것은 관음이라는 외형적인 모습이 아니라, 그것이 가쿠레 기리시단의 소유인가 아닌가에 의해서이다. 그런 증거가 없는 한 이것을 마리아 관음이라고 단정할 수 없다. 그러나 중요한 문제는 가쿠레 기리시단들이 **어째서** 마리아 관음 같은 것을 굳이 필요로 했는가 하는 점이다.

모치즈키 노부나리[6]의 저서에 의하면 관음은 원래 남성이며, 여성이 아니라고 한다. 그러나 오늘날 도쿄국립박물관에 보관되어 있는 나가사키 지방의 가쿠레 기리시단이 소유하고 있던 마리아 관음은, 어린아이를 안고 있는가 그렇지 않은가에 관계없이, 여성적인 자태와 여성적인 표정을 지니고 있다. 그래서 그 앞에서 남몰래 기도를 드렸던 배교자의 자손들도 그 백의白衣로부터는 성모 마리아가 쓰고 있는 베일을 연상하고, 가슴에 건 영락瓔珞을 보면서 로사리오(콘타츠)를 연상하여 이것을 모성 '마리아'라고 여겼던 것이다.

그들은 여기에서 '어머니'의 이미지를 보았다. 그들은 '아버지'가 무서웠기 때문이다. 배교자인 그들에게는 자기의 어두운 과거를 알고 있는 데우스가 무서웠다. 이때 그들에게 있어서 데우스는 추상적인 모습이 아니라 틀림없이 순교한 서구의 선교사의 이미지로서 느껴졌을 것이다. 〈순교의 권유〉를 그들에게 말하면서 자기 자신도 고문을 참고 견디면서 신앙을 관철했던 이들 서구 선교사가 그대로 데우스의 이미지와 겹쳐졌을 것이다. 그리고 그처럼 강한 선교사나 강한 신도는 배교자에게 진노하고, 배교자를 책망하는 것처럼 보였을 것이다. 그러므로 그들은 이 엄격한 '아버지' 대신에 자신들을 용서해주고, 그 상처를 같이 아파해주는 존재가 필요하였다. 분노의 아버지가 아니라 자상하고 부드러운 어머니를 필요로 했다. 개신교도들에게 성모는 중요한 의미를 지니지 않는다. 그러나 가톨릭 신자에게 있어서는 성모는 중개자로서의 의미가 있다. 성모에게 드리는 기

6 일본의 미술사학자.

도 속에 여러 번 "중개"라는 말이 들어있는 것은 그 때문이다. 성모는 배교한 자들과 그들의 자손에게 자신들을 위해서 빌어 주시는 어머니가 되었던 것이다.

여기에서 가쿠레 기리시단의 기독교는 '아버지'의 종교로부터 '어머니'의 종교로 조금씩 바뀌어 갔다고 생각한다. 하쿠쵸가 말하는 가혹한 기독교는 배교자들에게는 이미 견디기 어려운 것이었다. 그것은 그들에게 마음의 평안이나 화평을 주는 대신에 과거의 상처를 다시 열어젖혀서 그 아픔을 끊임없이 느끼도록 만들었다. 그 아픔을 견딜 수 없는 배교자에게 길은 두 가지밖에 없다. 배교자 아라키 토마스나 파비안처럼 기독교를 증오하고 그것을 부정하는 일에 자신의 존재를 걸든지(이 방법은 공산당에서 전향한 자가 때때로 취했던 길과 비슷하다), 아니면 여전히 기독교 안에 머물면서 또 하나의 다른 출구를 찾아내는 길이다. 가쿠레 기리시단들이 선택한 길은 두 번째의 길이었다. 그것은 아버지의 종교로부터 어머니의 종교로의 이행이었다. 데우스에 대한 예배는 마리아에 대한 숭배가 되었고, 이것이 마리아 관음을 만든 원인이 되었던 것이다.

마리아 숭배는 가쿠레 기리시단들에게 있어서 불교관을 마리아상에 대체시키는 것만은 아니었다. 타기타 코야[7]의 오랜 세월에 걸친 연구에 의하면, 20여 년에 걸쳐서 조사해 온 난도카미 가운데 제일 많은 것이 성모상 혹은 성모를 그린 그림이었다. 예를 들어서 그가 30여 군데에서 발견했던 난도카미 중에서 그리스도라고 여겨지

---

7 일본의 기리시단 연구자.

는 남성을 그린 육필화 족자는 6폭밖에 없었지만, 성모를 그린 것은 17폭이나 있었다. 마리아 관음이 숫자가 많았던 것은 그것을 불교의 관음으로 위장하여 관리들의 눈을 속일 수 있었기 때문이라고도 생각할 수 있지만, 마리아를 그린 그림 또한 많다는 사실은 가쿠레 기리시단들이 데우스보다 마리아에게 더 마음이 끌렸다고 생각하지 않을 수 없다. 따라서 이 사실은 그들의 기독교가 사제나 수도사의 지도로부터 떨어져 나와 일본화해감에 따라서 '아버지의 종교'로부터 '어머니의 종교'로 이행하기 시작했음을 보여준다. (후기에 들어가면서 일본화된 가쿠레 기리시단의 신앙에는 신도나 불교와의 혼합도 나타나지만, 이에 대해서는 지금 논하지 않겠다.)

그러나 이와 함께 이러한 이행은 그들의 일본인으로서의 감각에 의한 것이기도 하였다. 일반적으로 일본 서민의 종교 심리에는 의지적인 노력의 축적보다는 절대자의 자비에 매달리려는 경향이 강하다. 즉 기독교 정신학이 말하는 은총 중시의 경향인 바, 이것은 가톨릭적이라기보다는 오히려 개신교적이다. 그리고 자기보다 큰 존재의 자비에 의지하려는 이러한 심정의 원형은 분명히 어머니에 대한 자식의 심리일 것이다. 정토종이 서민들과 결합된 이러한 심리적 경향을 마리아 관음에게 기도를 드렸던 가쿠레 기리시단들에게서도 찾아낼 수 있다. 적어도 정토종은 가혹한 수행과 노력과 순교를 요구하는 아버지의 종교가 아니다. 그것은 일본적인 어머니의 맹목적인 사랑, 일본적인 어머니의 포용력을 지닌 종교이다. 서민들이 염불만으로 부처의 자비에 매달리는 것처럼, 배교자인 가쿠레 기리시단은 기독교로부터 아버지적인 요소를 잘라 내버리고 마리아의 중개를, 어머니의 사랑을 추구했다.

나는 어릴 때부터 어느 누구로부터 들었다고 할 것도 없이, 호넨쇼 닌法然上人에 대해서 익히 들어왔으므로 친밀감을 느끼게 되었다. 이 고승의 가르침은 쉽고 또 아스라한 그리움을 자아낸다. 이것도 물론 깊이 파고들어서 연구한다면 어려운 것이겠지만, 나는 그저 나 나름대로 마음 편한 가르침이라고 생각하고 있다. 거기에 비하면 기독교는 가혹한 가르침이다. "신은 사랑이다"라고 보통 찬송가에서도 노래하고 있지만, 나는 그 신에게 어린아이가 엄마에게 응석을 부리듯이 마음 편하게 기댈 수 없다. 그래서 나는 세례를 받았고 또 "우리들의 주이신 그리스도여"라고 아침과 밤에 기도를 드리면서도, 나 자신은 조금도 신자가 되지 못했다는 생각이 들었다. 그래서 점차 교회로부터도 멀어지게 되었다.

하쿠쵸의 이 문장은 그 또한 일본인이기 때문에 체질적으로나 감각적으로나 '아버지의 종교'보다 '어머니의 종교'에 마음이 끌리고 있음을 증명하고 있다. 하쿠쵸가 죽었을 때 그가 기독교인으로서 숨을 거두었는지, 아니면 회의자로서 임종을 맞이했는지에 대해서 한때 논의가 있었지만, 우리로서는 어느 쪽인지 영원히 실증할 수는 없다. 그러나 그가 기독교를 버렸던 것은 이 종교를 단순히 '아버지의 종교'라고 밖에는 생각하지 않았기 때문이라는 점은 조금 전까지 인용한 문장을 보아도 분명하다. 만약 그가 임종하면서 그리스도의 이름을 불렀다고 한다면, 그것은 '아버지의 종교'가 아니라 '어머니의 종교'를 그 안에서 찾아냈기 때문은 아닐까? 한 인간의 영혼의 비밀을 경솔하게 단정하는 일만은 삼가도록 하자. 그러나 하쿠쵸의 심정 속에는 마리아 관음에 점차 마음이 기울어갔던 키쿠레 기리시단과 유사한 것이 있었다고 생각한다.

한 가지 분명히 말해두지 않으면 안 되는 것은 기독교가 하쿠쵸가 오해했던 것처럼 아버지의 종교만은 아니라는 점이다. 기독교 속에는 어머니의 종교도 포함되어 있다. 예를 들어 가쿠레 기리시단의 마리아 숭배처럼 단순한 것이 아니라, 신약성서의 성격 자체를 보아도 그렇다. 신약성서는 오히려 '아버지의 종교'였던 구약의 세계에 모성적인 것을 도입함으로써 이것을 부-모적인 것으로 만들었다. 신약성서에 등장하는 인물들의 상당수는 그 대부분이 배교자, 혹은 배교자의 계열에 들어가는 인간이라는 사실에 주목하고 싶다. 베드로조차 가야바의 사제관에서 그리스도를 버렸다. 닭이 울었을 때 베드로도 역시 후미에를 밟았던 것이다. 그날 밤 모닥불 저편에 있던 그리스도의 괴로워하는 눈이 베드로의 흠칫하는 눈과 마주쳤던 것이다.

_ 〈文芸〉 1967년 1월호

기리시단 시대의 지식인

　나가사키에서 히라도에 이르는 풍경은 볼 때마다 늘 새롭다. 벌써 몇 번이나 갔지만 언제나 그런 느낌이 든다. 얼마 전에도 미우라 슈몽과 히라도까지 가서는, 거기에서 다시 작은 배를 타고 기리시단들의 처형장이 있었던 나카에노시마라는 작은 섬까지 다녀왔다. 우리는 자신들의 분수도 모른 채 '기리시단 시대의 지식인'에 대한 공부를 시작했기 때문이었다.

　기리시단 시대는 일본이 서양과 본격적으로 만났던 시대였다. 서양 중에서도 가장 인연이 멀었던 기독교가 일본과 직접 만나게 되었던 것이다. 당시 기독교 이외의 서양 사상 중에서 일본에 소개된 것은 거의 없었다. 이 점에서 같은 서양의 바람을 맞았다고는 해도 메이지 시대와 기리시단 시대는 근본적으로 차이를 지닌다. 그럼에도 불구하고 우리는 이 기리시단 시대에 대해서 이렇다 할 공부를 한 적이 없었다. 시라카바파白樺派나 아쿠타가와 류노스케의 작품 중에서 몇몇 작품을 거론할 수는 있겠지만, 당시에는 문헌도 이렇다 할 만한 좋은 것이 없었을 뿐더러, 그들은 일종의 이국정서라는 시각에서 기리시단 시대를 바라보는 것에 지나지 않았다는 생각이 든다.

이 시대의 지식인들이 어떻게 서양을 받아들였는가 하는 것이 나에게는 아플 정도로 커다란 흥미를 불러일으켰다. 자기 분수도 모른 채 이런 공부를 하려고 마음먹었다고 후회하면서도 미우라와 같이 조금씩 공부를 해 나갔다. 그런데 의외의 장벽이 하나둘씩 나타났다. 우선 문헌이 매우 적었다. 다카야마 우콘 등은 예외였지만, 로마에까지 갔다가 귀국한 후에 배교했던 토마스 아라키, 뛰어난 기독교 호교론을 쓴 후에 역시 배교하였던 일본인 하비안, 텐쇼사절단의 일원으로서 유럽까지 가서 후에 순교하거나 배교했던 세 명의 사절, 이러한 인물들에 대해서는 그 생애조차 거의 알려진 바가 없었다.

순교한 지식인의 생애에 대해서는 죠오치대학교의 치스리크 교수가 쓴 『기리시단 인물 연구』라는 명저가 있었다. 그러나 신앙을 버렸던 인물들에 대해서는 교회 측도 가능한 한 묵살하려고 했기 때문이었는지, 혹은 바쿠후도 철저히 자료를 감추고자 했기 때문이었는지 그 이유는 잘 모르겠으나, 그들의 생애는 명확하게 알 수 없었다. 소설을 쓰는 경우라면 또 다른 이야기가 되겠으나, 미우라와 나는 지금 역사적 사실을 조사하고 있었기 때문에 몹시 곤란한 상황에 빠져 있었다. 그래도 치스리크 선생의 지도를 통해서나 스스로 조사해서 그들 인물에 대해서 겨우 몇 줄 남아 있는 기록에 접하게 되었을 때, 그들의 삶의 그림자가 마치도 엑스레이 사진에 찍힌 어슴푸레한 환부처럼 떠올라 왔다. 우선은 이 그림자에 의지하여 생각하는 길 외에 달리 방법이 없었다.

일본 측의 지식인만이 아니라 이역만리 남만南蠻으로부터 일본에 왔던 선교사 중에서도 기구한 운명을 만나 배교했던 신부 페레이라나 키아라 같은 인물들에 대해서도 그 생애의 전모를 알기가 무척 어려웠다.

페레이라는 나가요 요시로의 『청동의 그리스도』라는 작품에 나오는 선교사인데, 그는 1580년 포르투갈의 지브레이라에서 태어나 예수회 선교사가 되어 1610년경 일본에 왔다. 가미가타 지역의 지구장으로 있으면서 23년간 눈부신 포교활동을 계속한 인물이었다. 하지만 1633년, 그는 당시의 슈몬부교宗門奉行였던 이노우에 치쿠고 노카미에게 붙잡혔고, 오물을 넣은 구멍 속에 거꾸로 매달리기를 5시간, 마침내 나무아미타불을 외움으로써 신앙을 버렸노라고 할 수밖에 없었다.

그 후 그는 나가사키에서 사형수인 사와노沢野라는 자의 이름을 받아 사와노 츄앙沢野忠庵이라는 이름으로 불리었으며, 붙잡힌 외국인 선교사를 신문하고 통역하는 일을 하게 되었다는 것은 너무나 유명하다. 네델란드 상관원商館員의 일기를 보면 이 사나이는 1650년 11월 5일에 세상을 떠났으므로, 17년간이나 저주받은 생애를 살지 않으면 안 되었던 것이다. 그 17년 사이에 나가사키에서 무엇을 하면서 어디에 있었는지는 확실치 않다.

작년에 미우라와 같이 나가사키에 갔을 때 나가사키의 사이쇼지西
勝寺라는 절에서 그의 서명이 들어 있는 증서를 처음으로 볼 수 있었
다. 그는 자신을 "배교한 신부, 사와노 츄앙"이라고 쓰고 있었다. 그
것은 보는 이에게 커다란 슬픔을 느끼게 하는 글씨였다.

이 사나이도 그랬지만, 그 직후인 1643년에 페레이라의 설욕을
위해서 캄보디아로부터 일본에 왔던 이탈리아 시실리 출신의 선교
사 키아라의 생애도 또한 비극적이었다. 키아라 역시 이노우에 치쿠
고노카미에게 붙들려서 배교를 강요당한 후 오카모토 산에몬岡本三右
衛門이라는 사형수의 이름을 받고 그의 미망인과 같이 살도록 강요당
하면서 에도의 〈기리시단 주거지〉에서 기나긴 생애를 보냈던 것이다.

〈죠쿠죠쿠군쇼루이쥬〉에는 〈기리시단 주거지〉에서 근무했던 관
리의 일지가 포함되어 있는데, 그것을 읽어보면 산에몬의 고독하고
도 쓸쓸한 매일 매일의 모습이 눈앞에 어른거리는 것 같다.

이렇게 다양한 인물들의 생애를 한 사람 한 사람 더듬어 가면서
나와 미우라는 이를 함께 책으로 엮어서 내고자 하였다. 이것은 힘들
지만 보람 있는 공부였다. 만약 당시의 그들에 대해서 귀중한 사실을
알고 계신 분이 계신다면 어떠한 것이라도 좋으니 우리에게 가르쳐
주시면 감사하겠다.

_〈展望〉1966년 1월호

그리스도의 얼굴

　일본 기독교 출판부가 발행한 『미술작품으로 보는 그리스도』라는 서적은 좀 더 많은 사람들에게 주목받을 만한 좋은 책이다.

　유럽의 미술관을 찾아가 본 사람이라면, 나 같은 아마추어라도, 다음과 같은 두 가지 사실을 깨닫게 된다. 그것은 우선 그리스도만큼 각 시대에 걸쳐서 무수한 예술가들이 앞 다투어 그린 인물은 없다는 사실이고, 두 번째로는 각 시대에 따라서 그리스도의 얼굴이나 표정이 달라진다는 사실이다.

　이 두 가지 사실은 당연하다고 한다면 당연한 일이겠지만, 비록 의무적으로 마지못해서라도 실제로 유럽의 주요 미술관이나 교회를 찾아가 보았던 사람이라면 그때마다 매번 실감할 수 있는 내용이다. 각 나라의 수도나 곳곳에 있는 주요 미술관에는 그 나라의 시대마다의 성화가 눈에 띄지 않는 곳이 없다. 같은 시대의 예술가들이 같은 주제를 싫증도 내지 않고 그리스도의 생애를 그렸다. 그러한 작품의 양이 제일 많았던 때는 말할 것도 없이 중세부터 르네상스에 걸친 시대였지만, 그 이후의 시대에서도 그리스도의 얼굴이 미술 작품의 대상이 되지 않았던 때가 없었다. 그리고 그리스도의 얼굴은 말할 것도 없이 시대마다 변화하고 있다.

앞에서 언급한 『미술작품으로 보는 그리스도』는 일본에서 출판된 이런 종류의 연구서로서는 유일한 책이다. 다만 이 책의 난점을 하나 말해본다면, 세 명의 해설자의 입장이나 시점이 각각 다르기 때문에, 예술론적으로 고찰할만한 가치가 있는 이 절호의 대상에 대한 시점이 흐트러져 있고, 한정된 매수 때문에 상세한 내용을 싣지 못하고 있다는 점이다. 그리고 도판의 정리가 시대별(중세라면 중세)로 되어 있지 않고 주제별(최후의 만찬이라면 최후의 만찬)로 분류되어 있어서, 그리스도의 표정 변화를 유럽의 큰 예술의 흐름 속에서 파악하기 어렵고, 나아가 그리스도의 얼굴을 알기 위해 없어서는 안 될 조각작품들이 너무 적게 실려 있다는 점 등이다. 그래도 이러한 주제를 다루어 준 책이 지금까지 일본에 단 한 권도 없었던 시절이었으니, 이 책을 발행한 출판사와 해설자에게 진심으로 감사를 드리고 싶다.

유럽에 가서 내가 '아, 역시 오길 참 잘했다'고 생각한 이유 중의 하나는 긴 예술의 흐름을 내 눈으로 직접 확인해 볼 수 있기 때문이었다. 예술의 흐름이라고 한다면 지나치게 호들갑을 떠는 말이 되겠으나, 물론 이 경우가 문학 작품의 역사적 변천을 말하는 것은 아니다. 호메로스로부터 시작해서 현대 문학에 이르기까지 각 시대의 일류 작품을 시대별로 다 읽는 것은 우선 시간적으로도 불가능하다. 그러나 회화나 조형 미술의 경우는 다르다. 유럽처럼 미술관이 잘 정비된 곳이라면 누구라도 찾아가 볼 수 있기 때문이다. 내 눈으로 직접 진짜 작품을 볼 수 있다. 사람들이 아무도 없는 미술관에서 무수히 많은 회화가 빼꼭히 걸려있는 긴 복도의 한복판에 서 있노라면, 그렇게 긴 예술의 흐름에 발을 들여놓은 것 같은 생각이 든다.

예를 들어, 파리의 트로카데로의 하숙집 근처에 미술관이 있었다. 여기에는 로마 시대로부터 르네상스 초기까지의 프랑스의 교회 조형미술의 복제가 시대별로 진열되고 있었다. 복제라고 해도 실물을 석고로 뜬 후 그대로 복제한 것이기 때문에 원작품과 거의 형태상의 차이가 없다. 프랑스 각지에 흩어져 있는 오래된 유명한 교회의 조형미술의 복제는 대부분 여기서 볼 수 있다고 할 수 있다.

하숙집에서 가깝기 때문에 틈날 때마다 나는 이 미술관에 갔다. 원래 이 방면에 대한 지식이 적었기 때문에 작품을 전문적으로 살펴볼 능력은 물론 있을 리가 없었다. 하지만 틈날 때마다 자주 가다 보니 횟수가 늘어감에 따라서 나 같은 사람에게도 무언가 느낄 수 있는 것이 생기게 되었다. 그것은 동일한 그리스도나 천사나 성모의 표정이 로마 시대로부터 고딕, 바로크를 거치면서 조금씩 달라져 갔다는 사실이었다. 로마 시대로부터 초기 고딕 시대를 지배했던 것은 내가 보기에 '운명'이라고 생각되었다. 왕은 왕대로 왕으로서의 무거운 운명을 짊어지고 있어서, 그 눈은 다만 자신의 운명의 무게만을 가만히 응시하고 있다. 사도는 사도대로 자신에게 정해진 길에서 순교하지 않으면 안 되는 그 운명을 어깨에 짊어지고 있다. 〈수태고지受胎告知〉의 성모의 표정도 불안이나 두려움 같은 안젤리코 풍의 인간적인 것이 아니고, 보다 숙명적이고 무거운 괴로움을 지닌 채 천사가 알려주는 사실을 받아들이고 있는 것처럼 보인다.

그리스도의 얼굴에 이르면 사정은 더 미묘해진다. 원래 그리스도의 얼굴이 수염이 난 위엄 있는 동방적인 용모로 만들어진 원형은 4세기 이후의 것이라고 한다. 그때까지의 그리스도의 얼굴은 보다 그리스적인 젊은 청년처럼 묘사되었다. 하지만 그 동방적인 얼굴도 이 무렵에는 똑같이 자신의 커다란 운명을 짊어진 채 그 커다란 운명을 가만히 응시하는 존재로서 묘사되었다.

고딕 초기의 사도상이나 그리스도의 모습이나 성모를 전시해 놓은 방을 걸으며 왜 이 시대의 예술이 이처럼 무거운 운명을 짊어진 상을 만들었는지를 생각해 보았다. 지금 여기에서 쓸 수는 없지만, 소위 역사가나 사회학자가 통상 간단하게 단정하듯이 부르는 '암흑시대'라든지 '봉건제사회'라는 것만으로는 결코 그 이유를 드러낼 수 없다고 생각하였다.

하지만 비 갠 어느 저녁 무렵, 이 무거운 방의 안쪽까지 깊숙이 걸어 들어갔을 때였다. 나는 갑자기 지금까지 어슴푸레했던 방에 희미하나마 밝은 빛이 비치는 것 같은 생각이 들었다. 하지만 그것은 비가 그친 후에 태양 빛이 실제로 비춰들어 온 것은 아니었다. 그것은 그 방에 저 유명한 랑스교회[1]의 〈미소의 천사〉상이 있기 때문이었다. 르네상스의 아침 햇빛이 이 〈미소의 천사〉상을 통해서 방에 비춰들어 왔던 것이다. 빠져나갈 길 없는 무거운 운명을 짊어진 엄숙한 사도나 그리스도상으로부터 갑자기 부드러운 미소의 천사의 상으로 옮겨 갈 때의 즐거움을 나는 마치 자신이 그 무렵의 인간이었던 양 맛보았던 것이다.

앙드레 말로는 이 〈미소의 천사〉가 랑스교회에 만들어졌던 시대를 "너무나 짧았던 희미한 빛"이라고 불렀다. 하지만 이 너무나 짧았던 희미한 빛이야말로 그 이후의 바로크 시대의 과장된 정열에 의해서 왜곡되지 않았던 한순간이었을 것이다. 천사뿐만 아니라 그토록 운명적인 무게를 지닌 그리스도나 성모도 이 방에서는 동일한 위엄을 유지하면서도 돌연 우윳빛 아침의 미소를 입술에 띠고 있다.

나는 굳이 여기서 나 자신이 잘 알지도 못하는 미술에 대해서 이렇다저렇다 말하려는 의도는 없다. 또 그렇게 쓸 능력도 없다는 사실을 잘 알고 있다. 그러나 내가 이 방 저 방 옮겨 다니면서 맛보았던 기쁨은 예술이라는 커다란 강에 들어가서 그 흐름에 몸을 맡기고 있는 즐거움이었다.

예술의 강! 각 시대의 여러 예술가가 여러 시대에 걸쳐서 만든 것은 결코 서로 아무런 관련도 없이 뿔뿔이 흩어진 작품이 아니라는 사실을 나는 이 강에 들어서면서 왠지 알 것 같은 생각이 들었다. 그리스도의 얼굴 하나를 살펴보아도 거기에는 각각의 시대에 의해서

---

1 프랑스 북부 랑스(Reims)에 있는 노트르담 대성당.

미묘한 차이가 생겨났다.

그 차이는 각 시대가 고뇌하거나 동경憧憬하는 바가 다르다는 사실에서 비롯되었다. 각 시대는 각각의 고뇌나 습관을 가지고 있고, 예술가는 자신의 시대의 고뇌나 동경을 그리스도의 얼굴을 통해서 결정화시키고자 하였기 때문이다. 미술관에서 그리스도의 얼굴 하나하나를 시대별로 찾아봄으로써 나에게도 어렴풋하게나마 이들 각각의 세기의 고뇌와 동경이 만들어 낸, 오랜 세월에 걸친 예수의 커다란 흐름과 만났다는 생각이 들었다.

물론 이러한 예술의 큰 강을 나 같은 사람이 전부 파악할 수는 없다. 하지만 파악할 수 없다고 하더라도 한순간이나마 그 안에 내가 들어갔던 기분을 만끽했다는 사실, 그 강을 놓치지 않았다는 사실, 이것은 어쨌든 일본처럼 변화가 많은 장소에 사는 나로서는 행운이었다고 하겠다.

_〈文学界〉1960년 5월호

유다와 소설

3년 전 예루살렘을 방문했을 때, 이번만은 유다가 그리스도를 배반한 후 "나가서 스스로 목을 맨" 장소를 꼭 확인하고 싶었다. 그곳은 "피 밭"이라고 불리는데, 오늘날에도 예루살렘의 거리를 감싸는 성벽으로부터 멀지 않은 곳에 있었다. 즉 "불타는 게헨나"라는 그리스도의 말씀으로 유명한 게헨나의 구석에 있다.[1] 게헨나의 불이란 지옥의 불길을 연상하지만, 원래 여기는 예루살렘의 쓰레기를 태우던 소각장이었다.

게헨나로부터 "피 밭"으로 내려가는 장소는 갈색의 벼랑에 둘러싸인 골짜기였다. 얼굴을 검은 천으로 감싼 여자를 한 명 만났던 것 말고는 아무도 볼 수 없었다. 물론 유다가 스스로를 목을 맨 나무는

---

1 마태복음 5장 22절을 지칭한다. 게헨나는 예루살렘의 서남쪽을 둘러싼 '힌놈 (Hinnom) 골짜기'의 별칭으로, '지옥' 혹은 '죽음'으로 불리었다.

없었지만, 골짜기는 대낮인데도 스산한 기분이 들 정도로 쥐죽은 듯 조용하였다.

유다는 성서 속에서 가장 기괴하고 암흑 속에 놓인 인물이다. 그 것은 유다 자신의 심리가 수수께끼에 쌓여 있을 뿐만 아니라, 유다에 대한 그리스도의 심리가 더더욱 수수께끼에 쌓여 있기 때문이다. 그 리고 유다와 그리스도 사이의 관계가 수수께끼에 쌓여 있을수록 이 유다라는 인물은 우리의 다양한 상념을 자극하지만, 이처럼 이해하 기 힘든 인물을 주인공으로 다룬 서구의 소설을 나는 아직 읽은 적이 없다. (만약 있으면 부디 가르쳐 주셨으면 한다. 기독교 작가 중에서 이 주제 를 직접 다룬 사람을 나는 아직 알지 못한다.)

우선 12사도 중에서 유다가 맡은 역은 결코 단역이 아니다. 복음 서 중에서도 예를 들어 요한복음은 유다를 극단적으로 혐오하고 증 오하면서 무시하려 하지만, 그러나 유다가 맡았던 역할이 그리스도 의 생애라는 연극에서 가장 큰 역할을 맡은 조연이라는 사실은 부정 할 수 없다. 솔직하게 말하면 유다는 그리스도의 커다란 운명의 바퀴 를 닫는 데 있어서 없어서는 안 될 존재였다. 그리고 이상하게도 그 리스도는 처음부터 이 일을 예감하고 있었다. 그리스도는 유다의 배 반이 자신이 연기하는 연극의 맨 마지막 부분에 있음을 알고 있었던 것이다.

하지만 이처럼 중요한 인물임에도 불구하고, 성서학자들도 유다 의 출신지나 과거의 경력을 자세하게 밝힐 수 없었다. 그는 이스카리 옷 유다라고 불리므로, 이스카리옷이 그의 출생지라는 설도 있지만,

이 장소가 어디에 있는지는 모른다. 유명한 예루살렘 전쟁의 기록을 남긴 플라비우스 요제프Flavius Josephe는 유다의 출신지를 카리옷이라고 하였지만, 이 또한 확증할 수 없다.

유다가 언제 어떻게 그리스도와 만났는지도 알 수 없다. 예를 들어 요한이나 안드레아, 시몬과 같은 제자와 그리스도의 만남은 복음서에 분명하게 묘사되어 있지만, 유다의 이름이 처음 등장하는 것은 29년 2월에 그리스도가 12사도를 불렀을 때의 일이다. 이때부터 그의 이름이 그리스도를 중심으로 한 그룹에 기록될 뿐 아니라, 이 그룹에서 회계 일도 맡아 보게 된다.

유다에게는 그리스도의 드라마의 마지막 시점에서 유명한 최후의 만찬에 참석하고 배반의 입맞춤을 하는 중대한 역할이 주어지지만, 그 전에도 유다는 한 번 무대에 등장한다. 그것은 그가 12사도가 된 다음 해인 4월의 일이다.

그때 그리스도는 베다니아의 마을에 들려서 일찍이 나병 환자였던 시몬이라는 남자의 집에서 식사를 하고 있었다. 마가복음은 다음과 같이 쓰고 있다.

예수께서 베다니아에 있는 나병환자 시몬의 집에 계실 때의 일이다. 마침 예수께서 음식을 잡수시고 계셨는데 어떤 여자가 매우 값진 순 나르드 향유가 든 옥합을 가지고 와서 그것을 깨뜨리고 향유를 예수의 머리에 부었다. 그러자 거기 같이 있던 몇 사람이 매우 분개하여 "왜 향유를 이렇게 낭비하는가? 이것을 팔면 삼백 데나리

온도 더 받을 것이고 그 돈을 가난한 사람들에게 나누어 줄 수 있을 터인데!" 하고 투덜거리면서 그 여자를 나무랐다.

값비싼 향유를 그리스도의 머리에 부었던 것은 마르타의 동생 마리아였고, 일설에 의하면 창부, 혹은 막달라 마리아였다고 하지만 지금 중요한 문제는 그것이 아니다. "투덜거리면서 그 여자를 나무랐"던 남자를 요한은 "그리스도를 팔 이스카리옷 유다"라고 적고 있다.

이 장면은 다소의 주석이 필요하다. 비싼 향유를 손님에게 붓는다는 것은 다소 기이한 행위처럼 보이지만, 당시의 유대 풍습으로는 향유를 붓는 것이 극진히 손님을 맞는 향응 방식의 하나로서 주빈의 명예를 드러내는 행위였다. 요한은 그 여자의 행위를 투덜거리면서 나무랐던 사람을 방금 말했듯이 유다라고 분명히 이름을 밝히고 있지만, 마태는 유다라고 하는 한 남자의 이름이 아니라 "남자들"이라고 복수의 형태로 기술하고 있다. 이러한 표기상의 차이는 유다에 대한 요한의 감정을 잘 나타내고 있는 것처럼 보인다. 요한은 다른 제자들 이상으로 유다에 대한 혐오와 미움이 강했다. 그가 스승을 팔았던 이 동료를 묘사할 때에는 다른 복음서보다 훨씬 심한 말을 사용하고 있다. 아마 이때 이 여자의 행위를 비난했던 것은 유다뿐만 아니라, 그를 포함한 여러 제자들이었을 수도 있다. 너무나도 궁핍한 여행을 계속해 온 그들에게 3백 데나리온의 향유는 매우 비싼 물건이었기 때문이다. (그들은 대개 소금을 뿌린 빵과 약간의 포도와 꿀과 대추의 열매로 굶주림을 견뎠고, 밤에는 거의 매일같이 올리브나 풍자나무 아래에서 망토로 몸을 둘둘 말고서 노숙하였다. 그리스도는 그들이 금이나 은을 가지는 것도, 배낭 속에 두벌 옷을 넣는 것도, 신발이나 지팡이를 가지고 가는 것조차도 금하였다.)

그러나 이 장면에 한 번 등장하는 유다는 그리스도의 연극에서 이미 어두운 복선으로서 숨겨져 있다. 복선은 사실 이미 일 년 전에 숨겨져 있었다. 유대인들은 그 전부터 그리스도를 암살할 계획을 몰래 세우고 있었다. 제사장이나 율법학자, 바리사이파 사람들은 그리스도와 그 일행 속에 스파이를 파견해 놓고서 그들이 덫에 걸리기만을 기다리고 있었다. 성서에는 그리스도가 유대인이나 바리사이파 사람들과 토론하거나 문답을 하는 장면이 자주 나오지만, 이것은 단순한 토론이 아니었다. 박해자들이 보낸 스파이들이 군중을 선동하기 위해서 그리스도에게 쳐 놓은 덫이었다. 그러한 대화는 모두 위험으로 가득 찬 것이어서, 자칫 잘못하면 그리스도를 재판하기 위한 구실을 제공해 주는 것이었다.

박해자들은 스파이를 보내기만 한 것이 아니었다. 그리스도는 그 때까지 이미 2회에 걸쳐서 암살될 뻔하였다. 28년 5월, 그는 절벽으로부터 떨어뜨려질 뻔하였다. 그다음 해의 12월, 예루살렘 신전에서 그는 돌에 맞아 죽을 뻔한 적도 있었다. 요한복음은 이들 박해자가 흉포한 의지를 실행에 옮기려 했다고 분명히 기술하고 있다. 하지만 그 무렵 그리스도는 자신을 죽이려는 것을 예감하면서 이상한 말을 흘렸다. 그것은 트라코니티스로부터 돌아가서 얼마 되지 않아서였다. 그리스도는 사제장이나 율법학자 같은 공공연한 적만이 아니라 자신의 제자 속에도 장차 자신을 살해할 자가 있다고 털어놓았다.

"너희 가운데에 하나는 악마이다."

그러나 물론 이때 그리스도는 유다의 이름을 밝히지 않았다. 자신의 드라마가 피와 죽음으로 끝나는 참극惨劇이라는 사실을 그리스도는 처음부터 알고 있었고, 그 어두운 복선이 다름 아닌 내부에 숨어 있다는 사실도 밝힌 것이다. 제자들은 물론 그 말을 믿지 않았다. 유다조차 그 복선이 자기 자신이라고는 생각해 본 적이 없었다. 그러나 눈사태는 가파른 골짜기를 따라 이미 일어나기 시작하고 있었다.

유다의 이름이 결국 그리스도의 입으로부터 나왔던 것은 말할 필요도 없이 4월 6일의 최후의 만찬 때였다. 그리스도와 유다 사이의 단편적인 대화는 너무나 유명하기 때문에 여기서 반복할 필요는 없을 것이다.

4월 5일, 즉 최후의 만찬이 있기 전날, 유다는 박해자들과 비밀리에 만났다. 그 말은 그가 결국 그리스도를 배반하려는 생각을 굳혔다는 의미이다. 지금까지의 심리는 우리로서도 이렇게 저렇게 상상할 수 있지만, 그는 이날 결국 심리가 아니라 행위를 완수했다. 그가 그리스도를 배반함으로써 받은 돈은 30냥은 옷 한 벌을 겨우 살 정도의 돈이었다고 한다.

이 행위를 알고 있었던 것은 물론 그리스도 혼자였고, 제자들은 전혀 눈치채지 못했다. 최후의 만찬에서 그리스도가 두 번에 걸쳐서 암시했음에도 불구하고, 그들은 경악과 불안함 속에서 이 말을 듣고 있을 뿐이었다. 그들은 서로 얼굴을 쳐다보면서 "누구입니까?"라고 물었다. 마지막으로 그리스도는 유다에게 빵을 주면서 말한다.

"네가 할 일을 어서 하여라"(요한복음 13:27).
"유다는 곧 밖으로 나갔다. 때는 밤이었다"(요한복음 13:30).

때는 이미 밤이었다. 이 묘사는 실로 선명하다. 유다는 무언가에 홀린 사람처럼 어둠 속을 맨발로 달려서 박해자들에게로 갔다. 그는 고독하다. 이미 그는 자신을 멈출 수가 없다. 이때 그는 자신이 그리스도를 팔지 않으면 안 된다는 사실, 그리고 그 후에 그 돈을 땅에 던져버리고 스스로 목숨을 끊는다는 운명으로부터 피할 수 없다는 사실도 느끼고 있었을 것이다. 그리고 틀림없이 그는 이 톱니바퀴에 끼인 채 함께 돌아가는 자신의 발걸음을 알고 있었을 것이다. 하지만 도대체 왜인가?

의문은 쉬지 않고 연이어 고개를 든다. 첫 번째 수수께끼는 그리스도가 왜 유다의 배반을 예감하면서도 마지막 순간까지 이 남자를 곁에 두었는가 하는 것이다. 다른 말로 한다면, 12사도 속에 자신의 드라마를 피로 끝나게 만들 이 사나이를 어째서 필요로 했는가 하는 물음이다. 그리고 그리스도는 왜 그를 구원하지 않았는가 하는 물음이다.

그리스도의 드라마 속에서 유다가 연기하는 역할은 그리스도에 대한 유다 자신의 심리보다는 유다에 대한 그리스도의 심리로 말미암아 수수께끼는 한층 더 복잡해진다.

기독교 작가이며 뛰어난 『그리스도전』을 썼던 롭스(Daniel Rops, 1901-1965)는 유다의 심리에 대해서 다음과 같이 분석하였다.

그것은 사랑이 아니었을까? 그것은 때로는 질투의 불길에 타오르면서 극단으로 치닫는 배타적인 정열이고, 미움에 가까운 사랑이다.

프랑소와 모리악은 『예수의 생애』에서 이러한 롭스의 관점으로부터 유다의 심리를 그리고 있다.

그러나 유다의 심리보다 더욱 중요한 것은 유다에 대한 그리스도의 심리이다. 그리스도는 유다를 미워했는가? 아니면 사랑했는가? 이 수수께끼는 유다의 심리를 풀기보다 더 어렵다. 서구의 작가가 유다를 주인공으로 한 소설을 쓸 수 없었던 것은 오히려 이 사나이에 대한 그리스도의 감정이 너무나 깊은 탓일 것이다. 그러나 우리가 알고 있는 이 문제의 열쇠는 그리스도가 마지막으로 하신 말씀, 곧 "네가 할 일을 어서 하여라"라는 말에 있을 것이다. 어찌할 수 없는 인간의 업業을 그리스도는 알고 계셨던 것이며, 또 그 업을 긍정하고 계셨던 것이다.

_ 〈風景〉 1962년 12월호

어머니 되시는 분

저녁 무렵 항구에 도착하였다.

페리보트는 아직 오지 않았다. 작은 안벽에 서자 지푸라기와 야채 이파리들이 떠다니는 잿빛의 작은 파도가 마치도 강아지가 물을 홀 짝이는 듯한 나지막한 소리를 내면서 잔교棧橋에 부딪치고 있었다. 트 럭 한 대가 주차하고 있는 빈터 저쪽에는 창고가 두 채 있었고, 그 창고 앞에는 어떤 남자가 지피고 있는 불꽃이 검붉은 빛으로 흔들리 고 있었다.

대합실에는 장화를 신은 원주민 남자들 대여섯 명이 벤치에 걸터 앉아서 매표소 문이 열리기를 묵묵히 기다리고 있었다. 발밑에는 생 선을 가득 채운 상자와 낡은 트렁크가 놓여 있었고, 그 속에는 닭을 억지로 잡아넣은 바구니도 아무렇게나 뒹굴고 있었다. 바구니의 틈 새로 닭은 머리를 길게 내밀고서 괴로운 듯이 버둥거렸다. 벤치에 앉아있는 사람들은 이따금 훑어내리는 듯한 시선을 나에게 던지면서 말없이 앉아 있었다.

이러한 광경은 언젠가 서양화 모음집에서 본 듯한 생각이 들었다. 그러나 그것이 누구의 작품이었는지 그리고 언제 보았던 것인지는 전혀 생각이 나지 않았다.

바다 저편, 잿빛으로 길게 펼쳐진 맞은편 해안의 섬에서 등불이 희미하게 빛나고 있었다. 어디선가 개가 짖고 있었지만 그것이 섬에서 들려오는 소리인지, 아니면 이쪽 어딘가에서 나는 소리인지는 알 수 없었다.

'아마도 등불의 일부겠지' 하고 생각하고 있었는데, 그것이 조금씩 움직이기 시작하였고, 마침내 이쪽으로 다가오는 페리보트라는 것을 알게 되었다. 이윽고 문을 연 매표소 앞으로 조금 전 벤치에 앉아 있던 긴 장화의 사내들이 몰려들어 줄을 이루며 섰다. 그들 뒤에 서자 생선 비린내가 코를 찔렀다. 저 섬의 주민들은 대개 반은 농사꾼이고, 반은 어부라고 들었다.

얼굴은 서로 비슷비슷하게 닮아 있었다. 광대뼈가 튀어나온 탓일까, 아니면 눈이 푹 들어간 무표정한 얼굴 탓일까, 모두 무언가 겁에 질려있는 듯하였다. 요컨대 교활함과 두려움이 하나가 되어 이곳 원주민들의 겁에 질린 듯한 표정을 만들어내고 있었다. 이렇게 생각하는 것은 지금 가려고 하는 섬에 대한 나의 선입견 때문인지도 모르겠다. 어쨌든 에도 시대 저 섬의 주민들은 가난과 중노동과 종문박해宗門迫害로[1] 인해 괴로움을 당하고 있었다.

이윽고 보트에 올라타고 항구를 떠날 수가 있었다. 규슈 본토와 이 섬 사이에는 하루 세 차례의 배편이 있을 뿐이다. 그나마 2년 전까지는 이 보트도 아침과 저녁 각각 한 번씩밖에는 왕복을 하지 않았다고 한다.

보트라고는 하나 거룻배와 같은 것이어서 앉을 의자조차 없었다. 자전거와 고기 상자와 낡은 트렁크 사이에서 승객들은 창으로 불어오는 차가운 바닷바람을 그저 맞으면서 서 있었다. 여기가 도쿄였다면 푸념이나 불평을 하는 사람들도 나올 법했지만, 그 누구도 입을 열지 않았다. 들리는 것이라고는 오로지 배의 엔진소리뿐이었다. 발밑에 아무렇게나 팽개쳐 둔 바구니 속의 닭들조차도 찍소리 없이 조용하기만 하였다. 구두 끝으로 가볍게 툭툭 건드리자 닭은 겁먹은 표정을 지었다. 그 표정은 종전에 만났던 사람들의 모습과도 흡사해서 우습다는 생각마저 들었다.

바람이 점점 강해지고, 바다도 파도도 모두 검게 변하였다. 몇 번이고 담배에 불을 붙이려고 시도해 보았지만 번번이 바람 때문에 애꿎은 성냥개비만 몇 개 부러뜨리고 젖어버린 담배를 그냥 배 밖으로 던져 버렸다. 하지만 그 담배도 바람으로 인해 배 안 어딘가에 떨어져 나뒹굴고 있을지도 모를 일이었다. 오늘 반나절을 나가사키에서 여기까지 버스에 흔들리면서 오느라 쌓인 피로가 한꺼번에 등과 어깨로 밀려왔으므로 나는 눈을 감고서 가만히 엔진 소리를 듣고 있었다.

---

1 1640년 바쿠후가 종문개역을 설치하고 비밀 기리시단들을 단속한 사건.

엔진 소리가 몇 번인가 새까만 바다 가운데에서 갑자기 그 힘을 잃었다가 다시 힘찬 소리를 내고, 잠시 후에는 또 느슨해지곤 하였다. 몇 번인지 그런 일이 반복되고 난 후 눈을 떠 보니 이미 섬의 등불이 바로 눈앞에 다가와 있었다.

"여보세요." 누군가 외치는 소리가 들려왔다.

"와다나베 씨 안 계십니까? 밧줄을 던져 주세요."

뒤이어 밧줄을 선창에 던지는 무겁고 둔탁한 소리가 들렸다. 나는 주민들의 뒤를 따라 배를 내렸다. 스산한 밤공기는 바다와 생선 냄새로 뒤섞여 있었다. 개찰구를 빠져나오니 건어물이나 토산물 등을 팔고 있는 대여섯 채의 상점들이 늘어서 있었다. 이 주변에는 날치를 말린 '마고'라는 건어물이 명물이라고 한다. 그 가게 앞에서 장화를 신은 잠바 차림의 사내가 개찰구를 지나는 우리를 찬찬히 살펴보다가 내 쪽으로 가까이 다가와서는 "고생 많으셨지요? 선생님을 마중하러 교회에서 왔습니다요" 하고 인사를 하였다.

내 쪽이 오히려 민망할 정도로 몇 번이나 머리를 숙이더니, 내가 들고 있던 작은 가방을 강제로 낚아채는 것이었다. 아무리 사양해도 가방을 쥔 손을 좀체 놓으려 하지 않았다. 내 손에 와 닿는 나무 뿌리마냥 크고 거친 그의 손바닥은 내가 전에 알고 있던 도쿄의 신자들의 부드럽고 따뜻한 그것과는 사뭇 달랐다.

애써 어깨를 나란히 하고 걸으려 해도 그는 고집스럽게도 한 발짝 정도의 거리를 유지하면서 내 뒤를 따라오고 있었다. 선생님이라고 하던 좀 전의 말투를 떠올리고서 나는 당혹감을 느꼈다. 계속 이런 식으로 불리다가는 자칫 주민들의 경계심을 일으키게 될지도 모르기 때문이었다.

부두에서 풍기던 생선 썩는 냄새는 어디에나 남아 있었다. 그 냄새는 길 양쪽의 지붕이 낮은 집이나 좁은 길에서도 났다. 아주 오랜 시간 동안 구석구석에 배어든 듯하였다. 조금 전과는 정반대로 이번에는 왼쪽 바다에서 규슈의 등불이 희미하게 비치고 있었다.

"신부님은 별고 없으십니까? 편지를 받고서 곧 달려왔습니다만…."

등 뒤에서는 아무런 대꾸도 들려오지 않았다. 무언가 그의 기분을 상하게 하지는 않았을까 하고 신경이 쓰였지만, 결코 그렇지만은 않은 것 같기도 하였다. 단지 그는 쓸데없는 말을 될 수 있는 대로 하지 않으려고 조심하고 있는 것인지도 모를 일이었다. 혹은 아주 오래전부터 습성이 배어서 불필요한 말을 지껄이지 않는 것이 자신을 지키는 방어책이라고 생각하고 있는지도 모르겠다.

그 신부와는 도쿄에서 만났었다. 그 당시 나는 기리시단을 배경으로 한 소설을 쓰고 있었기 때문에, 어떤 모임에서 규슈의 섬에서 온 그에게 다가가서 말을 걸었다. 그 사람 역시 눈이 푹 들어가고 광대뼈가 튀어나온 이 부근의 어부들 특유의 얼굴을 하고 있었다. 도쿄의 유명하다는 사제들이나 수녀들 사이에서 주눅이 든 탓인지, 이야기를 걸어도 그저 잔뜩 긴장된 표정으로 겨우 몇 마디 하던 그 모습은 지금 내 가방을 들고 가고 있는 사내와 영락없이 닮았다.

"후까보리 신부님을 알고 계십니까?"

일전에 나는 나가사키에서 버스로 약 한 시간 정도 들어가는 어촌에서 마을의 사제 일을 맡고 있던 후까보리 신부에게 상당히 폐를 끼친 적이 있었다. 우라카미浦上 마을 출신의 이 신부는 내게 바다낚시를 가르쳐 주었었다. 아직 완강히 재개종하지 않은 가쿠레의 집에도 데려다주었다. 말할 것도 없이 가쿠레 기리시단들이 믿고 있는 종교는 오랜 쇄국의 기간을 거쳐오면서 본래의 기독교로부터 떨어져 나와서 신도神道나 불교 그리고 토속적인 미신까지 뒤섞여 있는 종교였다. 그러므로 나가사키로부터 고토, 이끼즈끼에 산재해 있는 그들을 재개종시키는 일이 메이지 시대에 일본에 건너왔던 프치챵 신부 이래 그 지방 교회가 떠맡은 과제였다.

"교회에 머물 수 있도록 도와주셔서…."

얘깃거리를 끄집어내 보아도 상대는 쥬스 컵을 단단히 쥔 채 그저 네, 네하고 대답할 뿐이다.

"신부님 관구管區에도 가쿠레 기리시단이 있습니까?"

"네."

"요즈음은 그들도 텔레비전 등에 출연해서 그걸로 한몫 잡을 정도라서 점차 달갑게 사람들을 맞아들이고 있습니다. 하긴 후까보리 신부가 소개한 영감은 마치 쇼 프로그램 설명자 같았지만 말이죠. 그쪽 기리시단들도 순순히 만나줍니까?"

"저 그게 말이죠, 좀 어렵다고…."

그것으로 이야기는 끊어졌고, 나는 그로부터 떨어져 좀 더 이야기하기 쉬운 사람들 쪽으로 다가갔다.

그런데 한 달 전 뜻밖에도 이 어눌한 시골 사제로부터 편지가 왔던 것이다. 가톨릭 신자가 편지 첫머리에 반드시 적어 넣는 "주의 평안"이라는 말로 시작된 그 편지에는 자신의 관구 내에 살고 있는 가쿠레들을 설득한 결과, 그 난도카미納戸神 기도의 공경을 보여줄 수 있게 되었다는 내용이 적혀 있었다. 신부의 글씨는 의외로 달필이었다.

"이 마을에도 가쿠레가 살고 있습니까?"

뒤를 돌아보면서 물어보았더니 남자는 고개를 가로저으며, "없습니다. 산속 마을에 살고 있다고 합니다요"라고 대답하였다.

반 시간 후에 도착한 교회 입구에는 검은 옷을 입은 남자가 뒷짐을 진 채 자전거를 세워놓고 있는 청년과 함께 서 있었다.

비록 단 한 번에 지나지 않았지만 일단 만난 적이 있기에 내 쪽에서 먼저 가볍게 인사를 건넸더니 신부는 당황한 표정을 지으면서 청년과 마중 나왔던 남자를 쳐다보는 것이었다. 그것은 내가 어리석게도 실수를 하였기 때문이었다. 도쿄나 오사카와는 달리 이 지방에서 신부는 이른바 마을 촌장과 다름없는, 아니 때로는 그 이상의 존경을 받는 귀족과 같은 존재라는 사실을 잊어버리고 있었던 것이다.

"지로오次郎, 나까무라 씨에게 선생님께서 오셨다고 말하고 오게." 사제는 청년에게 명령하였다. 청년은 공손히 머리를 숙인 뒤 자전거에 다리를 걸치더니 어둠 속으로 곧 사라져 버렸다.

"가쿠레가 있는 마을은 어느 쪽입니까?"

나의 질문에 신부는 지금 왔던 정반대 방향을 가리켰다. 산에 가려져 있어서일까, 그 마을은 등불조차 찾아볼 수 없었다.

가쿠레 기리시단들은 관리들의 눈을 피하기 위해서 가능한 한 깊숙한 산속이나 해안에 숨어 살고 있었는데, 이곳 역시 다를 바 없었다. '내일은 꽤나 걸어야겠군.' 나는 그다지 튼튼하지 않은 자신의 몸을 생각했다.

7년 전에 흉부 수술을 받고 나았다고는 하지만 아직 체력에는 자신이 없었기 때문이었다.

꿈에서 어머니를 보았다. 꿈속에서 나는 흉부 수술을 받은 뒤 막 병실에 옮겨진 듯 시체처럼 침대 위에 던져져 있었다. 코에는 산소 펌프에 연결된 고무호스가 꽂혀 있었고, 오른손에도, 다리에도 주사 바늘이 꽂혀 있었다. 그것은 침대에 단단히 묶여 있는 수혈병으로부터 피를 받기 위한 것이었다.

분명 반쯤 의식을 잃고 있을 터였지만 그 몽롱한 마취의 감각 속에서도 나는 내 손을 쥐고 있는 회색의 그림자가 누구인지 알 수 있었다. 그것은 어머니였다. 병실에는 이상하게도 의사도 아내도 보이지 않았다. 그것은 어머니였다. 그런 꿈을 지금까지 몇 번이나 꾸었는지 모른다. 눈을 뜨고 난 후, 꿈과 현실의 구분이 명확하지 않은 상태에서 오랫동안 침대 위에 멍하니 드러누워 있던 적도 있었고, 이윽고 여기가 3년씩이나 입원하고 있던 병원이 아니라 집이라는 것을 알아차리고서는 자신도 모르게 한숨을 내쉰 적도 여러 번 있을 정도였다.

아내에게는 꿈에 대해서 말하지 않았다. 세 차례에 걸친 수술을 받고 난 밤, 한숨도 못 자고 간호해 주었던 것은 사실 아내였음에도 불구하고 아내가 꿈속에서는 존재하지도 않았다는 것이 미안한 생각도 들었지만, 그것보다는 자신도 알지 못하는 나와 어머니 사이의 질긴 그 무엇인가가 어머니가 돌아가신 지 20년이나 지난 지금에도 남아서 꿈에서까지 이어진다는 것이 싫었기 때문이었다.

정신분석학 등에 대해서 이렇다 할 지식이 없는 나에게는 이러한 꿈이 도대체 무엇을 의미하는지 알 수 없었다. 그렇다고 꿈속에서 어머니의 얼굴을 실제로 볼 수 있는 것도 아니었다. 그 움직임조차 분명하지 않았다. 나중에 생각해 보면 그것은 어머니와 분위기가 비슷했지만, 반드시 어머니였다고 잘라 말할 수도 없었다. 단지 그것은 아내도 아니고 시중드는 사람도, 간호원도 아니었을 뿐이다. 물론 의사도 아니었다.

내 기억으로는 내가 병에 걸렸을 때 어머니가 내 손을 잡은 채 잠이 드셨다든지 하는 경험은 어릴 적에도 없었다. 보통 쉽게 떠오르는 어머니의 이미지는 열심히 사는 한 여인의 모습이었다.

내가 다섯 살 무렵, 아버지가 하시던 일 관계로 우리 가족 모두는 만주의 다롄大連에 살게 되었다. 확실히 기억에 남아 있는 것은 작은 집의 처마에 매달려 있던 물고기 이빨처럼 생긴 고드름이었다. 하늘은 당장에라도 눈이 내릴 것처럼 남빛으로 잔뜩 찌푸려 있었지만, 눈은 내리지 않았다. 다다미 여섯 장 정도 크기의 방안에서 어머니는 바이올린을 연습하고 계셨다. 이미 몇 시간 동안이나 오로지 단 하나의 선율을 반복해서 켜고 계신 것이었다. 바이올린을 턱에 괸 얼굴은 돌처럼 단단하고, 눈만이 허공 속의 한 점을 주시하면서 그 허공의 한 점 안에서 자신이 찾고 있는 하나의 음을 잡아내고자 하는 것 같았다. 그 하나의 음이 좀처럼 잡히지 않는지 어머니는 한숨을 쉬면서 애를 태웠고, 활을 쥔 손을 줄 위에서 계속해서 움직이셨다. 나는 그 턱에 갈색의 못이 박혀서 흉터처럼 되어버린 것을 알고 있었다. 그것은 음악학교 학생 시절부터 끊임없이 바이올린을 턱밑에 괴고 있었기 때문이었는데, 다섯 손가락 끝에도 모두 돌처럼 굳은살이 박여 있었다. 수천 번도 넘게 단 하나의 음을 발견하기 위해서 줄을 강하게 눌렀기 때문이다.

소학교 시절의 어머니의 이미지. 나의 눈에 그것은 아버지로부터 버림을 받은 여인의 모습이었다. 다롄의 옅은 어두움이 깔리는 저녁 무렵, 어머니는 소파에 앉은 채 석상처럼 미동도 하지 않았다. 그렇게 필사적으로 괴로움을 견디고 있는 어머니의 모습이 당시 어린 나에게는 참기 힘든 일이었다. 옆에서 숙제를 하는 척하였지만 나의 온몸의 신경은 어머니에게 쏠리고 있었다. 어려운 사정을 알지 못했던 만큼 묵묵히 앉은 채로 얼굴을 손으로 받치고서 괴로워하고 있는 어머니의 모습이 도리어 이쪽으로 반사되어 괴로워 어쩔 줄 몰랐다.

가을과 겨울 내내 그와 같은 암울한 나날이 계속되었다. 나는 그저 그런 어머니의 모습을 저녁 무렵의 방 안에서 보지 않기 위해서 방과 후에 가능한 한 길에서 미적 미적거리거나, 러시아 빵을 파는 백러시아계의 노인의 뒤를 어디까지고 따라다니곤 하다가, 해가 저물 무렵에야 비로소 길가의 자갈들을 툭툭 차면서 집으로 향하였다.

"네 엄마는…."

어느 날 새삼스럽게 나를 산보에 데리고 나간 아버지가 갑자기 입을 열었다.

"중요한 일이 있어서 일본으로 돌아가게 되었단다. … 너 엄마하고 같이 갈래?"

아버지의 얼굴에서 어른들이 의례적으로 하는 거짓말을 느끼면서 나는 그저 "응" 하고 대답했을 뿐, 그때도 자갈들을 발로 차면서 아무 말 없이 아버지 뒤를 따라 걸었다. 그다음 달 어머니는 나를 데리고 고베에 있는 큰이모에게 가고자 배를 탔다.

중학교 무렵의 어머니, 여러 가지 기억들이 있지만 그것은 하나의 모습으로 요약된다. 어머니는 찾기 힘든 하나의 음을 찾아서 바이올린을 계속 연주했던 것처럼, 단지 하나의 신앙을 추구하시면서 엄하고 고독하게 생활하고 계셨다. 겨울 아침 모든 것이 아직 얼어붙은 듯한 새벽, 나는 종종 어머니 방에 불이 켜져 있는 것을 보았다. 어머니가 방 안에서 무엇을 하고 계시는지 나는 알고 있었다. 어머니는 로사리오를 손가락으로 세면서 기도하고 계셨던 것이다. 그리고 어머니는 나를 데리고 첫 한큐 전차를 타고 미사를 드리러 나가셨다. 아무도 없는 전차 안에서 나는 꾸벅꾸벅 졸았다. 때때로 눈을 떠 보면 어머니의 손가락이 로사리오를 움직이고 있는 것을 볼 수 있었다.

어두움 속에서 빗소리에 눈을 떴다. 서둘러서 옷을 집어 입고는 묵고 있는 단층집의 맞은편에 있는 벽돌로 된 교회로 달려갔다.

교회는 이런 가난한 섬마을에는 어울리지 않을 정도로 세련된 모습을 하고 있었다. 어젯밤 신부의 이야기로는 이 마을의 신자들이 돌을 나르고 나무를 잘라서 지은 것이라고 한다. 300여 년 전 기리시단 시대의 신도들도 선교사들을 기쁘게 하기 위해서 자신들의 힘으로 교회를 건축하였는데, 그 습관은 규슈의 이 외딴 섬에도 그대로 이어져 내려왔다.

아직 옅은 어두움이 깔려 있는 교회당 안에는 흰 수건을 머리에 쓴 농촌 아낙네들이 작업복을 입은 채 무릎을 꿇고 앉아 있었다. 작업복을 입은 남자들도 두 명 정도 있었다. 기도대도, 의자도 없는 교회당 안에서 모두들 다다미 위에 무릎을 꿇고 앉아서 기도를 드리고 있었다. 그들은 미사가 끝나면 그대로 괭이를 들고 밭으로 가든지, 바다로 나갔다. 제단에는 어떤 사제가 움푹 들어간 눈을 이쪽으로 향한 채 카리스를 양손으로 잡고서 성체봉거聖體奉擧의 기도를 읊조리고 있었다. 촛불이 커다란 라틴어 성서를 비추고 있었다. 나는 어머니를 떠올렸다. 20년 전 나와 어머니가 다니던 교회도 이곳과 어딘가 비슷한 느낌이 들어서 견딜 수 없었다. 미사가 끝난 후 교회 밖으로 나오자, 비는 이미 멎어 있었지만 짙은 안개가 자욱하였다.

어젯밤 신부가 가르쳐 주었던 마을 쪽은 온통 우윳빛 안개로 덮여 있었고 그 안개 속에서 숲이 그림자처럼 떠올라 있었다.

"이런 안개라면 도저히 갈 수 없습니다."

손을 비벼대면서 신부가 뒤에서 말했다.

"산길은 매우 미끄럽습니다. 오늘은 하루 쉬시고 내일 가시는 것이 어떻겠습니까?"

이 마을에도 기리시단의 무덤이 있으니 오후에 보러 가면 어떻겠
냐는 것이 신부의 제안이었다. 가쿠레들이 사는 마을은 산 중턱에
있기 때문에 이곳 주민이라면 어떻게 해서든지 갈 수 있겠지만, 폐가
한쪽밖에 없는 나로서는 비에 젖은 채 걷기에는 폐활량이 따라가지
못할 것이었다.

안개 틈새로 바다가 보였다. 어제와는 달리 바다는 온통 검은색이
었으며 꽤 차가울 듯하였다. 배는 아직 한 척도 보이지 않았다. 하얀
이빨과도 같은 파도거품이 일렁이고 있다는 것을 여기에서도 쉽게
알 수 있을 정도였다.

신부와 함께 아침 식사를 마친 후 교회가 내준 방에 드러누워 이
지역 일대의 역사를 적어놓은 책을 다시 읽어보았다. 가랑비가 다시
내리기 시작하였는데, 그 모래의 흐름 같은 소리가 방 안의 고요함을
한층 더하고 있었다. 벽에 버스 시간표가 붙어 있는 것 외에, 방 안에
는 아무것도 없었다. 나는 갑자기 도쿄로 돌아가고 싶어졌다.

기록에 의하면 이 지방에서 기리시단에 대한 박해가 시작된 것은
1607년부터이며, 박해가 가장 극렬했던 시기는 1615년부터 1617
년 동안이었다고 한다.

베드로 데 산 도미니코 수도사

마티스

프란시스코 고로스케五郎助

미구엘 아라에몽新右衛門

도미니코 요시스케喜助

　이상은 내가 지금 묵고 있는 마을에서 1615년에 순교하였던 신부와 수도사들의 이름만을 골라놓은 것이지만, 실제는 이름 없는 신자, 어부의 아낙네들 중에 그리스도의 가르침 때문에 목숨을 잃어버린 사람들이 더 많을지도 모를 일이었다. 예전부터 기리시단 순교사를 틈나는 대로 읽었던 나는 하나의 대담한 가설을 마음속에 설정해 보게 되었다. 그 가설이란 기리시단에 대한 처형은 개개인을 대상으로 한 것이라기보다는 마을의 대표자들을 본보기로 처형했던 것은 아니었을까 하는 것이다. 이것은 당시의 기록이 증언해 주지 않는 한 어디까지나 나의 가정에 지나지 않겠지만 그 무렵의 신도들은 각자가 순교할 것인가, 배교할 것이냐를 결정했다기보다는 마을 전체의 의지에 따랐던 것이 아니었을까 하는 생각이 들었다.

　혈연관계를 중심으로 하는 마을 사람의 공동의식은 지금보다 훨씬 강하였기 때문에 박해를 참고 견디는 것이나 굴복해서 배교하는 것도 각 개인의 생각이 아니라 마을 전체 사람들의 결정이 아니었을까 하는 것이 이전부터의 나의 가정이었다. 요컨대 그 경우 관리들도 신앙을 필사적으로 지키는 마을 사람들을 모두 죽인다면 노동력이 사라져 버리기 때문에 대표자만을 처형시킨 것이다. 마을사람들의 입장에서도 마을의 존속을 위해서 도저히 배교하지 않으면 안 될 때에는 전원이 신앙을 버렸다. 그 점이 일본 기리시단의 순교와 외국에서 있었던 순교 사이의 커다란 차이가 아닐까 하는 생각이 들었다.

남북으로 10㎞, 동서로 3.5㎞ 규모의 이 섬에는 당시 1,500명 정도의 기리시단이 있었다는 사실을 기록을 통해서 알게 되었다. 당시 포교를 위해 이 섬에서 활약했던 사람은 포르투갈 사제 까미로 콘스탄쯔오 신부로서 그는 1622년에 타비라의 바닷가에서 화형에 처해졌다. 장작에 불이 붙여지고 검은 연기에 휩싸이면서도 그가 불렀던 찬미가 Laudate는 거기에 모였던 사람들이 다 들었다고 한다. 그것을 다 부르고 나서 그는 "거룩하여라" 하고 다섯 번 크게 외친 다음 숨을 거두었다고 한다.

백성들이나 어부의 처형지는 섬에서 작은 배로 반 시간 정도 걸리는 이와시마岩島라는 바위투성이의 섬이었다. 신도들은 이 작은 섬의 절벽에서 손발이 묶인 채 밑으로 떨어뜨려졌다. 가장 박해가 심했던 무렵 이와시마에서 처형되는 신도는 한 달에 최소한 10명이나 될 정도였다고 한다. 때때로 관인들도 귀찮을 때는 그들 여럿을 거적에 싸서 굴비 꿰듯이 줄줄이 묶어서 바다에 던져버리곤 하였다. 바다에 빠진 신도들의 시체는 거의 찾을 수 없었다.

점심 식사 시간인데도 신부는 보이지 않았다. 햇볕에 그을리고 광대뼈가 툭 튀어나온 중년의 아주머니가 나와서 거들어주었다. 나는 그녀를 어부의 아내쯤이려니 생각하고 있었지만 이야기를 하는 도중, 그 아주머니가 평생을 독신으로 살면서 봉사하기로 헌신한 수녀라는 사실을 알고는 깜짝 놀랐다. 수녀라고 하면 도쿄에서 곧잘 볼 수 있는 이상한 검은 옷을 입은 여인들만을 생각하고 있었던 나는 속칭 '여자방'(女部屋)이라고 이 부근에서 일컬어지고 있는 수도회의 이야기를 처음으로 접할 수 있었다. 평범한 농부의 아내와 똑같이 밭에서 일하고, 탁아소에서 아이들을 돌보며, 병원에서 병자들을 간호하면서 집단생활을 하는 것이 이곳 수도회의 생활이었다. 이 아주머니도 그중 한 사람이었다.

"신부님은 후도야마 쪽으로 오토바이를 타고 가셨습니다. 3시경 돌아오실 겁니다."

그녀는 비에 젖은 창 쪽으로 눈을 돌리면서 말했다.

"공교롭게도 날씨가 좋지 않아서 선생님께서도 지루하시겠습니다. 곧 관공서에 있는 지로오 씨가 기리시단의 무덤이 있는 곳으로 안내해 드리러 온다고 합니다."

지로오라는 사람은 어젯밤 교회 앞에서 나를 기다리고 있었던 그 청년이었다.

그 말대로 지로오는 점심 식사가 끝나자마자 일부러 장화까지 준비하고서 나를 부르러 왔다. "그 구두로 진흙투성이가 되시면 안 되겠다 싶어서요…."

이쪽이 미안할 정도로 머리를 몇 번씩이나 숙이면서 가져온 장화가 낡았다고 사과하였다.

"선생님을 이런 차로 모시게 돼서 송구스럽습니다요."

그가 운전하는 4륜차를 타고 마을을 빠져나가자 어젯밤 상상했던 대로 다닥다닥 붙어 있는 집들은 지붕이 낮았으며, 생선 냄새가 사방에 배어 있었다. 부두에는 열 척 정도의 작은 배들이 그런대로 떠날

채비를 하고 있었다. 마을 관공서와 소학교만이 철근 콘크리트 건물이었고 번화가라고 해도 5분도 채 지나지 않아 금세 짚으로 만든 농가가 나타나는 정도에 불과하였다. 전신주에는 비에 젖은 스트립쇼 광고가 붙어 있었다. 광고에는 벌거벗은 여자가 젖가슴을 감싸 안고 있는 그림이 그려져 있었고, '성부性部의 왕자'라는 어울리지도 않는 제목이 붙어 있었다.

"신부님은 이런 짓을 마을에서 한다고 반대운동을 하고 계시지요."

"그래도 젊은이들은 가끔씩 보러 가겠지요. 신자인 청년들이라해도…."

나의 농담에 지로오는 핸들을 꽉 잡으면서 대답이 없었다. 나는 머쓱해졌다.

"지금 이 섬의 신자 수는 얼마나 됩니까?"

"아마 천 명 정도 될 겁니다."

기리시단 시대에는 천오백 명의 신도가 있었다고 기록에 남아 있는데 그 무렵보다 오백 명 정도 밀도는 셈이었다.

"가쿠레의 수는 요?"

"잘 모르겠습니다. 해마다 줄어들고 있지 않을까요? 가쿠레의 관습을 지키는 것도 늙은이들뿐이고, 젊은 사람들은 그런 건 바보스런 짓이라고들 말하고 있습니다."

지로오는 재미있는 이야기를 들려주었다. 가쿠레들은 아무리 가톨릭 신부나 신자가 재개종하라고 설득해도 응하지 않는다는 것이다. 그들의 말인즉 자신들의 기독교야말로 선조 시대부터 전해져 온

어머니 되시는 분 153

것이기 때문에 본래적인 구교이고, 메이지 이후의 가톨릭은 신교라고 주장한다는 것이다. 게다가 대대로 전해들은 선교사들의 모습과는 꽤나 다른 지금의 사제들의 복장이 그러한 불신거리의 원인인 모양이었다.

"한 번은 프랑스 신부님이 지혜를 짜내서 그 무렵의 선교사들의 모습을 하고서 가쿠레를 방문한 적도 있습니다."

"그래서요?"

"가쿠레들이 말하기를, 그건 아주 비슷하기는 해도 역시 다르다는거예요. 좀처럼 믿으려 들지를 않습니다요."

지로의 이야기를 들으면서 거기에는 가쿠레에 대해서 어딘가 경멸하는 구석이 있음을 느꼈지만 나는 소리를 내어서 웃었다. 일부러 기리시단 시대의 남만 선교사의 모습을 하고서 가쿠레를 방문했던 프랑스 사제도 유모가 있지만, 어쨌든 이 섬다운 이야기여서 좋았다.

마을을 벗어나자 바다를 따라서 회색의 길이 이어졌다. 왼쪽에는 산이 아우를 듯이 솟아 있었고 오른쪽은 바다였다. 바다는 탁한 남빛으로 출렁거렸다. 차창을 조금 열자 비를 머금은 바람이 얼굴에 부딪쳐왔다.

방풍림이 바람을 막고 있는 곳에 차를 세우고 지로오는 나에게 우산을 받쳐 주었다. 모래사장에는 작은 소나무들이 띄엄띄엄 심겨 있었고, 기리시단의 무덤은 정확히 그 모래 언덕이 바다 쪽으로 경사져 나가는 맨 끝에 아무렇게나 뒹굴고 있었다. 무덤이라고 해도 그나마 삼 분의 일은 모래에 묻혀 있었다. 표면은 비바람을 맞아서 남빛으로 변해 있었고 희미하게 무언가로 휙 갈겨쓴 것 같은 십자가와 로마자 M과 R자를 읽을 수 있을 뿐이었다. 그 M과 R에서 나는 마리아라는 이름을 연상해 보면서 혹시 여기에 묻혀 있는 신도가 여자가 아닐까 생각해 보았다.

어째서 이 무덤 하나만이 마을로부터 꽤나 떨어진 이런 장소에 있는 것인지 알 수 없었다. 박해 후 그 여자의 혈연 중 한 사람이 사람들의 눈에 띄지 않는 이곳으로 몰래 옮긴지도 모르겠다. 혹은 박해 중에 이 근처에서 처형되었는지도 모를 일이었다.

아무도 돌보지 않아 버려진 기리시단의 무덤 저편에는 황량한 바다가 펼쳐져 있었다. 방풍림에 부딪치는 바람소리는 전깃줄을 스치는 듯한 소리를 냈다. 먼바다 위로 섬이 보였는데, 그 섬이야말로 이 부근의 신도들을 절벽으로부터 떨어뜨리거나, 굴비를 꿰듯이 엮어서 바다에 내다 버린 이와시마였다.

어머니에게 거짓말하는 법을 터득하였다. 나의 거짓말은 지금 생각해 보면 어머니에 대한 콤플렉스에서 나온 듯하였다. 남편으로부터 버림받은 괴로움을 신앙으로 위로하는 길 밖에 달리 방도가 없었던 어머니는 일찍이 하나의 바이올린 음音을 추구하던 정열을 그대로 하나의 신에게로 향했는데, 그 필사적인 마음은 지금은 납득할 수 있게 되었지만, 그 무렵의 나에게는 확실히 답답한 일이었다. 어머니가 신앙을 강요하면 할수록 나는 물에 빠진 소년처럼 그 수압을 뚫고 나가려고 발버둥쳤다.

급우가운데 타무라田村라는 녀석이 있었다. 니시노미야에서 유곽
遊廓을 하는 집의 아이였다. 언제나 머리에 더러운 붕대를 감고 있었
으며 곧잘 학교를 쉬곤 하였는데, 필시 그 무렵부터 결핵에 걸려 있
었을 것이다. 우등생들로부터 따돌림을 당해서 친구가 적었던 그에
게 내가 접근했던 것은 분명히 어머니에 대한 보복심리 때문이었을 것
이다.

타무라가 가르쳐 준 담배를 처음 입에 물었을 때 나는 큰 죄를 범
한 것 같은 기분이 들었다. 학교의 궁도장 안에서 타무라는 주위를
살피면서 교복 주머니에서 주름투성이가 된 담배 주머니를 살며시
꺼내 들었다.

"처음부터 깊이 빨아들이면 안 돼. 자, 이런 식으로…."

심한 기침과 함께 코와 목구멍을 자극하는 그 냄새에 나는 괴로웠
지만 그 순간 눈동자 속에 어머니의 얼굴이 떠올랐다. 아직 어두운
방 안, 침상에서 일어나 로사리오 기도를 하시는 어머니의 얼굴이었
다. 나는 그것을 떨쳐버리기라도 할 듯 좀 전보다도 더 깊숙이 담배
연기를 들이마셨다.

학교에서 돌아오는 길에 영화관에 들르는 것도 타무라에게서 배
운 짓이었다. 니시노미야의 한신역에서 가까운 두 번째 영화관을 타
무라의 뒤를 따라서 숨듯이 몰래 들어갔다. 변소의 악취가 사방에서
났다. 어린아이의 울음소리랑 노인들의 기침소리 속에서 영사기 돌
아가는 소리가 단조롭게 들려왔다. 나는 지금쯤 어머니는 무엇을 하
고 계실까 하는 생각뿐이었다.

"이제 그만 돌아가자."

몇 번이고 재촉하는 나에게 그는 화를 냈다.

"정말이지 귀찮은 놈이군. 갈 테면 너나 혼자 가!"

밖으로 나오니 한신 전차가 퇴근길의 사람들을 태우고서 우리 앞을 지나쳐 가고 있었다.

"그렇게 엄마한데 벌벌 떨지 마." 타무라는 비웃는 듯 어깨를 움츠렸다. "잘 둘러대면 되잖아!"

그와 헤어진 후 인적이 없는 길을 걸으면서 나는 어머니에게 무슨 거짓말을 할까 생각해 보았다. 그러나 집에 다다르기까지 그 거짓말은 아무리 궁리해도 떠오르지 않았다.

"보충수업이 있었어요. 슬슬 시험 준비를 해야 하지 않을까 해서."

숨을 몰아쉬면서 단숨에 그렇게 말해 버렸다. 그리고 어머니가 그 말을 순순히 받아들였을 때는 가슴 아픔과 동시에 어렴풋한 만족감도 느낄 수 있었다.

솔직히 말해서 나는 진실한 신앙심 따위는 갖고 있지 않았다. 어머니의 명령에 따라 교회에 나가 손을 모으고 기도하는 척하였을 뿐 마음은 멍하니 다른 것을 공상하고 있었다. 타무라와 그 후에도 여러 번 만나서 보았던 영화 장면이나, 혹은 어떤 날 그가 슬쩍 보여 주었던 여자 사진까지 떠올리곤 했다. 교회 안에서 신자들은 일어선다든지 무릎을 꿇고서 미사를 집행하는 사제의 기도에 따르고 있었다. 억누르면 억누를수록 망상은 나를 비웃듯이 머릿속에서 비집고 일어섰다.

사실 나는 왜 어머니가 이런 것을 믿게 되셨는지 알 수 없었다. 신부의 이야기도, 성서의 사건도, 십자가도, 나 자신과는 상관없었고, 따라서 아무런 실감도 나지 않는 옛날 일에 불과하다는 생각이 들었다. 일요일이면 모두 여기에 모여서 기침을 한다든지 아이들을 꾸짖으면서까지 두 손을 모으고자 하는 그 마음이 심히 의심스러웠다. 나는 때때로 그러한 자신에 대한 후회와 어머니에 대한 미안함을 느꼈고, 만일 정말 신이 존재한다면 나에게도 신앙심을 주십사 하고 기도도 해 보았지만, 그것으로 생각이 변할 리는 없었다.

매일 아침 미사에 가는 것도 그만두게 되었다. 시험공부를 한다는 말은 구실에 지나지 않았다. 나는 이 무렵부터 심장발작을 호소하시던 어머니가 그래도 겨울 아침 혼자 교회로 향하시던 발소리를 자리에 번듯이 누운 채 아무렇지도 않게 듣고 있었다. 마침내 일주일에 한 번 교회에 나가지 않으면 안 되는 일요일조차 빼먹게 되었고, 어머니의 아들은 집을 빠져나가서 손님들이 많이 모이는 니시노미야의 번화가를 어슬렁어슬렁 기웃거리거나, 영화관의 입간판을 보면서 시간을 허비하였다.

그 무렵부터 어머니는 가끔씩 숨이 가빠지시곤 하였다. 길을 걸으면서도 때때로 한 손으로 가슴을 누르고 얼굴을 찡그린 채 잠시 서 계시기도 하였다. 그러나 발작은 일시적인 것으로 5분 정도 지나면 가라앉곤 하였기 때문에 대단한 병이라고는 생각하지 않았다. 사실 오랫동안의 고통과 피로가 어머니의 심장을 약하게 만들었다. 그럼에도 불구하고 어머니는 매일 아침 다섯 시에 일어나 무거운 발걸음을 끌다시피 하면서 아직 사람의 그림자조차 없는 길을 걸어서 전차 역까지 가시곤 하였다. 교회는 그 전차를 타고 가면 두 번째 역에 있었다.

어느 토요일 나는 도저히 유혹을 뿌리칠 수 없어서 등교하다 말고 전차에서 내려서 번화가로 나갔다. 가방은 그 무렵 타무라와 함께 드나들기 시작하던 찻집에 맡겨 놓았다. 영화가 시작되기까지는 아직 꽤나 시간이 있었다. 주머니에는 일 엔짜리 지폐가 들어 있었다. 그것은 수일 전 어머니의 지갑에서 슬쩍 훔쳐낸 것이었다. 이따금씩 나는 어머니의 지갑을 뒤지는 습관이 있었다. 저녁 무렵까지 영화를 보고 시치미를 뚝 뗀 얼굴로 집으로 돌아왔다.

현관문을 열자 뜻밖에도 어머니가 거기에 서 계셨다. 아무 말도 하지 않은 채 그냥 물끄러미 나를 바라보시던 그 얼굴이 서서히 일그러지면서 드디어 천천히 눈물이 흐르기 시작하였다. 학교에서 걸려온 전화로 모든 것이 탄로 났음을 알게 되었다. 그날 밤 늦게까지 옆방에서 어머니는 흐느껴 우셨다. 손가락으로 귓구멍을 틀어막으면서 나는 필사적으로 그 소리를 듣지 않으려고 했지만, 그 소리는 내 고막에 쟁쟁하게 울려왔다. 나는 후회하기보다는 이 상황을 벗어날 또 다른 거짓말을 생각하고 있었다.

관공서로 안내받아 토산품을 보고 있노라니 창밖이 환해지기 시작하였다. 눈을 들자 드디어 비도 그친 것 같았다.

"학교 쪽으로 가시면 아마 조금 더 있을지 모르겠습니다만."

부면장 나까무라가 옆에 서서 걱정스레 물었다. 마치 여기에 아무 것도 없는 것이 자신의 책임이라는 듯한 표정을 하면서 말이다. 관공서와 소학교에는 내가 보고 싶어 하던 가쿠레의 유물이 아니라 이곳 소학교 선생님들이 발굴한 고대 토기의 파편밖에는 없었다.

"예를 들면 가쿠레의 로사리오라든가, 십자가 같은 것은 없습니까?"

나까무라는 다시 미안한 듯 고개를 흔들고는, "그 사람들, 워낙 숨기기를 좋아해서 말이죠. 직접 가보시는 길 외에는 방법이 없겠습니다. 어쨌든 좀 비뚤어진 사람들이예요. 가쿠레들 말이예요."

지로오의 경우와 마찬가지로 나까무라의 말 속에서도 나는 가쿠레에 대한 일종의 경멸감을 느낄 수 있었다.

날씨 상태를 보고 있던 지로오가 돌아와서 "날씨가 좋아졌습니다. 내일은 아주 좋을 거예요. 그럼 지금부터 이와시마로 가시면 어떻겠습니까?"라고 권하였다.

조금 전 기리시단의 무덤이 있는 곳에서 어떻게 이와시마를 볼 수 없겠느냐고 내가 물었기 때문이었다.

부면장 나까무라는 곧 어업협동조합에 전화를 걸었다. 이런 때 관공서란 편리한 곳이었다. 조합에서는 조그마한 모터가 달린 배를 내 주었다. 우리는 나까무라에게 그 배를 빌렸다. 지로오를 포함한 세 사람이 부두까지 가자 한 사람의 어부가 이미 배를 준비해 놓고 있었다. 비에 젖은 바닥에 돗자리를 깔고 앉도록 해 주었지만, 발밑에는 더러운 물이 흥건히 괴어 있었고, 그 물 안에는 은빛의 작은 생선 한 마리가 죽은 채 둥둥 떠 있었다.

배가 모터 소리를 내면서 아직도 파도가 사나운 바다로 나가자 흔들림이 굉장해졌다. 파도를 타고 솟구칠 때에는 희미하게 쾌감도 있었지만, 떨어질 때에는 위 근처가 찌를 듯이 아팠다.

"이와시마는 낚시하기에 좋습니다. 저희들도 휴일이면 곧잘 가곤 하지요. 선생님도 낚시를 하십니까?"

내가 고개를 흔들자 그는 맥빠진 얼굴로 어부와 지로오한테 커다란 흑준치를 잡았던 이야기를 자랑스럽게 늘어놓기 시작하였다.

비옷은 물보라에 사정없이 젖어들었다. 나는 차가운 해풍에 아까부터 질려 있었다. 그러고 보니 조금 전까지 남빛이던 바다가 여기서부터는 검고도 차가운 듯하였다. 나는 4세기 전 여기에서 굴비짝처럼 줄줄이 꿰어져서 내던져진 신도들을 생각하였다. 만일 내가 그러한 시대에 태어났다면 그와 같은 처벌에는 아무래도 견딜 자신이 없었을 것이다. 문득 어머니를 떠올렸다. 니시노미야의 번화가를 헤매면서 어머니에게 거짓말을 했던 그 무렵의 나 자신의 모습이 갑자기 마음속에 되살아났다.

섬은 점점 가까워지고 있었다. 이와시마라는 이름 그대로 바위뿐인 섬이었다. 정상에는 그래도 드문드문 관목이 심어져 있는 듯하였다. 부면장에게 들으니 이곳은 우정성의 관리들이 때때로 살피러 오는 것 말고는 그저 낚시터로나 쓰일 뿐이라고 한다.

열 마리 정도의 까마귀가 쉰듯하면서도 찢어질 듯한 목소리로 울고 있었기 때문에 황량하면서도 기분 나쁜 음침함마저 감돌았다. 바위의 갈라진 틈과 울퉁불퉁한 모습도 분명히 보이기 시작하였다. 파도가 그 바위에 부딪쳐 장엄한 소리를 내고는 흰 물보라를 뿜어내고 있었다.

신도들을 밀어 떨어뜨린 절벽은 어디냐고 물었더니 부면장과 지로오도 모른다고 했다. 아마도 한 군데로 정해진 것이 아니라 여기저기에서 되는대로 떨어뜨린 모양이었다.

"무서운 일이군요."

"지금으로선 도저히 생각할 수 없는 일입니다."

내가 아까부터 생각하고 있던 그러한 것들은 같은 가톨릭 신자인 부면장과 지로오의 의식 속에는 없는 듯하였다.

"이 동굴 속에는 박쥐가 많이 있습니다요. 가까이 가면 찌이찌이 하고 우는 소리를 들을 수 있지요."

"묘한 일이군요. 저렇게 빨리 날아다녀도 결코 서로 부딪치는 일이 없으니 말이예요. 레이다 같은 것이라도 갖고 있는 모양이지요."

"획― 한 바퀴 둘러보고 돌아가시죠."

흉포하게 흰 파도가 섬의 뒷면을 때리고 있었다. 비구름이 흩어져 섬의 산 중턱이 점점 뚜렷이 보이기 시작하였다.

"가쿠레의 마을은 저기에 있습니다."

부면장은 어젯밤의 신부와 마찬가지로 그 산 쪽을 가리켰다.

"지금은 가쿠레들도 다른 사람들과 사귀고 있겠지요?"

"그럼요. 학교의 소사 중에도 한 사람이 있는 걸요. 시모무라, 그분이 가쿠레 마을 사람이었던가요? 그러나 아무래도 좋아지지가 않아요. 이야기가 잘 통하질 않는 걸요."

두 사람의 말에 의하면 마을의 가톨릭 신자들은 가쿠레들과 교제한다든지 결혼한다든지 하는 문제에는 아무래도 주저하고 있다는 것이다. 그것은 종교의 차이라고 하기보다는 심리적인 대립의 이유 때문인 것 같았다. 가쿠레는 지금도 가쿠레끼리만 결혼한다. 그렇게 하지 않으면 자신들의 신앙이 지켜지지 않기 때문이다. 그러한 습관이 지금도 그들을 특별한 사람으로 여기도록 만드는 것이다.

짙은 안개에 반쯤 가려진 저 산 중턱에서 삼백 년 동안이나 가쿠레 기리시단들은 다른 가쿠레 마을과 마찬가지로 '오미즈야꾸', '쪼오야꾸', '오꾸리', '토리지야꾸' 등의 담당자를 결정해서 외부에 일체 그 비밀조직이 누설되지 않도록 하면서 신앙을 지켜왔음에 틀림없다. 조부로부터 아버지에게로, 아버지에게서 아들에 이르도록 대대로 기도(오랏쇼祈り)를 전해주고, 그 어두운 골방에서 그들이 신앙하는 무언가를 예배하였다. 나는 황량한 무언가를 보는듯한 마음으로 그 고립된 마을을 산 중턱에서 찾고 있었다. 그러나 그곳이 여기에서 보일 리는 없었다.

"선생님은 왜 저런 괴상한 치들에게 흥미를 가지고 계십니까?"

부면장은 이상하다는 듯이 나에게 물었지만 나는 건성으로 대충 대답해 두었다.

어느 맑은 가을날 국화꽃을 가지고 산소에 갔었다. 어머니의 산소는 후츄 시의 가톨릭 묘지에 있다. 학생 때부터 묘지로 가는 이 길을 몇 번이나 왕복했는지 모른다. 옛날에는 밤나무와 침엽수의 잡목 수

풀과 보리밭 등이 빽빽이 양측에 늘어서 있어서 봄이면 아주 좋은 산보길이었던 여기도 지금은 쭉 뻗은 버스길이 생기고, 상점이 죽 늘어서 있다. 그 무렵 외따로 서 있던 가건물의 석실까지 2층 건물로 변해 버렸다. 올 때마다의 추억이 하나씩 떠오른다. 대학을 졸업했던 날 산소에 왔었다. 유학을 가기 위해 프랑스로 가는 배를 타기 전날에도 여기에 왔었다. 병이 나서 일본에 돌아온 다음 날 가장 먼저 찾아온 것도 이곳이었다. 결혼할 때나 입원할 때에도 잊지 않고 이 산소에 왔었다. 지금도 아내에게조차 말하지 않고 살며시 비는 것이 있다. 여기는 그 누구에게도 말하고 싶지 않은 나와 어머니만의 대화의 장소이기 때문에 친한 사람에게조차 허물없이 침범당하고 싶지 않다는 생각이 나의 마음 깊은 곳에 있다. 좁은 길을 빠져 나왔다. 묘지 한가운데 성모상이 있고, 그 주위에 일렬로 단정하게 나란히 서 있는 돌비석은 이 일본에 뼈를 묻은 수녀들의 무덤이었다. 그것을 중심으로 하얀 십자가랑 돌무덤이 있었다. 무덤 전체를 밝은 태양과 정적이 지배하고 있었다.

어머니의 무덤은 작았다. 그 작디작은 묘석을 보고 있노라니 마음이 아파왔다. 주위의 잡초를 뽑았다. 벌레가 날개 소리를 내면서 분주히 내 주위를 날아다니고 있었다. 그 날개 소리 외엔 거의 아무런 소리도 들리지 않았다.

국자의 물을 끼얹으면서 언제나처럼 어머니가 세상을 떠나시던 날을 생각하였다. 그것은 나에게 있어서 쓰라리고 아픈 기억이었다. 어머니가 심장발작으로 복도에서 쓰러지셔서 숨을 거두시던 그때 나는 어머니 옆에 없었던 것이다. 그 순간 나는 타무라의 집에서 어머니가 보셨다면 아마도 울음을 터뜨리셨을 그런 짓을 하고 있었다.

그 날 타무라는 자신의 책상 서랍에서 신문지로 싼 엽서 다발과 같은 것을 꺼냈다. 그리고 무언가 나에게 슬쩍 주고는 언제나처럼 볼에 엷은 웃음을 띠었다.

"이건 여기서 파는 것들하고는 달라."

신문지 안에는 열 장 정도의 사진이 있었다. 사진은 현상이 나쁜 탓이었던지 테두리가 누렇게 변색되어 있었다. 그림 속에서 남자의 검은 몸이 여자의 하얀 육체와 겹쳐져 있었다. 여자는 미간을 찡그리면서 괴로운 듯한 표정을 짓고 있었다. 나는 숨을 몰아쉬면서 한 장씩 한 장씩 반복해서 사진을 들여다보았다.

"어이 색한色漢, 이제 됐겠지?"

그때 어딘가에서 전화벨이 울리고 누군가가 달려오는 발걸음 소리가 들려오자 재빨리 타무라는 사진을 서랍 속에다가 집어던졌다. 그리고는 나의 이름을 부르는 여자의 목소리가 들려왔다.

"빨리 집에 가 봐. 네 어머니가 아파서 쓰러지셨대."

'무슨 일일까?'

'어찌된 일이지?' 나의 눈은 아직 서랍 쪽을 향하고 있었다. '어떻게 내가 여기에 있다는 걸 알았을까?'

나는 어머니가 쓰러지셨다는 사실보다도 어떻게 내가 여기에 있다는 걸 아셨을까 하는 생각에 불안해졌다. 타무라의 아버지가 유곽을 하고 있음을 알고 어머니는 그의 집에 가는 것을 금하셨기 때문이었다. 더욱이 어머니가 심장발작으로 자리에 누우시는 일은 그 무렵 그리 드문 일은 아니었고, 그때마다 —지금 이름은 잊어버렸지만— 의사가 준 하얀 알약을 먹으면 발작이 멈추곤 하였던 것이다.

나는 느릿느릿 아직 햇살이 따가운 골목길을 걸었다. 팔려고 내놓은 땅이었던 들판에 녹슨 고철이 쌓여 있었다. 옆에는 마을 공장이 있었다. 자전거를 탄 남자가 저만치서 다가와서는 그 먼지투성이 잡초가 심어진 공터에 서서 소변을 보기 시작하였다.

집이 멀찌감치 눈에 보였다. 언제나와 마찬가지로 나의 방 창문은 반쯤 열려 있었고, 집 앞에는 동네 아이들이 놀고 있었다. 모든 것이 이전과 하나도 다르지 않았고 무언가 일어났다는 기색은 전혀 없었다. 현관 앞에는 교회 신부가 서 있었다.

"어머니께서 … 조금 전 운명하셨다."

그는 한 마디 한 마디 또박또박하고 조용하게 말하였다. 그 목소리는 바보 같은 중학생인 나도 확실히 알 수 있을 만큼 감정을 죽인 목소리였다. 또한 그 목소리는 바보 같은 중학생이었던 나도 분명히 알 수 있을 정도로 비웃음을 가득 담고 있었다.

여덟 장의 다다미방 구석에 누워계신 어머니의 시신을 둘러싸고서 이웃 사람들과 교회의 신자들이 등을 구부리고 앉아 있었다. 누구도 나에게 눈길을 주지 않았고, 말도 걸지 않았다. 그 사람들의 단단한 등이 모두 나를 비난하는 것을 알 수 있었다.

어머니의 얼굴은 우윳빛처럼 하얗게 변해 있었고, 눈썹과 눈썹 사이에는 괴로운 듯한 그림자가 아직 남아 있었다. 나는 그때 정말이지

어이없게도 좀 전에 보았던 어두운 사진 속의 여자의 표정을 떠올렸다. 그때 비로소 나는 내가 한 짓을 깨닫고서 울기 시작했다.

통의 물을 다 붓고서 국화꽃을 묘석에 설치된 화병에 꽂자 그 꽃에 조금 전 얼굴 주위를 스치던 벌레가 날아들었다. 어머니를 묻은 흙은 무사시노 특유의 흑토였다. 나도 언젠가는 여기에 묻혀서 다시 소년 시대와 같이 어머니와 둘이서만 살게 될 것이다.

부면장은 나에게 무엇 때문에 가쿠레 따위에게 관심을 가지느냐고 물었지만 나는 적당히 둘러댔다.

가쿠레 기리시단에게 관심을 품고 있는 사람은 요즈음 상당히 많아졌다. 비교종교학을 연구하는 사람들에게는 이 흑교黑教라고 불리는 종교가 좋은 소재였다. NHK도 여러 차례 고토나 이끼쯔끼의 가쿠레들을 텔레비전으로 방영하였고, 내가 알고 있는 외국인 신부들 가운데서도 나가사키에 오면 그들을 찾는 분이 많아졌다. 하지만 나에게 있어서 가쿠레가 흥미 있는 것은 단 하나의 이유 때문이었다. 그것은 이 자손들은 선조들과 마찬가지로 완전한 배교조차 하지 못하고 평생을 자신의 거짓된 삶의 방식에 대한 후회와 어두운 회한과 굴욕을 간직하며 살아왔다는 점이었다.

기리시단 시대를 배경으로 한 소설을 쓰고 있었기 때문에 나는 이 배교한 사람들의 자손들에게 점차로 마음이 끌리기 시작하였다. 세상에 대해서 거짓말을 하면서 본심은 누구에게도 결코 보이지 않는 이중적인 생활방식으로 일생을 보내지 않으면 안 되었던 가쿠레에게서 때때로 나 자신의 모습을 보았기 때문이다. 나에게도 지금까지 결코 입 밖으로 내지 않고 죽을 때까지 누구에게도 말하지 않는 하나의 비밀이 있다.

그날 밤 신부와 지로오 그리고 부면장과 함께 술을 마셨다. 점심 식사 때 심부름을 해 주었던 아주머니 수녀가 커다란 접시에 날 성게와 전복을 가득 내왔다. 이 고장의 술은 너무 달아서 씁쌀한 것밖에 마시지 않는 나에게는 유감이었지만, 날 성게는 저 나가사키의 것보다 훨씬 낫다는 생각이 들 정도로 신선했다. 조금 전까지 멈추었던 비가 다시 내리기 시작하였다. 술에 취한 지로오가 노래를 부르기 시작하였다.

음—음 자, 가자, 가자
천국의 절로, 가자.
음—음
천국의 절을 두고, 사람들은 말하지
넓디넓은 절이라고, 사람들은 말하지
넓고 좁고는 우리 가슴에 있는 것을….

이 노래는 나도 알고 있었다. 2년 전 히라도平戶에 갔을 때 거기에 있는 신자들이 가르쳐 주었기 때문이다. 리듬은 따라가기 어려워서 기억나지 않았지만, 지금 왠지 슬픈 듯한 지로오의 노랫소리를 듣고 있자니 가쿠레들의 어두운 표정이 떠올랐다. 광대뼈가 튀어나오고 움푹 들어간 눈을 하고서는 어딘가 한 점을 응시하고 있는 듯한 얼굴, 오랜 쇄국 기간에 다시 돌아오지 않는 선교사들의 배를 기다리면서 그들은 이 노래를 낮은 소리로 불렀을지도 모른다.

"후도야마의 다가이시 씨의 소가 죽었다나 봐요. 좋은 소였는데."

신부는 도쿄의 파티에서 만났던 때와는 달랐다. 한 잔 정도의 술로 벌써 머리까지 벌겋게 달아올라서 부면장을 상대로 이야기하고 있었다. 오늘 하루의 만남이었는데도 신부도 지로오도 내가 타향에 있다는 의식을 버리도록 해 주었는지도 모르겠다. 도쿄의 잘난 체하는 사제들과는 달리 농민의 한 사람이었던 이 사제에게 나는 점차 호의를 느끼게 되었다.

"후도야마 쪽에도 가쿠레가 살고 있습니까?"

"아닙니다. 거기에는 전부 우리 신자들뿐입니다."

신부는 가슴을 조금 펴면서 말하였다. 지로오와 부면장은 무거운 얼굴로 끄덕였다. 아침부터 눈치챘던 것이지만 이 사람들은 가쿠레를 경멸하고 깔보는 것 같았다.

"도리가 없어요. 좀처럼 사귀려 들지 않으니까요. 말하자면 결사 같은 거지요, 그 사람들은."

고토나 이끼즈끼의 가쿠레는 이 섬에서처럼 폐쇄적이진 않았다. 여기에서는 신자들 사이에서조차 경계심을 가지고 있는 것 같았다. 그렇지만 지로오나 나까무라의 선조들도 가쿠레였다. 두 사람이 그 사실을 모르고 있다는 사실이 나는 어쩐지 이상하였다.

"도대체 무엇을 예배하는 것일까요?"

"무엇을 예배하느냐고요? 그건 이미 본래의 기독교가 아니에요."

신부는 곤란한 듯 숨을 몰아쉬었다.

"일종의 미신이지요."

재미있는 이야기를 하나 들었다. 이 섬에서는 가톨릭 신자는 신력新曆으로 크리스마스나 부활절을 축하하지만 가쿠레들은 구력舊曆으로 그것을 거행한다는 것이다.

"언제가 산에 올라갔더니 그 사람들이 슬금슬금 모여 있었습니다. 나중에 들어보니까 그것이 가쿠레의 부활절이라는 거예요."

지로오 일행이 돌아간 뒤에 방에 돌아왔다. 술 탓일까, 열이 나서 창문을 열자 큰 북을 두드리는 듯한 바닷소리가 들려왔다. 어두움은 깊숙이 깔려 있었다. 바닷소리가 어두움과 정적을 한층 깊게 만들고 있는 듯하였다. 지금까지 여러 곳에서 밤을 보냈지만 이처럼 깊은 밤은 드문 일이었다.

'오랜 세월 동안 이 섬에 살았던 가쿠레들도 저 바닷소리를 들었겠지' 하고 생각하니 감개가 무량하였다. 그들은 육체의 약함과 죽음의 공포 때문에 신앙을 버리고 배교한 자들의 자손이었다. 관리들이나 불교인들로부터 멸시를 받으면서 가쿠레는 고토나 이끼즈끼, 또는 이 섬에 이주해 왔을 것이다. 그들은 선조들로부터 물려받은 가르침을 완전히 버릴 수도 없고, 그렇다고 자기의 신앙을 순교자들처럼 당당하게 표현할 용기도 없었다. 그 부끄러움을 가쿠레는 끊임없이 곱씹으며 살아왔던 것이다.

광대뼈가 튀어나오고 눈이 쑥 들어간, 줄곧 한 점만을 응시하는 듯한 그들 특유의 얼굴은 그와 같은 부끄러움이 점차로 만들어낸 것이었다. 어제 함께 페리보트에 탔던 4~5명의 남자들도, 지로오도 그와 똑같은 얼굴을 하고 있었다. 그래서 그 얼굴에는 때때로 교활함과 두려움이 뒤섞인 표정이 스쳐 지나갔던 것이다.

가쿠레의 조직은 고토나 이끼즈끼나 여기와는 다소 차이가 있지만 사제의 역할을 하는 것이 죠오야꾸라든지 지이야꾸였고, 이 지이야꾸로부터 모두들 중요한 기도(오랏쇼)를 이어받고 중대한 축일의 날을 가르쳐 받았다. 어린아이가 태어나면 세례를 주는 것은 미즈가타水方이다. 때에 따라서는 지이야꾸와 미즈가타를 겸임하는 마을도 있다. 그렇게 해서 맡은 역할은 대대로 세습제로 내려오는 곳이 많다. 그 아래 다시 다섯 채 정도의 집에서 조를 짜고 있는 예를 나는 이끼즈끼에서 본 적이 있다.

물론 가쿠레들은 관리들 앞에서는 자신들이 불교도인 것처럼 가장하고 있었다. 단나사라는 절을 가지고 있으며, 종문의 수첩에도 불교도로서 이름을 써넣었다. 어떤 때는 자신들의 선조들과 마찬가지로 관리들 앞에서 후미에를 밟지 않으면 안 될 경우도 있었다. 그날 그들은 자신들의 비겁함과 참혹함을 되씹으면서 마을로 돌아와서는 오텐펜샤라고 불리는 줄을 매단 채찍으로 몸을 때렸다. 오텐펜샤는 포르투갈어의 테시피리나를 가쿠레가 잘못 사용하던 말로서 본래 '채찍'이라는 의미라고 한다. 나는 도쿄의 기리시단 학자의 집에서 그 오텐펜샤를 본 적이 있다. 46개의 끈을 한데 묶어놓은 그 채찍으로 자신의 몸을 때렸다.

하지만 그러한 것으로도 그들의 풀릴 길 없는 아픔이 깨끗해질 수는 없는 노릇이었다. 절개를 지키지 못한 자로서의 굴욕과 불안이 사라지지 않았던 것이다. 순교한 동료나 자신들을 질책하는 선교사들의 엄한 눈이 멀리서 그들을 쭉 지켜보고 있었다. 그 꾸짖는 듯한 눈길을 머릿속에서 몰아내고자 했지만 좀처럼 가능하지 못했다.

그래서 그들의 기도문(오랏쇼)을 읽어보면 오늘날의 기독교 기도서의 기도와는 달리 극한 슬픔의 언어와 용서를 구하는 말이 계속되고 있다. 글을 읽을 줄 아는 가쿠레가 한 자 한 자 입으로 읊으면서 내뱉었던 기도는 모두 이러한 부끄러움에서 나온 것이다.

데우스의 어머니, 산타 마리아, 우리들은 한 번 더 빕니다. 우리 악인들을 위해서 빌어 주소서.
이 눈물의 골짜기에서 신음하시고 우시면서 그 몸을 바치셨다. 우리를 중재해서 슬픔의 눈동자를 우리에게 향해 주소서.

나는 어두움 속에서 바다의 술렁거림을 들으면서 밭일과 고기잡이가 끝난 후 그 기도를 나지막한 소리로 읊조렸을 가쿠레의 모습을 마음속에 떠올렸다. 그들은 자신들의 약함이 성모의 허락으로 용서되기만을 빌었을 것이다. 왜냐하면 가쿠레에게 있어서 데우스神는 엄한 아버지와 같은 존재였기 때문이다. 아이가 어머니한테 아버지에게 대신 용서를 빌어줄 것을 부탁하듯이, 가쿠레들은 마리아에게 그와 같은 중재를 빌었던 것이다. 가쿠레들이 마리아 신앙을 깊이 가지고, 마리아 관음을 특별히 예배했던 것도 그러한 이유 때문이었다고 생각하였다.

잠자리에 들었지만 잠은 오지 않았다. 얇은 이불 속에서 나는 작은 소리로 아까 지로오가 가르쳐 주었던 노래 곡조를 흥얼거려 보려고 했지만 허사였다.

꿈을 꾸었다. 흉부 수술을 받고서 병실에 막 옮겨진 상태로 나는 시체처럼 침대에 던져져 있었다. 코에는 산소 펌프에 연결된 고무관이 꽂혀 있었고 오른손과 오른쪽 다리에도 바늘이 꽂혀 있었는데, 그것은 침대에 꽉 묶인 수혈병에서 피를 공급하기 위한 것이었다. 의식을 반쯤 잃었음에도 불구하고 나는 내 손을 쥐고 있는 그 회색의 그림자가 누구인지 알 수 있었다. 그것은 어머니였다. 어머니 외에 병실에는 의사도 아내도 없었다.

어머니가 나타난 것은 그런 꿈속에서만이 아니었다. 저녁 무렵의 육교 위를 걸을 때 넓게 펼쳐진 구름 속에서 나는 문득 어머니의 얼굴을 보았다. 술집에서 아가씨들과 이야기를 하다가도 이야기가 끊기고 무의미한 공백감이 마음을 가로지를 무렵, 돌연 어머니의 존재를 옆에서 느낀 적도 있었다. 한밤중까지 등을 구부리고 작업을 할 때 갑자기 어머니를 등 뒤에서 의식한 적도 있다. 어머니는 등 뒤에서 내 펜의 움직임을 슬며시 들여다보는 듯한 모습을 하고 있었다. 글을 쓸 때는 아이는 물론 아내조차도 절대 서재에 들어오지 못하도록 하는 나이지만, 그 경우 이상하게도 어머니는 전혀 방해가 되지 않았다. 신경이 쓰이는 일도 없었다.

그런 때의 어머니는 옛날 하나의 음을 찾아서 바이올린을 계속 켜시던 그 애절한 모습이 아니었다. 차장 외에는 아무도 없는 한큐의 첫 전차 구석에서 로사리오를 만지작거리시던 어머니의 모습도 아니었다. 양손을 앞으로 모으고 조금은 애처로운 눈으로 나를 등 뒤로부터 바라보시는 어머니의 모습이었다.

조개 속에서 조금씩 조금씩 투명한 진주가 만들어지는 것처럼 나는 그런 어머니의 이미지에다가 언제인지는 몰라도 점차 형태를 부여했음에 틀림없다. 왜냐하면 그렇게 슬프고도 피곤한 듯한 눈으로 나를 보시던 어머니는 현실의 기억 속에는 거의 없기 때문이다. 양손을 앞으로 모으고 나를 등 뒤에서 조금은 애처로운 눈으로 바라보시던 어머니의 모습 말이다.

그 모습이 어떻게 해서 생겨났는지 지금은 알고 있다. 그 이미지는 어머니가 옛날 가지고 계셨던 '슬픔의 성모mater dolorosa'상의 얼굴과 중첩된 것이었다.

어머니가 돌아가시고 난 후 사람들은 어머니의 유품과 의복과 띠를 하나둘씩 가지고 갔다. 중학생이었던 내가 보는 앞에서 숙모들은 유품 분배라면서 마치 백화점에서 물건을 뒤집어엎는 것처럼 장롱 서랍에 손을 대었다. 하지만 어머니에게 가장 중요했던 낡은 바이올린이나 오랫동안 사용해서 너덜너덜해진 기도서, 철사가 끊어지기 시작한 로사리오 따위에는 눈길조차 주지 않았다. 그래서 숙모들이 내다 버린 것들 속에는 어느 교회에서나 팔고 있는 이 값싼 성모상도 있었다.

나는 어머니가 돌아가시고 난 후 하숙이나 거처를 옮길 때마다 이 중요한 것만은 늘 상자에 넣어가지고 다녔다. 바이올린은 결국 줄이 끊어지고 금이 갔다. 기도서의 표지도 뜯겨 나갔다. 그리고 성모상도 1945년 겨울, 공습으로 불타 버렸다.

공습이 있고 난 다음 날 한없이 푸른 하늘 밑에 요쯔야로부터 신쥬꾸까지 불타버린 갈색의 흔적들이 널려져 있었고, 타다 남은 불길도 여기저기 남아 있었다. 나는 내가 살던 요쯔야의 하숙이 타다 남은 자리에 앉아 나무막대기로 잿더미를 휘저어서는 찻잔 조각들과 몇 페이지 남지 않은 사전의 잔해를 쑤셔 내었다. 한참을 그렇게 하다가 무언가 딱딱한 것에 걸리는 바람에 아직 열기가 남아 있는 재 속으로 손을 넣어 보았더니 그 성모상의 상반신이 나오는 것이었다. 석고는 완전히 변색되어 버렸고, 전에는 통속적이던 얼굴이 이제는 추하게 변해 있었다. 그러던 것이 지금은 세월이 지남에 따라 눈, 코 등도 희미해졌다. 결혼한 후 아내가 한번 떨어뜨려서 접착제로 붙였기 때문에 한층 더 그 표정이 없어져 버렸다.

입원하였을 때에도 나는 그 성모를 병실에 놔두었다. 수술이 실패하고서 2년째가 되었을 무렵, 나는 경제적으로나 정신적으로 극히 어려운 상태에 이르렀다. 의사는 내 몸에 대해서 절반은 포기한 상태였고, 수입은 거의 끊겨 버렸다.

나는 밤의 어두움 속에서 침대에 누워 곧잘 그 성모의 얼굴을 쳐다보았다. 얼굴은 왠지 슬픈 듯하였고, 물끄러미 나를 보고 있는 것 같은 생각이 들었다. 그것은 지금까지 내가 알고 있는 서양의 그림이나 조각의 성모와는 완전히 달랐다. 공습과 오랜 세월에 금이 가고,

코도 없어져 버린 그 얼굴에는 단지 슬픔만이 남아 있었다. 나는 프랑스에 유학하고 있을 당시 많은 '슬픔의 성모'상이나 그림을 보아서 알고 있지만, 어머니의 이 유품은 공습이나 세월로 원래의 형태를 완전히 잃어버렸다. 다만 남아 있는 것이라고는 슬픔뿐이었다. 아마도 나는 그 성모상과 자신에게 나타나는 어머니의 표정을 어느새 동일시한 것 같았다. 때로는 그 '슬픔의 성모'의 얼굴은 어머니가 돌아가셨을 때의 그것과도 비슷하게 보였다. 눈썹과 눈썹 사이에 괴로운 듯한 그림자를 남긴 채 이불 위에 누워 계셨던, 돌아가신 어머니의 얼굴을 나는 확실하게 기억하고 있다.

짙은 안개가 사방에 온통 가득 차 있었다. 그 짙은 안개 속에서 까마귀 우는 소리가 들려오는 것을 보아서 마을이 이윽고 가까워졌음을 알 수 있었다. 여기까지 오는 일은 폐활량이 적은 나에게는 꽤나 힘든 일이었다. 산길의 경사도 상당히 급한 편이었지만 그보다 지로오로부터 빌린 장화가 점토 길에 자주 미끄러지는 바람에 애를 먹었다.

"이것도 그런대로 괜찮은 편이에요" 하고 나까무라가 변명하듯 말하였다. 짙은 안개 때문에 보이지는 않았지만 예전에는 남쪽으로 난 마을까지 가는 데 반나절이 걸렸다는 것이다. 그렇게 찾아가기 힘든 장소에 사는 것도 가쿠레들이 관리들의 눈을 피하기 위한 지혜였을 것이다.

길 양옆은 계단식 밭이었고, 짙은 안개 속에서 수목의 검은 그림자가 희미하게 보였다. 까마귀의 울음소리가 다시 커졌다. 어제 찾아갔던 이와시마에도 까마귀 무리가 춤추고 있던 것이 떠올랐다.

밭에서 일하고 있던, 모자 사이로 보이는 여인과 아이에게 나까무라가 말을 걸자 어머니 쪽은 수건으로 얼굴을 감싼 채 정중하게 머리를 숙였다.

"가와하라 기꾸이찌 씨 집은 이 아래인가요? 일전에 말씀드렸던 선생님이 오셨어요."

어린아이는 내 쪽을 신기한 듯 바라보다가 어머니에게 꾸지람을 듣고서는 밭 가운데로 달려갔다.

부면장의 지혜로 마을에서 손으로 빚은 술을 사가지고 왔다. 여기까지 오는 동안 지로오가 들어다 주었는데, 한 되들이 병을 받아들고서 나는 두 사람의 뒤를 따라 마을로 들어섰다. 마을 안에서는 라디오에서 흘러나오는 노래가 들려왔다. 오토바이를 창고에 세워둔 집도 있었다.

"젊은 사람들은 모두 이곳을 떠나가고 없습니다."

"마을에 간 겁니까?"

"아니오. 사세보나 히라도에 돈 벌러 간 아이들도 많이 있습니다. 역시 섬에서는 가쿠레의 자식들은 일하기가 쉽지 않지요."

까마귀는 계속해서 우리를 쫓아왔다. 이번에는 지푸라기로 된 지붕에서 울고 있었다. 마치 우리가 온 것을 이곳 사람들에게 경고라도 하려는 것 같았다.

가와하라 기꾸이찌의 집은 다른 집보다 크고, 지붕에도 기와를 올렸으며, 뒤쪽에는 큰 녹나무가 있었다. 그 집을 본 순간 나는 기꾸이 찌가 지이야꾸, 즉 사제의 역할을 하고 있다는 것을 금방 알 수 있었다.

나를 밖에서 기다리게 해놓고 나까무라는 한참 동안이나 집안에서 가족들과 교섭을 벌였다. 좀 전에 만났던 그 어린아이가 흘러내리는 바지에 손을 넣고서 발치에서 우리를 보고 있었다. 자세히 보니 그 아이는 진흙투성이의 맨발이었다. 까마귀가 또 울었다.

"싫어하는 것 같군요. 우리와 만나는 것을요."

내가 지로오에게 말하자, "뭐, 이야기하면 괜찮을 거예요" 하면서 나를 조금 안심시켜 주었다.

드디어 이야기가 잘 되어서 토방 안에 들어서자 여자 한 사람이 어두운 구석에서 이곳을 보고 있었다. 나는 술 한 병을 명함 대신 내놓았지만 반응은 없었다.

집안은 지독하게 어두웠다. 날씨 탓도 있었겠지만 갠다고 해도 그다지 변할 것 같지는 않다고 생각될 정도였다. 그리고 어떤 독특한 냄새가 코를 찔렀다.

가와하라 기꾸이찌는 예순 정도의 노인이었는데, 내 얼굴을 똑바로 바라보지 못하고 어딘가 다른 곳을 응시하는 듯한 겁먹은 눈길로 묻는 말에 대답하였다. 그것도 극히 말을 삼갔다. 가능하면 빨리 돌아가 주었으면 하는 눈치였다. 이야기가 몇 차례인가 끊길 때마다 방 안은 물론, 토방의 맷돌이나 거적, 짚더미에까지 나는 시선을 옮겼다. 지이야꾸의 지팡이나 난도카미納戶神가 숨겨진 장소를 찾고 있었던 것이다. 지이야꾸의 지팡이는 그만이 가지고 있는 것으로서,

세례를 베풀러 갈 때는 떡갈나무 지팡이를 사용하고, 이에바라이(家拂い: 집의 악귀를 몰아내고 축사하는 행위)에는 수유나무 지팡이를 사용하도록 정해져 있었다. 대나무는 이용하지 않았다. 그것이 기리시단 시대에 사제가 가지고 있던 지팡이를 본떠서 만들었다는 것만은 분명했다.

주의 깊게 보았지만 지팡이도 난도카미가 숨겨진 장소도 알 수 없었다. 나는 드디어 기꾸이찌들이 전승하고 있던 기도문을 들을 수 있었다. 그 기도는 다른 가쿠레들의 기도와 거의 똑같은 것으로서 어눌하고 불안한 슬픔의 언어와 용서를 구하는 언어로 되어 있었다.

"이 눈물의 골짜기에서 신음하고 울면서 하느님께 빕니다."

기꾸이찌는 한 점을 응시한 채 일종의 가락을 붙이면서 읊조렸다.

"우리를 불쌍히 여기시는 눈동자로 우리를 보아주소서."

그 곡조는 어젯밤 지로오가 불렀던 노래와 똑같이 서툰 언어를 연결해서 누군가에게 호소하는 듯하였다.

"이 눈물의 골짜기에서 신음하고 울면서…."

나도 기꾸이찌의 언어를 반복하면서 그 가락을 외우고자 하였다.

"하느님께 빕니다."

"하느님께 빕니다."

"불쌍히 여기시는 눈동자를"

"불쌍히 여기시는 눈동자를"

내 눈에는 일 년에 한 번 후미에를 밟기 위해 절에 가서 참배를 강요당한 날 밤, 마을에 돌아온 후 이 어두운 집안에서 그 기도를 읊었을 가쿠레들의 모습이 떠올랐다.

"우리를 불쌍히 여기시는 눈동자를….."

까마귀가 울었다. 우리는 한동안 말없이 툇마루 저편에 자욱이 흐르고 있는 짙은 안개를 바라보고 있었다. 바람이 불어오는지 젖빛 안개의 흐름이 빨라졌다.

"난도카미를 보여… 주실 수 없으시겠습니까?"

나는 웅얼거리면서 부탁했지만 기꾸이찌의 눈은 다른 쪽을 향한 채 대답이 없었다. 난도카미란 특별한 기리시단만의 용어가 아니라 골방(納戶)에서 섬기는 신이라는 의미였지만, 가쿠레들 사이에서는 자신들이 기도하는 대상을 사람들의 눈에 드러나지 않는 난도에 감추어 놓고서 난도카미라고 부르면서 관리들의 눈을 속였던 것이다. 그리하여 신앙의 자유를 인정받은 오늘날에도 가쿠레들은 난도카미의 실체를 이교도에게 보이기 싫어하는 것이다. 이교도에게 보이면 난도카미가 불결해진다고 믿고 있는 가쿠레들도 많이 있었다.

"일부러 멀리 도쿄에서 오셨잖아요. 보여드리시지요."

나까무라가 조금 강력히 부탁하자 기꾸이찌는 드디어 일어섰다.

그 뒤를 따라 우리가 토방을 빠져 나가자 어두운 방 안에서 여자가 이상할 정도로 이쪽을 눈여겨보고 있었다.

"조심하세요."

허리를 굽히지 않으면 통과할 수 없는 입구를 지나 골방에 들어섰을 때 지로오가 등 뒤에서 주의를 주었다. 토방보다 한층 어둑어둑한 공간에는 지푸라기와 감자의 비린내가 났다. 정면에 촛불을 놓아둔 조그마한 불단佛壇이 있었다. 위장용일 것이다. 기꾸이찌의 시선은 왼쪽을 향하고 있었다. 그의 눈길이 닿는 곳에, 입구에 들어서도 곧 눈에 들어오지 않는 엷은 황색 천 두 장이 늘어져 있었다. 선반 위에는 떡과 제주祭酒가 담긴 하얀 술병 등이 놓여 있었다. 기꾸이찌의 주름투성이 손이 그 헝겊을 천천히 벗기기 시작하였다. 황토색의 족자의 일부분이 점차 보였다. "그림입니다." 뒤에서 지로오가 숨을 몰아쉬었다.

그리스도를 안은 성모의 그림, 아니 그것은 젖먹이를 안은 농사꾼 아내의 그림이었다. 아이의 옷은 엷은 남색이었고, 농사꾼 아내의 옷은 황토색으로 칠해져 있었다. 치졸한 채색과 그림만 보아도 그것은 이곳 가쿠레 중에서 누군가가 꽤 오래전에 그렸던 것임을 쉽게 알 수 있었다. 농사꾼 아내는 가슴을 젖히고, 유방을 드러내놓고 있었다. 띠는 앞으로 묶게 되어 있어서 어느 모로 보나 작업복으로 보였다. 이 섬 어디에서나 만날 수 있는 여자들의 얼굴이었다. 어린 아이에게 젖을 물린 채 밭을 간다든지, 그물을 준비하는 어머니의 얼굴이었다. 나는 조금 전 수건으로 머리를 싸매고서 인사하던 그 어머니의 얼굴을 갑자기 떠올렸다. 지로오는 쓴웃음을 짓고 있었다. 나까무라도 얼굴로는 진지한 표정을 짓고 있었지만 속으로는 웃고 있음에 틀림없었다.

하지만 나는 서투른 손으로 그려진 그 어머니의 얼굴로부터 한참 동안이나 눈을 뗄 수가 없었다. 그들은 이 어머니 그림을 향해서 마디가 굵은 손을 모아서 용서의 기도를 드렸던 것이다. 그들도 나와 같은 생각이었을까 생각하니 감개가 무량하여 가슴이 벅차올랐다. 그 옛날 선교사들은 아버지 되시는 하나님의 가르침을 가지고 파도를 넘어 이역만리 이 나라에 왔지만, 선교사들이 쫓겨나고 교회가 훼손된 후 긴 세월이 지나는 사이에 아버지 하나님에 대한 가르침은 일본 종교의 본질적인 요소, 즉 어머니에 대한 사모思慕로 변했던 것이다.

나는 그때 어머니를 떠올렸다. 어머니 또한 그런 내 곁에 회색의 그림자처럼 서 계셨다. 바이올린을 켜고 계신 모습도 아니었고, 로사리오를 만지작거리고 있는 모습도 아닌, 양손을 앞에 모으고 조금은 슬픈 눈으로 나를 보며 서 계셨던 것이다.

마을을 나오자 짙은 안개가 갈라지면서 멀리 검은 바다가 보였다. 바다는 오늘도 바람이 불어 황량하였다. 어제 찾아갔던 이와시마는 보이지 않았고, 계곡에는 안개가 유난히 많이 끼어 있었다. 안개에 휩싸인 나무 그림자 속 어딘가에서 까마귀가 울고 있었다.

이 눈물의 골짜기에서 우리를 불쌍히 여기시는 눈동자로 우리를 보아주소서.

나는 조금 전 기꾸이찌가 가르쳐 주었던 기도를 마음속에서 읊조려 보았다. 가쿠레들이 계속 불렀던 그 기도를 읊어 보았다.
"바보같이 저런 것이나 보여줄 줄이야. 선생님께서도 어지간히 실망하셨겠습니다요."

　마을을 벗어나며 지로오는 그것이 마치 자기 책임이라도 되는 것처럼 몇 번이나 미안하다고 사죄하였다. 부면장은 도중에서 주운 나뭇가지를 지팡이 삼아 우리 앞을 말없이 걷고 있었다. 그의 뒷모습이 무거워 보였지만 그가 무엇을 생각하고 있는지는 알 수 없었다.

_〈新潮〉 1969년 1월호

작은 마을에서

● 우기에 접어들었다

일본에서는 이 계절을 장마라고 부른다. 같은 우기라도 3년 전에 있던 자바와는 다르다. 그곳에서는 매일처럼 1m 앞도 보이지 않을 정도의 호우가 지면을 두드리다가도, 언제 그랬느냐는 듯이 금방 푸른 하늘로 변하곤 하였다. 하지만 여기서는 낮이고 밤이고 장대비가 끝없이 음험하게 내리고 있다. 그저께도, 어제도, 오늘도 또 비가 내린다. 내일이나 모레도 비는 그치지 않을 것 같다.

비가 내리는 날이면 나가사키는 어째서 이토록 음습할까? 집과 집 사이는 좁고, 좁은 길은 빗물이 흘러넘쳐서 진흙탕이 되고, 악취가 떠돈다. 그 나지막한 집안에서 일본인들은 두문불출하고 있다. 길에도, 다리에도 사람의 그림자라고는 일절 보이지 않는다.

이 작은 사제관은 2개월 전에 지어졌지만, 방은 벌써 30년이나

50년쯤 세월이 지난 것 같다. 옷가지나 책도 습기를 머금고 있어서 견디기 힘들다.

작년에도 이맘때쯤, "이 습기는 여름이 되면 없어질까?" 하고 요에몽에게 물었던 적이 있었다. 요에몽은 부교소의 명령에 의해서 이 사제관에서 일하는 하인인데, 그는 "나가사키의 여름은 지독하게 더워서 힘듭니다요" 하고 대답하였다. 그 말대로 나는 작년에 이 나가사키의 습기가 가득 찬 여름을 톡톡히 맛볼 수 있었다. 특히 바람이라고는 전혀 불어오지 않는 해 질 녘 무렵만큼 참기 힘든 것도 없었다.

방안은 어둡고 숨쉬기가 어려워서 가슴이 답답하였다. 가슴이 답답한 것은 아무래도 프치창 신부가 지난날 부교소 관리 니시로부터 받았던 불상이 방구석에서 나를 뚫어질 듯이 바라보고 있기 때문이었을 것이다. 불상의 눈과 입술 근처에 감돌고 있는 엷은 웃음이 불쾌하다. 저 엷은 웃음은 일본 불상에 독특한 것이어서, 우리 기독교 성상에는 결코 찾아볼 수 없는 웃음이다.

비가 오랫동안 내리는 날, 거실에 죽치고 앉아 있노라면 이 불상이 마음에 걸리는 일이 많았다. 안 쳐다보려 해도 시선이 저절로 그 쪽으로 가 버리는 것이었다. 그가 나를 비웃는다는 생각이 들었다. 불상의 엷은 웃음은 마치 우리가 이 나라에 아버지 되시는 신의 진리를 포교하는 것이 무의미하고 쓸데없으며, 결국은 헛수고로 끝날 것이라고 말하는 것 같다.

그런 기분이 드는 것은 내 마음이 약해지고 있는 탓인지도 모른다. 이 2년간, 나와 프치창 신부와 로카뉴 신부가 한 일은 모두 실패하고 말았다. 이 두 명은 어떨지 모르겠으나 나는 거의 절망상태에 빠져 있다.

일본에 오기 전, 우리는 네덜란드인들로부터 일본에 기독교 신도가 남아있다고 듣고 있었다. 숫자는 얼마 안 되지만, 박해와 탄압에도 불구하고 과거의 기리시단들의 자손이 나가사키 주변에 숨어 있고, 표면적으로는 불교도를 가장하고 있으면서 조상들로부터 전해진 가르침을 남몰래 지키고 있다는 이야기였다. 그래서 이 나라에 오자마자 그 신도들을 만날 수 있으리라고 우리는 낙관하고 있었다. 하지만 나가사키에 온지 벌써 2년, 그들은 한 명도 우리 앞에 모습을 드러내지 않았다. 우리가 은밀히 불러내려 해도 응해오지 않았다.

그들을 찾아내기 위해서 얼마나 돌아다녔던가? 그러기 위해서는 우선 부교소 관리들의 눈을 속이지 않으면 안 되었다. 1858년에 체결된 조약으로 말미암아 일본의 부교소는 이 나라에서 우리가 신앙생활을 할 수 있는 자유를 마지못해 허락했지만, 일본인에게 가르침을 전하는 것은 엄격하게 금하고 있었기 때문이다.

우리는 산책길을 멀리까지 연장해서 모기茂木나 우라카미浦上까지 찾아다녔다. 무언가 일을 한다는 핑계로 마구간 같은 농가의 처마 끝에 서있어 보기도 하였다. 아이들은 우리를 멀리 피했고, 어른들은 말에 물을 주거나 우리에게 감을 주기도 했지만 결코 본심은 내보이지 않는다. 로카뉴 신부는 계책을 하나 궁리해냈다. 아이들에게 과자를 주면서 그 반응을 보고 돌아다녔던 것이다. 만일 과자를 먹을 때 성호를 긋는 사람이 없을까 해서였다. 프치챵은 가슴에 큰 십자가를 걸고 다니면서, 그것을 바라보는 사람의 눈에 감동과 경의의 빛이 떠오르지 않을까 하고 주의해서 살피고 있었다. 때로는 일부러 말에서 떨어져서 도와주는 사람에게 "당신은 혹시 신자가 아닌가"라고 살그머니 물어도 보았다. 불쌍하게도 프치챵은 두 번째의 낙마에서 허리를 많이 다쳐 이틀 정도 꼼짝 못 하고 누워있지 않으면 안 되었다.

처음에는 이런 실패담도 우리가 저녁 식탁에서 웃으면서 즐길 수 있는 화제가 되어 주었다. 그러나 반년이 지나도, 일 년이 지나도, 신도들의 자손에 대해서는 어떤 소식도 들려오지 않았다. 그들로부터 단 한 번의 연락도 없자 나는 초조해지기 시작했다. 그 초조가 낙담이 되고, 낙담이 절망으로 변한 채 2년째의 우기를 허망하게 맞이하고 있었던 것이다.

● 비. 창 저편에 어두운 나가사키의 마을이 가라앉아 있었다. 바다도 어둡고, 배도 집도 어둡다. 그것들은 완고한 노인처럼 우리로부터 눈을 돌린 채 결코 말을 걸어오지 않는다. 밤낮없이 계속해서 내리는 빗 속 어딘가에 만일 신도들이 비밀리에 존재해 있다면, 그들은 왜 우리에게 말을 걸어오지 않을까? 방구석에 놓여 있는 불상은 나를 쳐다보면서 입술에 비웃는 듯한 엷은 웃음을 띠우고 있다. 그 미소는 '네가 하는 일은 이 나라에서는 모두 무의미한거야'라고 말하는 것 같았다.

● 밤10시경, 로카뉴가 시마바라로부터 돌아왔다.

그는 갔다 오는 길에 구치노즈, 카즈사, 아리마를 돌아보면서 신도에 대해 일말의 정보라도 얻어내려고 했지만 허사였다고 한다. 지난 날 이들 어촌은 선교사들이 상륙해서 교회가 지어지고 일본인 기독교인이 많이 살던 항구 마을이었지만, 그로부터 2세기가 지난 지금, 옛날을 생각나게 하는 것은 하나도 없는 쓸쓸하고 작은 어촌으로 바뀌고 말았다고 한다. (프로이스가 편지에서 썼던 "꽃의 교회"가 있던 장소에는 지금은 낡은 절이 서 있다던가.) 어부들은 로카뉴를 멀리서 보기만 할 뿐, 따뜻한 물도 주지 않았고 말을 걸어오지도 않았다. 부교소의 관리 니시의 설명에 의하면, 여기 사는 사람들은 저 하라죠의 싸움에서 전멸한 뒤 쇼도지마로부터 강제로 이주된 농민의 자손으로서 모두 불교도라고 한다. 그러니 묻고 다녀도 쓸데없는 일인지도 모른다.

요컨대 우리는 낙관한 나머지 지나치게 큰 환상을 가졌던 것에 불과하였다. 포교가 허락되지 않는 이 나라에서 우선 의지할 수 있는 것은 옛 신도들의 자손일 것이라는 희망 사항을 만들어 냈을 뿐이다. 만약 그렇지 않다면, 아무리 감시를 받고 있다고 해도, 그 자손들은 어떤 수를 써서라도 우리를 도와주었을 것임에 틀림없다. 2세기에 걸친 박해는 겨우 조금 남아있던 교회의 씨를 하나도 남김없이 밟아 버렸다고 생각하는 편이 확실했다. 로카뉴도 프치챵도 나의 이러한 생각을 나무랐지만, 언제까지 환상에 매달리기보다는 현실을 직시하고 새로운 방법을 찾아야 한다고 나는 생각한다.

● 모기까지 말을 타고 나가 보았다. 나가사키로부터 말을 타고 반 시간 정도 걸리는 길에서 중간에 타코의 산을 넘었다. 하늘은 흐렸지만 비는 그쳐 있었다. 대나무 숲이 아름다웠다. 모기는 저 옛날

예수회가 지배했던 항구였다. 그 항구로부터 얻은 수입은 모두 영주가 아니라 선교사와 교회를 위해서 사용되었다고 들었다.

하지만 지금의 모기는 로카뉴가 들렀던 쿠치노즈나 카즈사처럼 작고 쓸쓸한 어촌에 지나지 않는다. 사람의 그림자도 찾아볼 수 없는 습기 찬 잿빛 바닷가에 어부의 배나 목재가 널브러져 있고, 한 줌 정도의 집에서는 생선 냄새가 코를 찔렀다. 집 안은 어두웠다. 그 어두운 집 안에서 아이와 노파가 나의 움직임을 가만히 주시하고 있다. 평상시와 마찬가지로 일본 아이들은 아무도 내게 말을 걸지 않는다. 내가 가까이 가면 무섭다는 듯 몸을 숨겨 버린다. 결코 적의는 나타내 보이지 않지만, 그러나 털끝만큼의 친밀감도 보여 주지 않는다. 어른들의 표정도 도대체 무엇을 생각하고 있는지 알 수 없다. 언덕에 올라 나는 짓눌린 것 같은 마을과 그 마을을 둘러싼 작은 숲과 숲 안의 절을 내려다보았지만, 우리가 찾고 있는 신도들이 여기에 살고 있다는 생각은 아무래도 들지 않았다. 어두운 바다는 그 풍경 저쪽으로 마치 나를 더욱 괴롭히듯이 공허하게 펼쳐져 있다. 나는 불상의 눈과 입술에 맴도는 저 엷은 웃음을 떠올렸다.

● 부교소의 명령으로 오늘 15명의 인부가 우리가 지으려는 성당의 터를 닦기 위해서 왔다. 이 사제관 바로 위의 잡목림에 성당을 세우려고 프치챵 신부가 프랑스 영사를 통해서 몇 차례나 교섭을 했지만 허가가 나기까지 일 년이나 걸렸다. 허가가 난 이후에도 부교소 쪽에서는 일본인들이 곧잘 사용하는 지연작전을 펼치면서 인부나 목수가 도저히 짬이 나지 않는다는 말을 되풀이할 뿐이었다. 프치챵

이 지난달에 강경하게 요구하지 않았다면 그대로 모르는 체하는 얼굴을 할 생각이었을 것이다.

그러나 오늘은 나무를 자르는 소리가 아침부터 들려온다. 감시역의 관리는 우리가 인부들과 이야기하는 것을 좋아하지 않지만, 우리는 설계도면을 보여주지 않으면 안 된다는 구실로 인부들이 일하는 현장을 돌아다녔다. 인부들이 후쿠다에서 왔다는 것을 알았기 때문이다. 당신들은 모두 불교도인가 하고 물어보니 그들은 그렇다고 대답하였다. 기리시단의 자손은 없는가 하고 묻자, 인부들의 표정에 경계의 빛이 역력히 떠올랐다. 모처럼 부드러워지기 시작했던 분위기가 다시 딱딱하게 변해 버렸다.

● 프치챵은 한 가지 계책을 궁리해냈다. 인부나 목수들이 연장을 넣어두는 오두막집에 작은 십자가를 놓아두고 잊어버린 척 한 것이다. 만약 그들 속에 신도의 자손이 있다면 그것을 몰래 주어 가지고 가는 사람이 있을지도 모른다고 생각했기 때문이다. 그런데 오늘, 물고기 같은 얼굴을 한 감시역의 관리가 사제관의 문을 두드리더니 예의 그 십자가를 내밀면서, 만약 이런 것이 사제관 이외의 장소에서 나오면 작업을 중지할 수밖에 없다고 얼굴을 붉혔다. 프치챵은 시치미를 떼면서 이 부지 내에서는 1858년의 조약으로 인해서 우리의 신앙이 전면적으로 인정되었으므로, 그러한 항의는 받아들일 수 없다고 맞받아치면서 물고기 같은 얼굴의 관리를 난처하게 만들었다. 어쨌든 이것으로 인부 중에는 신도가 없을 가능성이 더 커졌다.

바람 한 점 없는 저녁, 바다도 마을도 마치 죽은 것처럼 아무런 움직임도 없다. 참기 어려운 습기와 더위, 모기떼가 엄청나게 덤벼든다.

미늘창을 열자 바다 냄새와 함께 나가사키 항의 소음이 밀려들어온다. 도크를 여닫는 소리, 자동차 소리 그리고 비탈을 올라가는 버스의 엔진 소리. 버스는 오우라천주당 앞에 멈춰 서서 차례차례로 때 묻은 교복이나 세라복을 입은 수학여행단의 고등학생들을 토해낸다. 작은 보라색 깃발을 든 버스안내양이 무리를 인솔해서 돌계단을 올라가서는 입장이 금지된 성당 앞에 서서 노래라도 부르는 듯한 목소리로 외어놓은 설명문을 들려주기 시작한다. 하지만 듣고 있는 학생은 한 명도 없다. 모두들 뒤에서 떠들고 있다.

모처럼 여기까지 왔지만 관광객들은 성당 안으로 들어갈 수 없다. 3년 전 이런 일행이 성기반聖器盤을 뒤집고서 촛대를 장발장처럼 슬쩍했기 때문이라고 한다. 하지만 고등학생들에게는 성당의 오른쪽에 장식된 작은 성모상 하나가 일본 기독교사에 얼마나 큰 의미를 가졌는지조차 모르니, 입장이 허락된다고 해도 역시 무의미한 일이다.

내가 쓸 방은 정확히 1세기 전에 지라르 신부가 저 〈일기〉를 썼던 방이라고 한다. 내가 가방에서 다른 책과 함께 그것을 꺼내는 것을 본 젊은 부제副祭 이마이 신부가 "정말 구하기 힘든 것을 손에 넣으셨군요"라면서 칭찬해 주었다.

나가사키에서도 이 책은 나가사키 도서관에만 있다고 한다.

"페인트칠을 새로 한다거나 개축을 몇 번이나 했으니까, 방의 모양은 변했겠습니다만 그 사람이 여기에서 살았다고 우리는 듣고 있습니다."

"무언가 부족한 것이 있으면 사양 말고 말씀해 주세요" 하면서 이 젊은 신부는 방을 나갔다.

일기에 쓰인 한 세기 전의 나가사키는 지라르 신부에게는 어둡고 음침한 마을이었던 것 같지만, 현실적으로 지금 창밖에 있는 항구나 바다나 집도 모두 활기가 있는 밝은 거리이다. 나가사키에 온 것은 이번이 여섯 번째이지만, 나는 여기가 어두운 거리라고 생각해 본적이 한 번도 없었다.

지라르 신부는 이 마을을 본심을 결코 내보이지 않는 노인과 비교했지만, 그것은 2년 동안 가쿠레 기리시단을 찾아서 돌아다녔어도 도저히 발견할 수 없었던 그의 초조함 때문이었을 것이다. 그러므로 일기의 페이지를 넘겨서 1865년 3월 17일, 드디어 신부들 앞에 가쿠레 기리시단들이 모습을 드러낸 저 유명한 "신도 발견" 이후는 문장의 내용도 희망으로 가득 차 있고, 때로는 유머마저 섞여 있다.

그 일이 있었던 것은 1865년 3월 17일, 점심이 지난 시각이었다. 그때 프치챵 신부는 막 지어진 성당 안에서 기도를 드리고 있었다. 밖에서는 구경꾼들이 이야기하는 소리가 들렸다.

나가사키 사람들은 막 준공된 이 성당을 "프랑스 절"이라고 부르면서 매일처럼 구경하러 왔다. 다행히 감시역의 관리가 없었으므로 신부가 문을 열고 손짓을 하자 그중의 20명 정도가 살그머니 성당 안으로 들어왔다. 그들은 무언가 두려운 듯이 부교소가 들어가지 말라고 금한 성당 안을 둘러보았는데, 무릎을 꿇고 있던 프치챵 신부에게 한 중년 농사꾼의 아내가 갑자기 다가와서는 빠른 말로 "어디 있어요, 산타 마리아는?"이라고 물었다.

성상은 지라르 신부가 프랑스에서 가져온 것으로서 정면 우측 제단에 놓여 있었다. 프치챵 신부가 손가락으로 가리킨 성상을 본 농사꾼의 아내는 "곱기도 하셔라!"라고 조그마한 목소리로 말하였다.

그리고 나서 목소리를 더 낮추어서 말했다.

"여기 있는 사람들은 모두 같은 마음입니다."

프치챵 신부도 지라르 신부도 이 농부의 말을 그대로 로마자로 받아쓰고 있다. 2년간의 노력이 겨우 보답을 받는 그 순간을 있는 그대로 일기 속에 기록해 두고 싶었던 것이다.

그날 밤은 방안의 불상도 괴롭지 않았다. 비웃는 듯한 그 엷은 웃음을 향해서 나는 '결국 우리가 이겼잖아'라고 혼자말로 중얼거렸다. 내 기분이 그래서였을까? 그 불상의 얼굴로부터도 웃음이 사라지고 낙담한 표정으로 변한 것 같다.

이 구절은 기뻐 어쩔 줄 모르는 지라르 신부가 보기 드물게 유머를 섞어서 쓴 구절임에 틀림없다. 이겼다고 좋아하는 그 얼굴이 눈에 보이는 것 같다. 하지만 나 같은 사람은 이런 구절을 읽으면 갑자기 막연한 불안을 느낀다. 다른 페이지에서보다 오히려 이 페이지에서 어둠 속의 불상의 엷은 웃음이 더욱 분명하게 눈에 떠오르는 것이다.

"그 불상은 아직 여기에 있습니까?"

다른 신부들과 함께 있었으므로 조금은 불편했던 식사를 마친 뒤 복도에 나와서 이마이 신부에게 물었더니, 불상은 도서실에 있다고 가르쳐 주었다. 그를 따라서 먼지 냄새가 나는 작은 도서실로 들어갔다. 큰 책상이 두 개 놓여 있고, 세 벽면의 책장 안에는 기독교 관련 출판사에서 언제라도 살 수 있는 책이나 잡지가 곧 눈에 들어왔다.

불상은 그 책장 위에 아무렇게나 놓여 있었다. 아마도 여기에 오는 사람에게는 아무런 가치도 없는 장식품으로밖에 여겨지지 않을 것이다.

1m 반 정도 높이의 관음상이다. 불상에 대해서 잘 모르는 나에게도 연꽃을 든 왼손을 가슴에 대고, 오른손으로 꽃잎을 만지는 듯한 모습이어서, 관음이라고 상상할 수 있었다.

아래로부터 이 관음상을 올려다보면 틀림없이 미소 짓고 있는 것처럼 보였지만, 그 미소는 지라르 신부가 썼던 것처럼 사람을 조소하는 듯한 엷은 웃음이라는 생각은 아무래도 들지 않는다. 나에게는 매일 매일의 노동을 참아가면서 쓸쓸히 미소 짓고 있는 이 근처의 농사꾼 아내의 얼굴을 상기시켜 준다. 옛날 사진에서 본 호류지法隆寺의 몽위관음상夢違観音像의 표정이 기억의 바닥에서 떠올랐다. 물론 그처럼 고귀한 것이 아니더라도, 손으로 만들어 시골 냄새가 나는 소박한 표정을 하고 있었다. 하지만 결코 그것은 사람을 비웃는 엷은 미소는 아니었다.

"언제부터 이 도서실에 놓여 있었나요?"

"글쎄요, 제가 여기에 왔을 때부터 있었어요. 사제관에 불상을 두기도 뭐해서 창고에 넣어두자는 이야기도 있었습니다."

이마이 신부는 이 불상에 대해서 별로 흥미를 보이지 않았다.

서양인 신부에게는 기분 나쁜 표정으로 보이는 이 관음의 얼굴이 일본인인 나에게는 그렇지 않게 보이는 이유를 생각해 보았다. 근래 2, 3년, 나에게는 일본에 있어서의 기독교에 대한 생각이 점차 서양인 신부들이 기독교에 대해서 갖고 있는 생각과 달라지기 시작했는데, 어쩌면 그 때문인지도 모를 일이었다.

● 나가사키의 일본인들은 이 성당을 "프랑스 절"이라고 부르면서 매일 20명 정도 구경꾼이 찾아 왔다. 물론 관리가 감시하고 있는 동안은 밖에서 조용히 있었지만, 관리가 자취를 감추면 사람들의 눈을 피해서 안쪽을 보려고 들어오는 용감한 사람도 있다. 비록 안에는 들어오지 않더라도 밖의 구경꾼 가운데에서 신도를 찾아내기는 그다지 어렵지 않았다. 신도들은 우리를 보면 살그머니 오른손을 가슴에 갖다 대기로 약속이 되어 있기 때문이었다.

단단한 얼음에 구멍이 하나 생기면 그곳으로부터 봄의 물이 용솟음쳐 올라온다. 그와 꼭 마찬가지로 매일처럼 기쁜 일이 차례차례 일어난다. 오늘 관리의 눈을 피해가면서 나는 남자 신도 두 명과 몰래 이야기를 나눴다. 나도 프치챵도 그들의 신앙생활에 대해 묻고 싶은 것이 산처럼 쌓여 있다. 내일 콘삐라산金比羅山에서 오후 2시에 그 대표자와 비밀리에 합류하기로 했다.

그들은 교회도 사제도 없이 어떻게 세례를 받은 것일까? 기독교의 중요한 교의를 어느 정도 기억하고 있는 것일까? 그들이 드리는 기도(오랏쇼)는 교회가 정한 올바른 기도일까?

만약 그들이 잘못하고 있었다면 우리는 다시금 세례를 베풀어서 참된 교회로 돌아오도록 할 필요가 있다.

● 목요일. 장마가 계속되는 동안은 쏟아지는 비가 그토록 미웠지만, 오늘만큼은 비에게 감사했다. 그 비 덕분에 관리가 근처에 있는 닛칸지日観寺에 틀어박혀서 나오지 않았기 때문이다. 프치챵 신부와 같이 뒷길을 따라서 마을을 크게 우회했다. 산길은 진흙이어서 걷기 힘들었고 그도 나도 몇 번인가 미끄러졌지만, 여하튼 약속한 시간에 콘삐라산에 간신히 도착할 수 있었다.

비가 내리는 가운데 겁먹은 듯한 사람의 그림자 하나가 이리저리 오가고 있었다. 신도 대표인 토쿠조우였다.

큰 삼나무 밑에서 비를 피하면서 그들의 신앙생활에 대해서 차례차례로 들었다. 토쿠조우는 50세. 한쪽 눈이 없었다. 그의 일본어는 알아듣기 어려웠지만, 그럼에도 여러 가지 사실들을 알 수 있었다. 첫 번째는 세례의 방법. 마을에서 아이가 태어나면 미즈카타水方라고 부르는 세례를 주는 역할을 하는 이가 갓난아기에게 물을 뿌리면서 기도를 드리고 세례명[靈名]을 준다.

두 번째로는 신앙생활을 지키는 방법. 이것도 할아버지 역할[爺役]이라고 하는 직책을 맡은 사람이 달력을 살펴서 부활제나 사순절을 정하면, 그의 지시에 따라서 모든 이들이 모인다. 나도 프치챵도 긴 박해 사이에 그들이 남몰래 조부로부터 전해오는 가르침을 지켜 온 그 지혜와 용기에 감탄했다.

감탄하기는 했지만 그들의 신앙에는 교회의 신앙으로부터 너무나 멀리 떨어진 부분도 많았다. 토쿠조우가 외우는 기도에도 용어상 잘못된 것이 몇 가지 있었다. 교의를 물어보아도 모르는 것이 많이 있다. 뿐만 아니라 거기에는 기독교와는 전혀 관계가 없는 것도 섞여 있었다. 교회라는 뿌리로부터 떨어져 나온 채 교의를 전하는 사제도 없던 그들의 신앙 속에 토속적인 미신이나 불교와 같은 사교邪敎의 언어가 파고 들어갔음이 이를 통해서 밝혀졌다. 우리는 지금부터 그들에게 다시금 정통적인 신앙을 가르치고, 그동안 잘못되어 왔던 것들을 바로잡은 다음에 다시 세례를 주지 않으면 안 된다.

하지만 토쿠조우는 더 기쁜 소식을 전해 주었다. 신도들은 여기 우라카미에만 있는 것이 아니라, 우라카미로부터 4리 정도 떨어진 바다 쪽의 쿠라사키暗崎에 사는 사람들도 모두 기리시단이라는 것이다. 프치챵과 상담한 결과 그는 우라카미를 맡고, 나는 쿠라사키를 맡기로 했다.

● 우라카미의 신도들이 얼마나 산타 마리아를 마음 깊이 숭상하는가는 성당에 살그머니 찾아온 그들이 처음 했던 말에서 알 수 있다.

"산타 마리아의 상은 어디에 계십니까?"

그들은 내가 프랑스로부터 가지고 온 성모상 앞에 선 채 오랫동안 떠나려고 하지 않았다. 우리 쪽이 오히려 돌아다니면서 감시하는 관리가 오지는 않을까 두려워 "어서 여기에서 나가라"고 재촉하지 않으면 안 되는 때마저 있었다. 그들은 어느새 이 성모상을 "선하신 산타 마리아"라고 자기들 마음대로 부르고 있다.

오늘 관리 한 명이 갑자기 성당에 나타나 신도가 있는 것을 눈치 채자 몹시 거칠게 그들을 내쫓았다. 일본인들은 이럴 때 겉으로는 매우 온순하게 그 명령에 따른다. 허리를 굽혀서 관리에게 인사를 하고 한 사람 한 사람 성당을 나간다. 하지만 3시간 후 내가 다시 성당에 와 보니 아까 쫓겨난 남자 중 두 명이 다시 성모상 앞에서 가만히 그것을 응시하고 있었다. 그의 눈은 몹시 슬픈 것 같았다.

프치챵 신부와 같이 신도들의 세례의 기도에 대해서 조사한 결과, 무언가 꽤 중요한 오류가 있음을 발견했다. 그들은 오랜 세월 동안 조상들로부터 배운 대로 "파치오조 인 노멘 파테로 히리오 에스토라 스피리츠 산토 노멘 야문"이라고 외운다. 즉 중요한 '나'(에고)라는 말이 빠져있는 것이다. 따라서 엄격하게 말하자면 그들이 받은 세례는 이 기도대로라면 무효이다.[1] 하지만 이를 그들에게 알리는 것은 너무나 잔인한 일이다. 그토록 고통을 받아가면서 계속 해왔던 자신들의 세례가 무효였다는 것을 알게 된다면 그들은 얼마나 슬퍼할 것인가? 프치챵 신부는 일본어에는 주어를 생략하는 습관이 있으니 차라리 모른 척하고 싶다고까지 하였다.

● 토쿠조우의 도움으로 다시 콘뻬라산에서 쿠라사키 마을의 신

---

1 교회의 세례문은 다음과 같다."내가 성부와 성자와 성령의 이름으로 그대에게 세례를 주노라"(Ego te baptizo in nomine Patris et Filli et Spiritus Sancti). 위의 기리시단의 세례문은 이를 잘못된 발음으로 적은 것이다.

도와 만났다. 가스파루 요사쿠라는 이름의 어부였다. 그는 말을 더 듬었기 때문에 그의 일본어는 토쿠조우보다 더 알아듣기 어려웠다. 쿠라사키는 우라카미보다 더 궁핍한 것 같았고, 이 남자가 입은 노라기野良着2에서 삐져나온 다리는 몹시 야위어서 가늘었다.

그들이 외우는 기도도 "주기도문", "가라사"(graça, 신의 은혜), "케레도credo", "죄의 기도", "자비의 어머니", "콘치리상痛悔"의 여섯 개뿐이었고, 그 외에는 전혀 몰랐다. 이야기를 하고 있노라니 조부나 아버지로부터 전해 들은 성서의 이야기를 득의에 찬 얼굴로 암송하기 시작했지만 나도 프치챵도 그만 두 손을 들고 말았다. 그들은 교회로서는 전혀 알지 못하는 이야기까지 마음대로 집어넣어서 대대로 전해온 것이었다. 요사쿠는 구약성서의 '노아의 방주' 비슷한 이야기를 암송해서 들려주었는데, 그것은 다음과 같은 이상한 이야기였다. (나는 그것을 요사쿠의 발음 그대로 알파벳으로 적어놓았다.)

사람들이 점점 많아져 감에 따라서 사람들은 도둑질이나 욕심으로부터 멀어지지 못하고 악에 점점 다가갔다. 악한 일들이 많아지자 데우스神는 그것을 불쌍히 여겨서 팟파 마르지 제왕에게 알리셨다. 그것은 '이 절의 사자의 눈이 빨갛게 될 때 쯔나미tsunami가 일어나 세상은 멸망한다'는 내용이었다. 제왕은 매일 절에 참배했다. 견습하는 아이가 "왜 사자에게 비세요?"라고 묻자, 옆에 있던 아이가 "사자의 눈이 빨갛게 될 때 이 세계는 파도가 덮쳐 와서 멸망한다"

---

2 밭일을 할 때 입는 옷.

고 대답하였다. 아이는 그 말을 듣고 웃으면서 "그런 이상한 일이 있을까 보냐? 칠하면 곧 빨갛게 되지만, 멸망이라니, 생각도 할 수 없다"고 하면서 사자의 눈에 빨간 칠을 하였다.

마르지 제왕이 여느 때처럼 참배하러 가서 보니 사자의 눈이 빨갛게 되어 있었다. 그것을 보고 "앗" 하고 놀라 일찍이 준비해두었던 방주에 여섯 명의 아이를 태웠다. 안타깝게 다리가 불편한 형은 거기에 남겨 놓았다. 이것저것 하는 사이에 큰 파도가 천지를 놀라게 하면서 한 치의 유예도 없이 밀려들어 근처는 모두 큰 바다가 되었다. 앞에서 말했던 사자가 바다 위를 달려가 배에 미처 타지 못했던 그 한 명의 형을 등에 태워서 도와주었다.

우리는 어쨌든 구약성서와 신약성서를 가능한 한 빨리 일본어로 번역할 필요가 있다. 그렇지 않으면 이 무지한 사람들은 앞으로도 계속해서 이런 황당무계한 이야기를 대대손손 가르칠 것이다. 그러나 아무것도 이루지 못했던 작년에 비하면, 우리에게는 지금 하나둘씩 희망이 생겨나고 있음을 주님께 진심으로 감사드리지 않으면 안된다. 나의 일을 비웃듯이 웃고 있던 불상은 방에서 식당으로 옮겨져 장식품이 되었으며, 모든 이들의 농담의 대상이 되어 있다.

강연회는 3시부터 시작되므로 점심 식사 후 이마이 신부가 차로 우라카미와 후쿠다에 안내해 주었다.

지금의 우라카미에서 가쿠레 기리시단 시대의 분위기를 찾는 것은 애당초 잘못된 일이었다. 어두운 심해의 물고기와 같이 사람들의 눈을 피해서 적막하게 살아가면서 금지된 가르침을 버리지 않았던 마을은 지금은 그 어디에도 없었다. 그 대신 건설회사가 지어서 파는 주택이 즐비하였다. 세탁물을 베란다에 널어놓고 있는 이 아파트들은 도쿄 교외의 모습을 빼닮았다. 집에서는 라디오의 유행가가 흘러나온다. 프치챵 신부가 한밤중에 신도들과 미사를 드리던 비밀 골방도 없어졌으며, 그들이 숨어있던 검은 숲도, 조상들이 물고문을 받던 차가운 우라카미강도 찾아볼 수 없다.

"여기는 이미 흙냄새가 안 나는군요."

나는 다소 원망스러운 기분을 섞어가면서 한숨을 쉬었지만 그 원망스러운 마음이 젊은 신부에게는 전달되지 않았는지 "그렇지요. 무엇보다도 나가사키에서 지금 제일 발전하고 있는 곳이니까요. 땅값이 3만 엔이나 나간다고 합니다"라는 대답이 돌아왔다.

지라르 신부가 "골고다의 길"이라고 이름 붙였던 길은 아스팔트 도로가 되어 트럭이나 차들이 분주히 다니고 있다. 그 아스팔트 도로의 어딘가에 옛 이름이 남아있지 않을까 하고 찾아보았지만, 기념비 하나를 제외하고는 가쿠레 기리시단들의 오랜 기간에 걸친 비애를 다시 느끼게 해주는 나무 한 그루 없었고, 그들의 어두웠던 매일 매일을 기억나게 해주는 농가도 없었다.

우라카미를 뒤로 하고서 바다로 나와 후쿠다로 향했다. 사실은 지라르 신부의 일기에 나오는 쿠라사키에 가보고 싶었지만, 강연까지 시간이 별로 남아있지 않았다. 기리시단 시대에는 포르투갈 배가 선교사들을 태워서 일본을 찾아왔고, 신도들이 많이 살던 후쿠다였지만, 지금은 해수욕장과 공장이 있을 뿐이었다. 공장에서 흘러나오는 기름이 떠 있는 파도가 둔한 소리를 내면서 안벽을 씻고 있다. 저쪽에 조그마한 섬이 보이길래 "저 섬은?" 하니까, 이마이 신부는 "시시지마獅子島입니다. 사자같이 보이지요" 하였다.

저것이 가쿠레 기리시단들이 세대에서 세대로 전한 이야기에 나오는 시시지마일까 하고 생각하면서 나는 기뻤다. 지라르 신부가 황당무계한 이야기라고 비난했던 삽화는 아마도 노아의 방주의 이야기에 어부들의 전설을 첨가한 것일 것이다. 그러나 오히려 그편이 알지도 못하는 먼 나라의 이야기보다는 이 땅에 사는 가쿠레들에게는 더 가깝고 실감 나는 이야기였을 것이다.

3시 조금 못 돼서 강연회장인 N 호텔에 도착하였다. 가슴에 흰 조화를 단 신자들이 마중을 나와서 강연장은 이미 만원이라고 알려주었다. 내 앞에 규슈대학의 교수가 이야기를 하였고, 그다음 차례로 내가 단상에 섰다.

강연은 여러 번 해도 매번 서투르다. 특히 오늘처럼 신자들이 주최한 모임에 오면 마음이 무겁다. '오해받지는 않을까', '교리에 저촉되지는 않을까' 하는 불안이 강연을 하는 도중에도 가끔 떠올라 우물거리게 만든다. 청중 속에 로만 칼라를 한 신부나 신학생이나 수녀들이 여럿 앉아있는 것을 보기만 해도 나는 주저주저하게 된다.

일본인의 종교 심리라는 테마에 대해서 최근 2, 3년간 내가 혼자 생각하고 있던 것을 이마에 땀을 흘리면서 설명하기 시작했다. 만약 종교를 크게 아버지의 종교와 어머니의 종교로 나누어서 생각한다면, 일본의 풍토에는 어머니의 종교, 즉 잘잘못을 판단해서 벌을 주는 종교가 아니라 용서해주는 종교밖에 자라나지 않는 경향이 있다. 많은 일본인은 기독교의 신을 엄한 질서의 중심이며, 아버지처럼 잘잘못을 가려서 진노하고 벌을 주는 초월자라고 생각하고 있다. 그러므로 초월자에게 어머니의 이미지를 기꺼이 부여해 온 일본인에게 기독교는 단지 엄격하고 접근하기 어려운 것으로밖에 안 보였을 것이라는 이야기를 서론으로 제시했다. 하지만 서론 부분을 말했을 때 앞줄에 앉아서 노트를 적고 있던 수녀가 갑자기 쓰던 것을 멈추고, 한가운데 앉아 있던 외국인 신부가 옆 좌석의 동료에게 무언가 귀엣말을 하는 모습이 보였다. 그 모습을 보자 나는 벌써 낭패감을 맛보았다. 그들은 역시 나의 이야기가 교리에 저촉된다는 불만을 가지기 시작했을지도 모를 일이었다.

강연이 끝났을 때 심한 피로를 느꼈다. 질문이 없었다는 사실이 오히려 나를 안심시켰다. 강연 뒤 별실에서 관계자 몇몇이 모인 티파티가 있었다. 검은 옷을 입은 성직자나 이 도시의 신자 대표, 안경을 쓴 수녀가 방의 여기저기에 모여 있었다. 그 복장을 보는 것만으로도 나는 당혹감을 느껴서 여기로부터 빨리 도망가고 싶은 기분에 휩싸였다. 그래도 나는 억지로 미소를 띠면서 안경을 쓴 일본인 수녀와 홍차를 마시고, 별로 맛있지도 않은 샌드위치를 꾸역꾸역 먹었다. 이런 감정은 예부터 있었지만 근 4-5년 사이에 내 안에서 더욱 강해지고 있다. 그래도 나는 모두의 웃음에 무리하게 웃는 얼굴을 지어

보였다.

"선생님의 말씀은 재미있었습니다만, …" 혈색 좋고 덩치가 큰 외국인 신부가 나에게 예의바르게 인사를 했다. "그러나 당신의 생각은 기독교적이라고 하기보다는 정토적이어요."

주위의 사람들은 그 유창한 일본어에 농담으로 화답하면서 소리 내서 웃었지만, 나는 상처를 받았고, 또 서글퍼졌다. 이와 유사한 야유나 비난의 말을 나는 도쿄에서 수많은 성직자들로부터 이미 들어왔다. 그는 그것을 알고 있어서 일부러 말했는지도 모른다.

"하지만 외국에서 자란 종교가 일본과 같은 풍토 속에 뿌리내리려면…"이라고 반박하려고 했지만, 그 뒤가 잘 연결되지 않아서 머뭇거렸다. "기독교는 우리에게 있어서…", 사제는 파이프를 입에 문 채 조금은 엄격한 표정으로, "종교가 아니에요. 기독교는 국가나 민족을 넘은 진리예요"라고 했다.

그렇게 말하면 이쪽으로서는 뭐라고 대응할 말이 없어진다. 어린 아이였을 때 세례를 받은 나로서는 역시 사제의 검은 옷이나 로만칼라에서 무언의 압력을 느낀다.

"좋은 이야기였어요. 모두 기뻐했습니다."

돌아오는 차 속에서 비탈길을 오르면서 이마이 신부는 나를 위로했다.

언덕 위로부터는 나가사키 만灣 안에 있는 등불을 단 배가 보였다. 그러나 그의 위로가 나를 더 우울하게 만들었다. 교회에 묵지 말았어야 했다고 후회하기 시작했다. 만약 여관에 숙박하고 있었다면 오늘

밤 나는 틀림없이 술이라도 마시러 나갔을 것이다.

"그 복장으로 나가사키의 거리를 걸으면 일본인으로서 위화감을 느끼지 않습니까?"

신부는 나의 짓궂은 말을 눈치채지 못했는지, 차를 능숙하게 운전하면서 유쾌한 듯이 웃었다.

"나가사키에서는 모두 이미 눈에 익어 있으니까요. 지나가도 뒤돌아보는 사람도 없어요. 수녀들은 오히려 유치원의 아이들이 좋아할 정도니까요."

"왜 그럴까요?"

"수녀의 옷이 닌자忍者 옷과 비슷하잖아요. 그러니까 "닌자다! 닌자다!" 하면서 아이들이 모여든다는군요."

● 쿠라사키에는 집이 백 채 정도 있었다. 주민은 약 5백 명 정도. 앞은 바위가 많은 어두운 바다이고, 뒤는 높이 300m 정도의 산이다. 주민들의 대부분은 어부이면서 좁은 토지를 경작하고 있었다. 이들의 궁핍함은 우라카미보다 더하다. 토쿠조우의 누이가 이곳의 토모키치라는 어부에게 시집왔기 때문에, 토모키치와 요사쿠를 내 조수로 쓰면서 매일 포교에 전념한다.

쿠라사키의 저쪽은 깊은 밤이어서 관리에게 들키지는 않을 듯하다. 닛칸지에 모여 있는 관리와 그의 부하 요에몬은 대개 7시 무렵이면 물러가기 때문에 프치챵과 나는 한밤중에 사제관을 나와 그는 우라카미에, 나는 쿠라사키에 가기 위해서 도중에서 헤어진다. 콘삐라

산에서 토모키치나 요사쿠가 나를 기다렸다가 만나서 같이 2리 정도의 산길을 내려간다. 만일을 대비해서 마을에서 조금 떨어진 곳에 망을 보는 사람을 세워놓고, 신도들은 50명 정도 골방에 모여든다.

기름등잔에 비치기 시작하는 얼굴들이 주인을 바라보는 개처럼 나를 가만히 보고 있다. 남자도 여자도 누더기나 다름없는 옷으로 몸을 겨우 가렸고, 어린아이들은 거의 벌거벗었으며, 노인이나 노파 중에는 등이 굽은 이들이 많았다. 오랫동안 과중한 노동을 해온 탓이다. 나는 아이들에게 피부병이 많은 것을 알고서 프랑스 영사로부터 받은 약을 주었다. 부모들은 눈물을 흘리면서 기뻐하였다.

그들은 거의 웃지 않는다. 괴로운 생활이 웃는 것을 빼앗아버린 것 같았다. 배고픈 사람이 밥을 보고 달려들듯이, 그들은 나의 일본어 이야기를 하나도 놓치지 않고 들으려고 귀를 곤두세웠다. 이상한 이야기지만, 나는 그들을 생각할 때 불탄 초를 생각한다. 녹아서 보기 흉한 형태를 하면서도 작은 불꽃을 흔들고 있는 초와 같다는 생각이 든다. 토모키치의 설명에 의하면 쿠라사키에는 예부터 어느 날인가 성모마리아의 기旗를 단 배를 타고 선교사가 다시 온다는 이야기가 전해져온다고 한다. 그 이야기를 그들은 조상 대대로 굳게 믿으면서, 그 이야기에 의지하여 살아왔다는 것이다. 나는 그 이야기를 듣고 말로 다할 수 없는 감동을 받았다.

● 요코하마 관구장으로부터 편지가 왔다. 우라카미와 쿠라사키의 신도들이 종래 행해왔던 세례식은 무효라는 결정이 내려졌다는 내용이었다. 그들을 실망시키는 것은 프치쟝도 나도 차마 하기 어려

운 일이었지만, 마음을 다져 먹고 그 뜻을 오늘 밤 모두에게 이야기하여야 한다. 그들의 슬픔과 소란은 차마 볼 수 없을 정도였다.

"그러면 죽은 할아버지는 지옥(인페르노)에 떨어졌단 말입니까?" 하고 토모키치도 필사적으로 나에게 묻는다. 조상을 그리워하고 사랑하는 것이 강한 그들은 자신의 조부모나 부모가 받았던 세례가 무효였다면 천국(파라이소)에 가지 못한 것은 아닐까 불안하여서 웅성거렸다. 나는 그들을 달래면서, 그들이 다시 세례를 받고 조상을 위해서 기도한다면 결코 그러한 일은 없을 것이라고 안심시켰다. 그리고 토모키치와 요사쿠에게 중요한 기도와 세례의 방법을 가르쳐 주면서 다른 이들에게도 다시 교회의 기독교로 돌아올 것을 권했다.

● 토모키치가 저녁에 성당에 와서 재개종 세례를 받은 사람이 오늘까지 백십 명이고, 마을 사람 대부분도 그렇게 하려 한다고 전한다. 하지만 기쁜 보고를 마치자 조금은 당혹해 하는 표정으로 그는 우물거렸다. 네 명의 신도가 내가 찾아오는 것을 반가워하지 않으며, 마을 사람들이 참된 기독교로 돌아가는 것에 반대한다는 내용이었다.

조금은 의외였다. 프치챵이 갔던 우라카미의 마을에서는 한 명도 재개종을 거절하는 사람이 없었고, 전원이 모두 교회의 세례를 진심으로 바라고 있다고 들었기 때문이었다.

내 호의를 거부하는 네 사람은 타로하치, 스케에몬, 반죠, 센죠였다. 특히 오지야쿠인 반죠가 가장 강경하게 반대한다는 것이었다. 그는 동료들이 나의 이야기를 듣거나 내가 가르친 교회의 기도를 외우고 다시 세례를 받는 것을 비난한다고 한다. 이 네 명은 오늘날까

지 미즈카타(水方, 세례를 주는 역), 오하리야쿠(お張役, 달력을 맡는 역), 오지야쿠(爺役, 사제를 대신하는 역)처럼 매우 중요한 역할을 대대로 맡아왔던 사람들이다. 말하자면 성직자를 대신하여 마을 주민들을 위해서 일해 온 사람들이기 때문에, 그 지위를 나에게 빼앗기는 것을 두려워하고 있는지도 모른다. 토모키치에게 캐물으니, 사실 그들은 세례를 줄 권한이 없는 요사쿠가 나의 조수로서 일하는 것에 화를 내고 있다고 한다.

토모키치가 돌아간 뒤 나는 프치챵과 로카뉴에게 이 일에 대해서 의논하였다. 그러자 두 신부는 이들 네 명의 의견에 거역하지 말고, 오히려 그들을 기쁘게 해주는 편이 상책이 아니겠냐는 의견이었다. 즉 지금까지 미즈카타나 오하리야쿠를 맡아왔던 그들의 권한을 뺏지 말고, 각자의 역할을 계속하도록 하여 그 허영심을 충족시켜 주는 편이 좋다는 것이었다. 과연 이것이 현재로는 현명한 해결책일 것이다.

● 닛칸지에 모여 있는 예의 물고기와 같은 얼굴을 한 관리가 와서는 요즘 성당의 내부와 사제관에 일본인의 모습을 자주 보게 되는데, 만일 앞으로 금지령을 범하는 일이 있으면 가차 없이 처벌할 것이라고 통고하였다. 프치챵이 웃으면서 포도주를 권하자 두 명의 관리는 처음에는 손도 대지 않으려 했지만, 이윽고 마시기 시작해 얼굴이 벌겋게 되어서는 상사에 대한 불평을 늘어놓았다. 우리나라에 대해서 지극히 의례적인 질문을 하는 모양이 우스꽝스러웠다.

● 쿠라사키에서 타로하치와 스케에몬을 만났다. 나는 내게 무슨 세속적인 야심이 있을 리가 없으며, 일찍이 그들의 조상이 그랬던

것처럼 이 마을이 다시 교회의 커다란 날개 밑으로 돌아오는 것 외에 내가 달리 바라는 바가 없다고 말해 주었다. 그리고 미즈카타나 오하리야쿠 역은 지금까지처럼 네 명이 계속해주면 좋겠다고 부탁하였다. 의외로 간단하게 두 명은 나를 도와주기로 약속하였다. 역시 그들의 감정은 내가 상상하고 있던 대로 질투에 의한 것이었다.

● 마을 사람들이 가장 좋아하는 기도는 성모에게 바치는 〈가라사〉(은총)이며, 주의 어머니에 대한 애착은 놀랄 만한 것이었다.

● 오늘 감동할만한 조그마한 사건이 하나 있었다. 내 이야기가 끝난 후 두 명의 노파가 요사쿠와 같이 와서 나에게 부끄러운 듯이 종이를 건네주고는 어둠 속으로 도망치듯 자취를 감추었다. 종이를 열어보니까 그 안에는 돈 16분分이 들어 있었다. 요사쿠의 설명에 의하면 이 두 노파는 돌아가신 조상을 위해 기도해주십사는 뜻으로 이 돈을 가져왔다는 것이다. 나는 기도를 드려주겠노라고 단단히 약속을 하고서 돈을 돌려주려고 했지만, 요사쿠는 슬픈 사람처럼 목을 흔들면서 받으려 하지 않았다.

● 타로하치와 스케에몬에 이어서 센죠도 내 부탁을 들어주었다. 그러나 반죠는 아무리 설득해도 들어주려고 하지 않았다. 그는 나에 대해서 "저 사람은 진짜 신부가 아니야"라고 마을에서 떠들고 다닌다고 한다. 그 이유는 나의 복장이 조상 대대로 전해져 온 옛날 선교사의 모습과 너무나 다르기 때문이라고 한다. 반죠는 진짜 바테렌(신부)은 챙이 넓은 모자를 쓰고 머리 한가운데를 둥글게 깎았다고 지금까지 전해져 왔는데, 모자도 쓰지 않고, 머리도 깎지 않았으며, 예부

터 배워 온 기도와는 다른 기도를 전파하는 나는 가짜라고 하며, 되지도 않는 주장을 하고 다녔다. 이 불쌍한 노인을 설득하기 위해서 토모키치를 따라 나는 마을에서 조금 떨어진 곳에 있는 그의 집을 찾아갔다. 하지만 문을 굳게 닫아걸고 나오지 않았다. 이름을 불러도 대답이 없었다. 반 시간 동안 아무리 문을 두드려도 허사였으므로 단념하고 돌아오고 말았다.

● 나는 오늘 골방에서 설교하면서 다음과 같은 것을 모든 이들에게 명하였다.

1. 앞으로는 내가 가르친 성서 이야기 이외에는 믿지 말 것.
2. 치료나 병을 피하기 위해서 나무 십자가를 태워서 마시지 말 것.
3. 교회가 인정한 성인 이외에 따로 성인을 두지 말 것.

왜냐하면 그들 사이에서 전해져오는 성서 이야기에는, 언젠가 들었던 〈노아의 방주〉 이야기처럼, 황당한 이 지방의 이야기가 마구 뒤섞여 있다는 사실을 하나둘씩 알게 되면서 깜짝 놀랐기 때문이다. 또 그들은 사교도邪敎徒의 미신과 같이 병자가 발생하면 십자가의 형태를 한 나무를 태워서 재로 만들어서 그것을 환자에게 먹였다. 혹은 자기들의 조상을 마음대로 성인이라고 부르면서 자신들의 구원을 위해서 빌어달라고 기도[전구]하고 있기 때문이다. 교회의 뿌리로부터 떨어져 있던 긴 세월 동안 이 마을의 신앙에는 미신이나 신도神道나 불교가 자신들도 알지 못하는 사이에 섞인 것은 무리도 아니었다.

따라서 그것을 한꺼번에 교정하려 한다면 그들을 불필요하게 불안하게 만든다고 생각했지만, 이미 반죠를 제외한 마을 사람들이 재세례를 바라고 있는 이상, 나는 다소의 혼란이 있더라도 그들을 올바른 길로 되돌려 놓아야 한다고 생각한다.

● 골방에서 30명의 고해를 들은 후, 토모키치, 타로하치, 센죠 세 명을 데리고 반죠를 설득하기 위해서 그의 집으로 갔다. 달은 밝고, 마을을 가로지르는 길은 강처럼 빛나고 있었다. 길 양측으로는 이제라도 곧 무너질 것 같은 농가가 줄지어 서 있었다. 소똥 냄새가 진동한다. 이 불쌍하고 궁핍한 마을이 파도 만 리를 넘어서 이 나라에 온 나에게 주어진 최초의 교구라고 생각하니 감개무량하였다.

반죠의 집은 마을로부터 조금 떨어진 장소에 있었다. 물론 이 시각에는 등도 켜있지 않았다. 토모키치의 이야기에 의하면 반죠는 자기 가족한테도 내 이야기를 듣지 말라고 했다고 한다. 문을 두드렸지만 대답이 없다. 토모키치와 타로하치가 뒤로 돌아가 소외양간에서 소리를 지르면서 "할아버지, 언제까지나 고집만 부리지 말고 이야기라도 해보시면 어때요?" 하고 호소했지만 문을 닫은 채 집안에서 자는 체하고 있다. 내가 집 앞에 서서 전날 타로하치나 스케에몬에 했던 말을 그대로 되풀이하자 이윽고 집안에서 기적이 있었다.

"당신은 진짜 신부가 아니잖아? 그대의 기도는 진짜 기도가 아니지 않은가?"라고 나를 매도하는 소리를 했다. 그 후로는 아무리 설득해도 답하려고도 하지 않았다. 결국 나는 이 고집불통 노인은 당분간 내버려두기로 하였다. 토모키치가 콘삐라산까지 배웅해주어서 새벽

녘에 나가사키로 돌아왔다.

오늘도 이 오우라천주당 앞에는 끊임없이 버스와 택시가 모여들고, 신혼여행을 온 듯한 남녀가 하얀색의 천주당을 배경으로 여기저기에서 사진을 찍는다. 또 수학여행을 온 여고생이 맞은편의 선물가게에서 그림엽서를 찾아다니고 있다. 하지만 저녁이 되면 떠드는 소리나 엔진의 소리가 사라진다. 주위가 고요함에 둘러싸인다.

그 어느 교회보다 나는 이 천주당을 좋아한다. 도쿄에 있는 가짜 고딕풍의 교회나 가짜 로마네스크풍의 교회 같은 거짓 분위기에 대해서는 반발을 느끼지만, 저녁, 쥐 죽은 듯이 조용한 이 성당 의자에 걸터앉아 있노라면 마음은 조금씩 솔직해져 간다. 이 성당만은 프치챵 신부가 보여주는 그림과 도면에만 의지하면서 일본인 목수들이 자신의 손과 지혜로 이리저리 궁리하면서 완성한 소박함과 정직함이 있다.

우라카미의 가쿠레 기리시단들이 그 앞에서 한 발자국도 움직이지 않고 서 있었다는 성모상은 정면 오른쪽에 있는 작은 제단 위에 저녁 빛을 받으면서 놓여 있다. 어린 그리스도를 안고서 이쪽을 내려다보는 성모상은 당시 일본에서는 보기 드문 상이었을 것이다. 그러나 지금은 도쿄의 어느 교회의 매점에서도 살 수 있다.

저녁, 점차 어두워지기 시작한 성당 안에서 나의 귀에는 "산타 마리아상은 어디에 계십니까?"라고 허리를 굽혀 살그머니 지라르 신부에 물으면서, 두려운 듯이 그 상 아래에 엎드리는 가쿠레 기리시단 신자의 목소리가 들려온다.

어제의 강연회가 끝난 뒤 나에게 말을 건넸던 외국인 사제의 커다랗고도 자신감에 넘치는 듯한 얼굴이 아직 마음속에 남아 있었다. 그가 농담인 척하면서 했던 비난도 잊지 않고 있다. 그런 비난이라면 나는 이미 도쿄에서 외국의 선교사들로부터 몇 번씩이나 받아왔다. 내가 다니던 교회에서는 일요일 예배의 설교에서 내 소설을 신자가 읽어서는 안 되는 책 중 하나라고 말한 적도 있었다. 그 날 나는 정말로 우울하였다.

"하지만 어째서?"

소용이 없는 줄을 잘 알면서도 나는 어두운 성당 안에서 마치 그것이 기도를 대신하기라도 하는 듯이 중얼거려 보았다. 어제 강연회가 끝난 뒤의 파티에서 만난 그 자신감 넘치는 혈색 좋은 외국인 사제의 얼굴이 백 년 전의 지라르 신부의 얼굴과 겹쳐진다. 지라르 신부도 지금 일본에 와 있다고 한다면 자신의 생각에 어디까지나 확신을 갖고, 큰 파이프를 입에 문 채 실내를 황새걸음으로 돌아다니고 있었을 것이다.

'그러나 왜 가쿠레 기리시단은 여기에 들어왔을 때 오직 마리아상만을 찾았던 것일까?'

"산타 마리아상은 어디에 계십니까?" 가쿠레가 했던 이 최초의 말은 이 천주당에서 나누어주는 팸플릿에도 쓰여 있다. 맞은편의 선물가게에서 팔고 있는 그림엽서나 책갈피에도 인쇄되어 있다. 수학여행 온 고등학교 학생들 앞에서 가이드를 겸한 버스 안내양이 마치

노래라도 들려주듯이 성당의 유래를 설명할 때에도 잊지 않고 집어 넣는 이야기이다. 그러나 지라르 신부는 가쿠레들의 말 속에 숨겨진 깊은 비밀을 생각하려고 하지 않았다. '왜 그들은 데우스╫나 그리스도의 상이 아니라 산타 마리아의 상만을 찾았던 것일까?' 아마도 그 파이프를 입에 문 외국인 사제도 이 비밀에 대해서 관심을 가지려고 하지는 않았을 것이다.

어두워진 성당을 나오자 돌층계 아래에 서 있던 이마이 신부가 나에게 손을 흔들면서 말했다.

"전화를 해 두었어요. 비행기 표는 살 수 있었다고 합니다."

그에게 조금 걷지 않겠는가 하고 권했더니, "좋습니다. 마침 저도 한가한 시간이에요"라고 대답한다.

커다란 녹나무와 낡은 목조 양옥이 이 비탈진 돌층계를 한층 더 조용하도록 만든다. 지금의 나가사키 중에 이 근처만이 메이지 초기의 모습을 남기고 있는 장소인 것 같다. 마침 한 쌍의 신혼부부가 녹나무 아래에서 서로 사진을 찍어 주고 있었다.

"제가 셔터를 눌러 드릴까요?"

이마이 신부는 상냥하게 부부에게 말을 걸었다.

남편과 이마이 신부는 거의 동년배 같았다.

"예, 부탁합니다."

젊은 남편은 카메라를 이마이 신부에게 건네더니 처의 어깨에 손을 얹으면서 포즈를 취했다. 나는 이 남편도 그리고 조금도 서슴없이 친절을 베푸는 이마이 신부도 모두 부러웠다. 신학교 시절 축구를 잘했다고 하면서 어제 그가 자랑스럽게 보여주던 앨범이 생각났다. 그 앨범에는 공을 앞에 두고 외국인 신부들과 쾌활하게 어깨를 건 채 서 있는, 외국인 2세와 같은 그의 얼굴이 찍혀 있었다.

"이 앞에 16번관이라는 진열관이 있었지요."

나는 곁으로 돌아온 그에게 말을 건넸다.

"네, 그런데 시시했어요. 50엔이나 입장료를 받았는데, 외국인들이 쓰던 낡은 침대나 가구를 전시하고 있었을 뿐이었어요."

"하지만 거기에 발가락의 자국이 희미하게 남은 후미에가 있었어요."

"그렇습니까?"

신부는 별로 관심도 없다는 듯이 대답했다.

"그건 몰랐는데…."

눈꺼풀 속에서 몇 번이고 보았던 그 후미에가 천천히 떠올랐다. 피에타의 동판을 끼워 넣은 나무 테두리의 일부가 희미하게 거무스름해져 있었다. 오랫동안 그것을 밟은 사람들의 더러운 발자국이 거기에 남아있었다.

"오우라천주당에 왔던 가쿠레들은 매년 한 번은 후미에를 밟도록 명령을 받고 있었다는 것은 알고 계십니까?"

신부는 물론 알지 못했다.

"그들은 오랫동안 자신들의 본심을 내어 보이지 않고, 겉으로는 거짓말을 하면서 살아왔지요. 그들은 행실이 나쁜 아이도 용서해주시는 어머니를 갖고 싶었겠지요. 그래서 그들은 어머니를 찾았던 겁니다. 마리아 관음만이 그들을 지켜주었지요."

"어제 하신 말씀과 같은 맥락이군요."

이마이 신부는 고개를 끄덕였지만 그것은 나에 대한 예의상의 대답이라는 것을 나는 잘 알고 있다.

"아니, 제가 말하려는 것은 일본인은 어떤 종교에서도 어머니의 모습을 찾는다는 것입니다."

이마이 신부는 입을 다물고 있었다. 이론적인 이야기는 그에게 어려운 것 같았다. 믿는 것을 행동으로 옮기는 것이 자신이 사는 방식이라고 그는 말했었다.

● 앞으로 그들에게 "신을 부르는 기도"를 외운다든지, 주의 이름을 부르면서 저주하는 악습을 엄하게 금지했다. 며칠 전부터 프치창과 나는 재세례를 받은 사람들이 여전히 교회가 알지 못하는 조상 전래의 미신적인 기도를 드린다는 사실을 알았기 때문이다. 그것은 우연히 센죠에게 기도문을 외워보도록 했을 때, 그가 주나 성모의 이름 뒤에 소헤에惣平衛라든지 고로사쿠五良作 님이라든지 하는 조상들이나 용녀龍女(처녀)의 이름을 덧붙여서 기도를 드리는 모습에 깜짝 놀라, 이에 대해 물어봄으로써 알게 된 사실이었다. 그러자 센죠는 용녀란 바다에서 사는 어부들을 지켜주는 아름다운 여자라고 대답했다. 그때의 나의 실망은 말로 다하기 어려웠다.

부탁드립니다. 천지의 진퇴進退를 만드신 제우스 그리스도교. 어머니이신 산타 마리아님. 잇본스기의 소헤에 님, 오이시의 고라사쿠

님, 야스카시라산의 오쿠 노인님, 우리의 조상님들, 용궁의 용녀님
에게 엎드려 빕니다.

센죠는 쉰 목소리로 노래하듯이 읊조리면서, 쿠라사키의 신도들
은 이 기도를 "아침에는 손을 모아서 드리고, 저녁에는 절을 하면서
반드시 바칩니다"라고 으쓱거리면서 말하였다. 나는 당황해서 그것
은 진정한 기도가 아니라고 가르쳐 주었더니 센죠는 대단히 서운한
표정을 지었다.

의외로 신도들 사이에서는 저주도 곧잘 행해지고 있었다. 내가 금
지한 나무 십자가를 태운 것을 환자에게 먹이는 습관 말고도, 줄로
만든 채찍으로 집을 두드려서 악마를 쫓아버리는 습관도 있어서 중
지시키지 않으면 안 되었다.

● 그들은 성모의 이야기를 듣는 것을 좋아한다. 미신이나 저주
가 많이 있음에도 불구하고 마을 사람들에게 오늘날까지 그리스도
의 가르침을 계속해서 지켜준 것은 성모에 대한 소박한 애정이 있기
때문이었다. 내가 십자가에 달리신 아드님을 괴로움을 참으면서 지
켜보셨던 성모의 이야기를 하노라면 노인이나 여자 아이들은 울기
시작하였다. 또 성모의 기도에 의해서 죄를 용서받은 많은 사람들에
대해 말할 때에도 역시 울면서 귀를 기울였다.

● 마을 사람 그 누구도 반죠를 상대해주지 않았다. 그가 나를 욕
해도 여자아이들까지도 "정말 어쩔 수 없는 할아버지야" 하면서 웃
어넘길 뿐 들으려고도 하지 않았다. 가엾은 이 노인은 애처롭게도

옛 권위를 모두 잃어버렸다.

토모키치의 이야기에 의하면 반죠의 손녀는 자신도 다른 사람들처럼 재세례를 받고 싶지만 반죠가 허락하지 않아서 괴롭다고 말했다고 한다. 나는 여자아이들에게 하루라도 빨리 "할아버지와 그 가족"이 교회의 커다란 날개 밑으로 돌아오도록 기도하라고 권하였다.

● 프치챵의 이야기에 의하면 이전부터 우라카미에 낯선 남자가 배회하고 있다고 한다. 신도들은 부교소의 관리가 아닐까 하고 불안해하기에, 당분간 집회는 열지 않기로 하였다. 프치챵도 오늘 밤부터는 마을을 방문하지 않고, 그들이 성당에 오는 것도 막았다고 한다. 그러나 닛칸지의 관리들의 움직임에 특별한 변화는 없다.

● 오늘 뜻하지 않게 반죠를 만났다. 그는 내가 상상했던 것 이상으로 나이든 노인이었다. 다리도 불편한 듯, 나무 지팡이를 짚고 있었다. (나중에 토모키치에게서 들은 바에 의하면 그 지팡이는 오지야쿠의 권위를 나타내는 지팡이로서 마을에서는 반죠만이 지닐 권리가 있다고 한다.) 길옆에 서서 나를 노려보면서 입안에서는 투덜투덜 심한 욕설을 중얼거리고 있었다. 나와 토모키치가 아무리 설득해도 완강하게 지팡이로 나를 가리키면서 뭐라고 큰소리를 지를 뿐이었다. 그가 중얼거린 심한 욕설 중에서 내가 간신히 이해할 수 있었던 것은 "자네의 기도는 참된 기도가 아니야", "자네의 이야기는 데우스 님의 진실된 이야기가 아니야"라는 두 가지 말뿐이었다.

이 가엾은 노인이 생각하는 참된 기도란 신을 불러들이는 기도처럼 조상들에게 우리의 구원을 위해서 빌어달라고 비는 것이었다. 또 참된 그리스도의 이야기란 조상 대대로 전해져 온 이야기였다. 어떤 나라에서도 노인의 기분을 바꾸는 일은 모래 위에 올라온 물고기를 살리기보다 어렵다.

● 신도들이 그들의 조상에 대해서 지니는 애정은 놀라울 정도였다. 프랑스 농민들에게서도 이 정도의 감정을 본 적은 없었다. 그들은 언젠가 말했던 두 노파처럼 10분, 15분의 돈을 (이만한 돈은 궁핍한 마을 주민에게는 귀중한 것이 틀림없었는데) 나에게 건네주면서 돌아가신 어머니를 위해서 미사를 드려달라고 부탁하였다. 돈이 없는 사람은 쭈뼛거리면서 달걀이나 야채를 가져온다. 나는 그들의 자존심을 손상시키지 않도록 애쓰면서 그것들을 돌려주고 있지만, 돌려주면 그들의 얼굴은 흐려지고 만다.

● 아침에 골방에서 고해를 듣고 있노라니 밖이 소란스러웠다. 반죠가 신도들을 방해하기 위해서 고해를 기다리던 여자들에게 욕을 했던 것이다. 반죠라면 무서워서인지 여자들은 멀리 도망갔다. 토모키치와 요사쿠가 필사적으로 말렸지만 반죠는 말을 듣지 않았다. 나는 골방에서 나와서 반죠와 마주 섰다. 그 완고한 마음을 하루라도 빨리 풀라고 부탁했지만 "그대의 기도(오랏쇼祈り)는 참된 기도가 아니야"라고 전날 했던 말을 되풀이할 뿐이었다.

그대의 이야기는 참된 제우스 님의 이야기가 아니야. 우리들의 기도(오랏쇼祈り)는 아버지나 할아버지들이 밭을 갈고 배를 저으면서 마음속 깊은 곳에서 드린 기도라구. 어머니가 우리들을 안아주시면서 외우시던 기도란 말이야.

여자들도, 토모키치도 요사쿠도, 입을 다물고 반죠가 말하는 소리를 듣고 있었다. 그 소리는 가까이 다가오지는 않으면서도 빙 둘러서 이곳을 보고 있는 신도들의 마음을 흔들어놓는 듯하였다. 하는 수 없어서 타로하치와 센죠가 아직도 소리 지르고 있는 그를 끌어안다시피 해서 멀리 끌고 갔다. 하지만 끌려가면서도 노인은 계속 외치고 있었다.

우리들의 기도는 아버지나 할아버지들이 밭을 갈고 배를 저으면서
마음속 깊은 곳에서 드린 기도라구. 어머니가 우리들을 안아주시
면서 외우시던 기도란 말이야.

나는 마음을 굳게 먹고서 신도들 모두를 향해서 말하였다. 나의 가르침을 택하든지, 반죠가 말하는 것을 따르든지 그것은 여러분의 자유라고 말이다. 여러분의 자유를 방해할 생각이 없으니 스스로 정하라고 말해 놓고서 골방으로 다시 들어갔다. 이윽고 기도하면서 기다리고 있는 나의 귀에 머뭇거리면서 다가오는 발걸음 소리가 들렸다. 한 사람, 또 한 사람, 남자도 여자도 헛간 안으로 되돌아왔다. 그것은 나에게는 당연하면서도 또한 감동적인 광경이었다.

　　● 요코하마 관구장으로부터의 소식. 우리의 요청에 의해서 요코하마로부터 새롭게 퓨레 신부와 쿠젠 신부가 나가사키에 부임하게 되었다. 쿠젠 신부는 오키나와에서 같이 일본어를 배웠던 사이지만,

이 두 신부는 고토나 이키츠키에 산재해 있는 많은 신도들을 지도하게 될 것이다.

● 우라카미에 다시 낯선 남자가 나타나서 아이들에게 여기에 외국인들이 오는가를 묻고 다닌다고 한다. 부교소도 우리의 행동을 점점 눈치채는 것 같았다. 프치챵 신부와 로카뉴 신부와 앞으로의 일들에 대해서 협의하다.

도쿄로 돌아가는 비행기는 오후 3시였으므로, 이마이 신부에게 부탁해서 이른 아침의 미사가 끝난 후 쿠라사키까지 가 보았다. 쿠라사키는 나가사키에서 국도를 타고 오오무라로 가다가 중간에 왼쪽으로 꺾는 방향에 있다.

이제 겨우 일요일 아침 9시가 지난 시간이었는데도 길이 의외로 막혔다. 도쿄 교외와 마찬가지로 여기도 모처럼 있는 숲이나 구릉을 불도저가 가차 없이 헐어버렸고, 주유소나 드라이브인 가게가 가는 곳마다 눈에 띄었다. 옛날 신도나 선교사들이 착잡한 심경으로 바라보았을 풍경도 앞으로 5년 정도만 지나면 모두 없어져 버릴 것이다. 이마이 신부의 이야기로는 가까운 시일 내에 이곳을 매립한다고 한다.

그래도 나는 달리는 퍼브리카[3]의 창으로부터 지라르 신부가 일기에서 썼던 "슬픈 마을"을 찾고자 하였다.

이 마을을 언덕 위에서 내려다보면, 나는 말로 다할 수 없는 감동과

---

3 자동차 이름.

슬픔까지도 느낀다. 불쌍한 작은 동물이 사람들에게 들키지 않도록 몸을 잔뜩 움츠리고 있다. 그것이 쿠라사키의 모습이다. 그들은 긴 세월, 빈곤과 박해를 참고 또 참아가면서 단 하나의 조그마한 불을 계속해서 지켜왔다.

그 일기를 나는 기억하고 있다. 그것을 2년 전에 읽었을 때 마음속에 떠올랐던 이 마을의 이미지를 잊지 않고 있다. 갠 날 바다를 따라서 신부의 차는 기분 좋게 달렸지만 내가 보려는 마을인 듯한 광경은 나타나지 않는다.

"얼마나 더 가면 될까요?" 하고 물으니, 신부는 기어를 바꾸어 넣으면서 "아니에요, 벌써 쿠라사키에 들어왔어요"라고 대답한다.

"슬픈 마을"은 어디에도 없었다. 아스팔트길을 따라서 공장이 들어서 있고, 새하얀 색의 주유소가 있으며, 파친코 가게나 영화관까지 보이는 마을로 들어섰다. 우라카미와 같이 그것은 내가 살고 있는 도쿄의 외곽과 그다지 다르지 않았다.

"쿠라사키예요, 여기가?"

"네. 지금은 마을이지만 말입니다. 우라카미처럼 토지 붐이 일어나서 모두들 들떠 있지요. 나가사키로 일하러 다니는 샐러리맨도 꽤 살고 있지요."

태연스럽게 그렇게 설명하는 신부가 조금은 원망스러워서 나는 당분간 잠자코 있고 있었다.

"아직 미사를 드리고 있나?"

신부는 핸들 옆에 붙어있는 시계를 보더니 "잠깐 이 교회에 들러 보시지요. 주임 사제가 제 친구예요."

오지 말았어야 했다고 나는 차차 후회하기 시작했다. 그리고 이와 똑 같은 느낌을 7년 전에 예루살렘에 갔을 때에도 맛보았던 기억이 되살아났다. 예루살렘에서는 골고다 언덕까지도 선물 파는 가게가 빼곡 들어차 있었고, 미국인 관광객들이 탄 대형차로부터는 부기우기가 울려 퍼지고 있었다. 그때도 역시 '오지 말았어야 했는데…' 하면서 하루 종일 호텔 방에 앉아서 후회하였다.

내가 제일 싫어하는 모습을 한 교회가 보였다. 싸구려 양과자와 같은 형태를 하고 하얀 탑과 십자가가 달린 교회이다. 도쿄의 그 어디에서나 볼 수 있는 교회이다. 그것은 그저께 강연에 참석했던 일본인 수녀들의 모습을 떠오르게 한다. 몸에 맞지 않을 뿐만 아니라 보기 싫은 저 수녀들의 복장이나 모양을 닮았다.

미사는 아직 끝나지 않았다. 성당 왼편 좌석에는 베일을 쓴 여자들이 쭉 서 있었고, 오른쪽에는 남자들이 무릎을 꿇거나 일어서거나 하고 있었다. 목소리를 낮추어서 아이들을 야단치는 소리나 기침 소리가 여기저기에서 들려왔다. 그들은 목소리를 모아서 최근 교회가 정한 기도문을 외고 있었다.

주께서 여러분과 함께
또 사제와도 함께 하소서

사제가 "마음을 드높이"라고 하면 신자들은 "주님께 올립니다"라고 응답하였다.

우리 주 하느님께 감사합시다
마땅하고 옳은 일입니다

나는 눈을 감고서 사제와 신도 사이가 주고받는 창화唱和를 듣지 않으려고 애썼다. 그것은 기도가 아니었다. 기도라는 것은 인간의 땀과 눈물이 느껴지고, 피가 흐르고 마음에 새겨지는 말이어야 한다. 일본어인지 번역어인지조차 알 수 없는 이 기도는 내게 창피스런 생각을 불러일으킬 뿐이었다. 제단에서 사제는 몸을 굽히고 성배(카리스)를 들고 있었지만, 나는 아무리 해도 마음을 집중시킬 수가 없어서 괴로웠다. 나는 좌우의 남자들의 얼굴 속에서 지라르 신부가 일기에 썼던 센죠나 요사쿠나 토모키치의 모습을 찾아보았지만 헛일이었다. 나는 오직 반죠를 생각하고 있었다. 지팡이를 치켜들면서 신부를 향해 "당신의 기도(오랏쇼祈り)는 참된 기도가 아니"라고 소리 지르던 그 장면만을 떠올리고 있었다. "우리들의 기도는 아버지나 할아버지들이 밭을 갈고 배를 저으면서 마음속 깊은 곳에서 드린 기도라구. 어머니가 우리들을 안아주시면서 외우시던 기도란 말이야." 그 말 한 마디 한 마디가 내 마음속에서 비통함이 되어 울려 퍼졌다.

미사가 끝났다. 다른 이들과 섞여서 성당 밖으로 나오자 햇빛이 밝게 비치는 출입구에 신부가 서 있었다. 이마이 신부는 자신의 신학교 시절 친구로서 이 교회의 주임사제라고 소개했다.

"저처럼 축구를 잘하지요."

내가 미소 짓자 그도 따라 웃으면서 "그런데 어떻게 이런 마을까지 오셨습니까?"

"지라르 신부의 일기를 읽으시고 감동을 받으셔서…" 이마이 신부가 대신 설명해 주었다.

"아니, 그 일기에 나오는 반죠라는 노인에게 흥미가 있었습니다." 나는 정색을 하고서 물었다.

"그 반죠의 자손들은 아직도 가쿠레입니까?"

주임 사제는 그 말에는 대답하지 않고 손을 들어서 성당을 나가는 신자들 중에서 "무라타 씨, 무라타 씨!" 하고 불렀다.

샐러리맨 같은 젊은 남자가 5, 6세의 여자아이의 손을 끌면서 곁에 오자, 신부는 "무라타이 반죠의 자손이에요. 물론 지금은 가족 모두 가톨릭 신자입니다"라고 소개한다.

여자아이를 데리고 있던 젊은 아빠는 내게 수줍은 듯한 웃음을 띠우면서 머리를 숙였다. 나도 웃음을 지으면서 여자아이의 따스한 머리카락을 쓰다듬어 주었다.

_〈群像〉 1969년 2월호

"기리시단 주거지 관리인의 일기"
해제 및 번역과 주해*

번역에 앞서서

엔도 슈사쿠의 대표작이라고 할 수 있는 〈침묵〉은 "기리시단 주거지 관리인의 일기"(切支丹屋敷役人日記, 이하 "관리인의 일기"로 약칭하여 표현함)라는 장으로서 끝을 맺는다. 하지만 이 마지막 장은 그 내용의 중요성에도 불구하고 지금까지 그다지 주목을 받지 못해왔다. 엔도에 대해 쓴 저서나 논문은 방대한 양을 차지하지만, "관리인의 일기"를 거론하면서 〈침묵〉이나 엔도의 작품 세계를 논하는 연구물은 손꼽을 정도에 지나지 않는다. 그리고 이 책의 맨 앞 "역자 서문 및 해설"에서도 언급했듯이, 한국에서 현재 시판되는 모든 『침묵』

---

* 이 장은 역자 머리말에도 나와 있듯이, 소설 〈침묵〉 맨 뒤에 붙어 있는 "기리시단 주거지 관리인의 일기"를 저작권자의 허락을 받아 수록하였다. 즉, 이 장은 본서의 원문에는 없는 글이다. 그리고 "관리인의 일기" 번역문에 앞서 역자의 해제를 싣는다.

책에는 "관리인의 일기"가 아예 번역에서 제외되었다.

"관리인의 일기"가 〈침묵〉의 독해에서 무시되거나 번역조차 되지 않았던 이유는 무엇일까? 그것은 우선 이 글이 일본에서 중세로부터 근세에 이르기까지 한문체 문장에서 쓰이던 이른바 "소로분候文"[1]으로 되어 있기 때문에 읽기가 쉽지 않기 때문일 것이다. 엔도는 일본의 고문서 자료집인 〈조쿠조쿠군쇼루이쥬續々群書類從〉에 수록되어 있는 〈사켄요로쿠金祆余錄〉로부터 "발췌해서 고쳐 쓰는" 방식으로 "관리인의 일기"를 작성해서 자신의 소설의 대미를 장식하였다. 그러므로 현대인들에게는 낯선 문체로 되어 있고, 더욱이 기리시단과 관련된 용어들이 그대로 등장하는 "관리인의 일기"를 역사적 자료를 단순히 첨가해 놓은 〈부록〉쯤으로 여긴 나머지, 독자들은 이 부분을 읽지 않은 채 〈침묵〉을 다 읽었다고 생각해서 책을 덮었고, 한국의 번역가들은 아예 생략해버렸다고 짐작된다.

〈조쿠조쿠군쇼루이쥬〉란 고대로부터 에도江戶 시대에 이르기까지 일본의 사서史書나 문학작품을 모아놓은 문서집으로서 〈사켄요로쿠〉는 그 안에 "종교부宗教部"로 분류되어 있다. 이 문서는 배교한 기리시단들을 가두는 기리시단 주거지에서 1672년부터 1691년에 걸쳐서 간수看守로 일했던 가와하라 진고베河原甚五兵衛라는 하급 무사가 남긴 일기 형식의 문서이다. 엔도는 이 〈사켄요로쿠〉를 약 10분의 1정도로 줄이면서 '발췌해서 고쳐쓰는' 방식으로 "관리인의 일기"를 작성하였다.

---

1 정중함을 나타내는 '소로'(候)라는 말로 문장이 끝나기에 붙여진 명칭.

여기서 한 가지 참고적으로 언급해 둘 것은, 〈査祆余録〉은 일본의 연구자들 사이에서는 〈사켄요로쿠〉로 발음되기도 하는데, 이는 "査祆"의 "요祆"가 중국에서 "조로아스터교拜火教"를 의미하던 "켄祆"과 모양이 유사하고, 더욱이 이 말이 일본에서는 기독교를 가리키는 말로 받아들여진 때문인 것으로 보인다. 다만 〈죠쿠죠쿠순쇼루이쥬〉에는 〈査祆余録〉으로 되어 있고, 따라서 "사요요로쿠"라고 발음을 적은 연구논문도 있으며, 어떤 연구자는 의미를 살려서 아예 〈査妖余録〉이라고 표기하는 경우도 있다. 이 문제는 〈査祆余録〉 자체에 대한 문서비평을 거쳐야 할 문제로 보이지만, 일단 여기서는 관례를 따라 〈사켄요로쿠〉로 표기하였다.

앞의 "역자 서문 및 해설"에서도 언급했듯이, 〈침묵〉을 읽은 사람들 중에는 왕왕 "로드리고가 배교 후에 어떻게 살았을까 궁금하다"라든가, 심지어는 "로드리고의 배교 후의 삶이 이 작품에서는 다루어지지 않았고, 그것이 미완의 과제로 남아 있다"고 평하는 사람도 있지만, 이것은 "관리인의 일기"를 읽지 않은 결과라고 할 수 밖에 없다. 고문에 못 이겨 후미에를 밟을 수밖에 없었던 기리시단 신앙인들—사제 로드리고와 다른 선교사들, 기치지로 등—의 배교 후의 삶과 신앙의 모습에 대해서 엔도가 쓰고자 한 것이 다름 아니라 "관리인의 일기"였기 때문이다.

그렇다면 왜 엔도는 자신의 작품의 중요한 결론에 해당하는 부분과 내용을 역사적 자료를 인용하는 방식으로, 그것도 현대인들에게는 낯선 문체로 썼던 것일까? 이 물음에 대한 논의는 엔도 문학을

이해하는데 있어서 대단히 중요하고 복합적인 문제이므로 이 짧은
글에서 거론할 수는 없을 것이다. 이 문제에 대해서는 2015년 3월호
부터 「기독교사상」에 연재 중인 본인의 글 "흔적과 아픔의 문학
엔도 슈사쿠와 함께 건너는 영혼의 깊은 강"을 참조해주시면 감사하
겠다.

여기에 번역하여 소개하는 "기리시단 주거지 관리인의 일기"는
이미 「기독교사상」 7월호(2016년)에 실렸지만, 이번에는 당시 지면
의 제한으로 말미암아 생략할 수밖에 없었던 각주와 설명문을 첨가
하였다.

아래의 번역문에 실린 각주는 모두 역자의 것으로서, 원문에는 각
주나 설명문은 없다. 각주나 설명문을 붙이는 경우, 원문의 한자표
기나 일본어를 명기한다든지 그 이외의 간단한 설명에 그칠 경우에
는 직접 본문 중에 꺾쇠괄호 속에 기입하였고, 보다 상세한 설명이
필요하다고 여겨질 경우에는 각주의 형태로 기입하였다.

원래 이 분야의 전공자가 아닌 본인의 이 번역에는 미숙한 점이
많이 포함되어 있을 것이라 여겨져 대단히 송구스러우나, 엔도의
〈침묵〉이 올바르게 소개되었으면 하는 마음에서 감히 번역에 착수
하게 되었다. 잘못된 번역이 있다면 여러 전문가들과 독자들의 지적
을 받아가면서 수정해나갈 수 있다면 감사하겠다.

"기리시단 주거지 관리인의 일기"를 우리말로 옮기면서 난잔대학
의 명예교수이신 아오야마 겐青山 玄 신부님과 인문학부의 마루야먀
토오루丸山 徹 교수님, 킨조학원대학金城学院大学의 쯔쯔이 사나에簡井早苗

씨 그리고 누노이케교회布池教会의 엔도 게이코遠藤惠子 씨로부터 많은 지도와 조언과 참고자료를 받았음을 밝히면서, 이 자리를 빌어 심심한 감사를 드리는 바이다.

기리시단 주거지(切支丹屋敷)란?

"기리시단 주거지切支丹屋敷"에서 주거지(야시키屋敷)란 집과 부지敷地를 함께 부르는 말로, 일반적으로는 넓은 정원을 가진 대 저택을 가리킨다. 그러나 "기리시단 야시키"는 전향한 기리시단들이 다른 이들과 접촉하지 못하도록 유폐시켜서 활동을 제한하고 감시하는 일종의 형무소였으며, 야마야시키山屋敷나 가코미야시키囲屋敷라고도 불리었다. 그러나 이 책에서는 "야시키"라는 본래의 표현을 따라서 "주거지"로 표현하겠다.

"기리시단 주거지"는 기리시단들을 배교시키는데 주도적 역할을 했던 이노우에 마사시게(井上政重, 1585-1661)가 자신의 별채가 있던 에도의 코이시가와小石川 코히나타小日向―지금의 도쿄 분쿄쿠文京區 코히나타쵸小日向町―에 감옥과 초소를 만들어서 전향한 기리시단들을 수용하면서부터 시작되었다.

기록에 의하면 이 수용소 전체의 넓이는 약 4,000평방미터였고, 그 안에 약 3.6미터 높이의 돌담을 쌓은 폐쇄된 공간을 다시 만들어 수인들을 수용했다. 또 주위에는 호를 파서 탈출을 막았다. 수용소 안에는 기리시단들을 수용하는 방이 하나씩 있었고, 그 옆에는 이들을 감시하는 관리들의 방이 있었다. 또 물건을 보관하는 창고나 수인들에게 형벌을 가하는 쯔메로詰牢도 있었는데, 이는 좁은 지하의 감옥으로서, 사람의 몸을 억지로 그 안에 구겨 넣듯이 가두어 몸을 움직이지 못하는 고통을 주기 위한 것이었다. 주거지의 출입구는 하나뿐이었고 초소番所를 두어 출입을 통제하였다. 또 주거지의 담 둘레에는 주거지에서 근무하는 관리들이 가족과 함께 생활하는 집인 쿠미야시키組屋敷가 있었고, 밭도 있어서 수인들은 관리의 허가를 받아서 농작물을 경작하였다.2

---

2 참조. 中井信彦, 「切支丹山屋敷圖について」(口繪解說,〈特輯〉ザビエル硏究)『史學』(慶應義塾大學) 23(1949), 520-524.

기리시단 주거지 관리인의 일기
(切支丹屋敷役人日記)

칸분(寬文) 12년 임자년(壬子年, 1672년)

이 무렵 10인분의 봉록[扶持][1]을 받는 오카다 산에몬岡田三右衛門[2]과

7인분의 봉록을 받는 보쿠이卜意, 쥬앙壽庵, 난포南甫, 지쿠완二官[3]이 윤

---

1 '후치'(扶持)는 봉록(俸祿)이나 급여의 의미. 에도(江戶)시대에는 무사 한사람의 급여를 1일 현미 5合으로 정하고, 이를 쌀 또는 금으로 환산해서 주었다. 따라서 10인분의 '후치'를 받았다는 말은 열 사람분의 급여를 받았음을 의미하는 것으로서, 산에몬은 이를 가지고 자신에게 강제로 맡겨진 일본인 사형수의 처나 자신을 수행하는 하인들과 함께 생활할 수 있었을 것이다.

2 〈침묵〉의 주인공 로드리고의 모델이었던 쥬제페 키아라에게 배교 후에 오카모토 산에몬(岡本三右衛門)이라는 일본인 사형수의 이름을 지어주었다. 엔도는 이 글에서 그의 이름을 오카모토 산에몬에서 오카다 산에몬으로 바꾸었다. 이는 엔도가 〈침묵〉을 쓰려고 계획하고 있던 무렵부터 이미 '키아라의 후반생'을 주제로 한 별도의 작품—〈침묵〉의 후편이라고도 할 수 있는 작품—을 쓰려는 계획이 있었고, 그렇게 하려면 역사적으로 실재했던 인물인 오카다 산에몬을 가공의 인물로 설정하지 않을 수 없었다. 그렇지 않으면 역사를 알고 있는 독자들에게 혼란을 일으킬 염려가 있기 때문이었다. 이러한 사정에 대해서 엔도는 〈침묵의 소리〉에서 자세하게 밝히고 있다.

3 보쿠이, 쥬앙, 난포, 지쿠완(혹은 니쿠완)은 신부이거나 수도사일 것인 바, 그들의 신분에 대해서는 불명확한 바가 많다. 야마모토의 〈에도 기리시단 주거지의 사적〉에 의

[閏]달 6월 17일에 토오토오미노카미遠江守[4] 님께 보고하였다.

비망록[覺]

一 산에몬의 처사촌동생, 후카가와에 사는 배 만드는 목수, 세에베 50세

一 위 동일인(산에몬의 처)의 사촌동생, 오오이노카미大炊頭[5] 도이의 심부름꾼, 겐에몬 55세

一 위 동일인의 조카, 세에베와 같이 사는 산노조오.

一 위 동일인의 조카, 에사시 마을의 장인[職人] 쇼오쿠로 30세

一 아다치 곤자부로. 이노우에 치쿠고노카미井上筑後守[6] 님께서 다스

하면 보쿠이, 난포, 지쿠완은 중국 사람이거나 혹은 안남(安南), 즉 지금의 베트남 사람이고 쥬앙만이 일본인인 바, 그의 신원 역시 불명확하다. (山本秀煌, 『江戸切支丹屋敷の史蹟』 イデア書院, 1924, 44 이하). 미야나가에 의하면 보쿠이는 포르투갈 출신의 예수회 신부 페드로 마르케스(1575-1657), 쥬앙은 기리시단명이 죠반니라 하며, 난포는 원래 의사였으며 언제인가 확실치는 않지만 외국에 나가 세례를 받았다. 지쿠완은 중국인으로 세례명이 토마스였다(宮永 孝 「東京 キリシタン屋敷の遺跡」 『社會志林』 60(2013), 88). 다만 이들이 사망한 나이는 보쿠이를 제외하고는 알 수 있는데, 난포 79세, 쥬앙 80세, 지쿠완 78세였다. 키아라가 세상을 떠날 때가 84세였으니, 실로 이들은 30~40년이라는 긴 세월 동안 수용소에 유폐된 삶을 강요받았음을 새삼스레 알 수 있다.

4 당시의 기리시단 부교(奉行)였던 토오토오미노카미였던 아오키(青木遠江守)를 가리키는 말로서 "관리인의 일기"에서는 오카시라(御頭)라는 호칭으로 불린다.

5 '오오이노카미'는 여러 곳에서 바쳐진 공물을 수납하거나 관이나 절에서 열리는 각종 행사나 연회의 준비와 관리를 담당하는 부서인 오오이료(大炊寮)의 최고 책임자를 부르는 직책이다.

6 이노우에 치쿠고노카미는 〈침묵〉에서 로드리고를 배교시켰던 인물이다. 그는 기리시

릴 때 세공인[細工] 보쿠이의 제자.[7]

— 쥬앙의 사위, 이전에 요시하라ょ니原에 살던 종이 만드는 장인[職
 시] 진베에. 딸과 같이 왔음.

— 쥬앙의 딸의 백부 진에몬. 카와고에에 살고 있고, 호오조北條[8] 님
 께서 다스리실 때 만나러 왔었으며, 이번 4월 26일에 와서 쥬앙
 을 만났다.

엔뽀(延宝) 원년(元年) 계축년(癸丑年, 1673년)

— 11월 9일[9] 아침 6시경, 보쿠이가 병사病死함. 검사檢使 오카치메
 쯔케御徒目付[10] 기무라 요에몬과 우시다 진고베가 두 명의 코비토
 메쯔케小人目付[11]와 함께 오다. 요리키与力 쇼오자에몬, 덴에몽, 소
 베에, 겐스케, 도오신同心[12] 아사쿠라 사부로에몬, 아라카와 큐

단 선교사들을 처형하는 것으로는 기리시단 선교를 막을 수 없음을 간파하고, 오히려
선교사들을 고문하여 배교시킨 후, 기리시단 신앙이 잘못된 것임을 그들의 입을 통해
서 선전함으로써 서구의 신앙이 일본에 퍼져나가는 것을 막고자 하였다. 참조. H.
チースリック『キリシタン史考』聖母文庫, 1995, 265 이하.
7 보쿠이의 직업이 세공인이라고 되어 있으므로, 그는 아마도 신부는 아니었던 것으로
 추론된다.
8 1658년에 이노우에 치코코노가미의 후임이 된 호조 아와노카미(北條安房守)를
 가리킴.
9 여기에 기록된 날짜는 모두 음력상의 날짜들이다.
10 에도 막부 시대의 관리로서 막부의 여러 관리들의 집무를 내밀히 감시하는 역할을 함.
11 위의 오카치메쯔케를 수행하던 관리.
12 요리키 밑에서 서무나 경비 일을 보던 하급관리.

자에몬, 카이누마 칸에몬, 후쿠다 하치로베에, 히또츠바시 마타베가 입회함. 보쿠이는 무료인無量院이라는 절에서 화장되었고, 보쿠이가 받은 계명戒名은 코오간 죠오텐 젠조몬向岸淸轉禪定門이었다. 13엔도 히코베, 쿠미가시라[与頭]14 코다카 토자에몬이 보쿠이의 하인이었던 토쿠자에몬이 지니고 있던 모든 소지품을 샅샅이 검사하였으며, 후미에踏繪를 밟게 한 후, 자신이 머무는 집[下宿]으로 물러가도록 명함.15

엔뽀(延宝) 2년 갑인년(甲寅年, 1674년)

― 정월 20일부터 2월 8일까지 오카다 산에몬은 토오토오미노카미로부터 종문에 대한 글[宗門之書物]16을 쓰도록 명받았고, 이

---

13 보쿠이가 죽은 후 그에게 불교식의 계명이 주어졌다는 것은 이들이 배교 후 강제로 불교 신자가 되었음을 가리킨다. 실제로 기리시단임이 발각된 사람들은 모두 불교 신자가 되도록 강제되었고, 그들의 집안의 장례나 무덤을 관리하는 단나사(檀那寺)가 하나씩 지정되었다.

14 에도 시대 마을의 사무를 보좌하던 관리.

15 기리시단 수도사였던 보쿠이가 세상을 떠나자 그를 수행하던 도쿠자에몬의 소지품을 조사하고 후미에를 밟도록 하였다는 말은 도쿠자에몬도 보쿠이의 영향으로 기리시단 신앙을 가지게 된 것은 아닌가 하고 의심하였다는 뜻이다. 이는 주거지 안에서도 기리시단 신앙이 암암리에 이어져 왔음을 말해준다고 보아야 할 것이다. 실제로 기리시단 신부나 수도사들이 배교를 맹서한 후에도 그들을 계속해서 수용소 안에 감금하였다는 것은 바쿠후가 이들의 배교를 진정한 것으로 인정하지 않고, 고문에 의해서 마지못해 배교했노라고 선언했음을 간파하였기 때문일 것이다. (참조. H. チースリック, 前揭書, 289면).

16 엔도는 '종문에 대한 글'[宗門之書物]이라는 표현을 '서약서'라는 의미로 해석한다.

분부에 의해서 우카이 쇼자에몬, 가요 덴에몽, 호시노 겐스케가
당번으로 지명되어 이 일을 지켜보도록 명받음.

— 2월 16일, 오카다 산에몬이 글을 쓰는 동안에 가요 덴에몽과 카
와라 진고베 두 사람이 명을 받아 2월 28일부터 3월 5일까지
당번으로 지목되어 산에몬 집에서 그가 글을 쓰는 일에 입회함.

로드리고(오카다), 곧 주제페 키아라는 수용소 안에서도 비밀리에 신앙을 견지하고
다른 이들에게 포교행위를 계속하였던 바, 이것이 발각되어 고문을 받은 후, 다시는
신앙행위를 하지 않을 것을 맹서하는 서약서를 썼다는 의미로 받아들였던 것이다.
로드리고를 비롯하여 배교한 기리시단 신부나 수도사들이 수용소 안에서도 신앙을
비밀리에 견지해 나갔다는 사실은 〈사켄요로쿠〉 전체를 읽어 보아도 충분히 증명이
된다. 그래서 엔도 역시 "키아라 신부와 그 동료들은 네덜란드인들이 분명하게 보고
하고 있듯이, 나중에 기교를 철회하고자 했으나 바쿠후는 이를 인정하지 않은 채 신
부들을 계속해서 신앙을 버린 자들로 취급했다"고 말했던 것이다.
다만, '종문에 대한 글'에 대한 해석에 대해서는 반드시 '서약서'라고 해석할 수는 없
다는 시각도 있다. 왜냐하면 위의 글에서도 알 수 있듯이, 만일 '서약서'를 썼다고
한다면 "정월 20일부터 2월 8일까지", "정월 28일부터 3월 5일까지" 그리고 "6월14
일에서 7월 24일까지"라고 하는 긴 기간이 필요하지는 않을 것이라는 이유에서이
다. 나아가 실제로 이노우에 마사시게가 키아라에 대한 조서(調書)를 중심으로 하
여 기록한 문서 〈그리스도에 대한 글〉(契利斯督記)에는 기리시단에 대한 이노우에
의 비판적 질문에 대해서 키아라가 천지창조 등에 대한 이야기는 불확실한 것이라고
대답하였다는 기록이 포함되어 있다. 그리고 이 문서에는 자신의 말이 틀림없음을
입증한다는 그의 손바닥 도장도 찍혀있다. (참조. 宮尾俊彦 『『沈黙』覺書 「切支
丹屋敷役人日記」と「査祆余錄」『長野縣短期大學紀要』 36(1981), 10). 또한
1674년에 기독교에 대한 글을 쓴 것에 대한 포상으로서 키아라는 다음 해 5월에 금
3료(兩)를 받았다는 기록이 〈사켄요로쿠〉에 남아 있다. 실제로 그는 세 권에 이르는
기리시단 관련 서적을 쓴 것으로 알려져 있으나, 불행하게도 소실되어서 그 내용은
알 수 없다. (참조. 臼井信義, 「ころびばてれん岡本三右衛門の宗門書」, 『日本歴史』
36(1951), 24-27).

— 6월 14일부터 7월 24일까지 산에몬이 주거지 안에 있는 서원書院17에서 종문에 대한 글을 쓰게 됨으로써 가요 덴에몽과 가와라 진고베에가 당번으로 지목되어 이 일에 입회하였다.

— 9월 5일, 쥬앙이 말을 마구 한 것이 이유가 되어 그를 옥에 가두라는 명이 내려서 그는 한동안 옥에 갇힘. 그가 형을 언도받을 때 로쿠에몬, 덴에몽, 쇼자에몬, 겐스케, 소오베에, 카와라, 카메이 그리고 이달의 당번 쯔카모토 로쿠에몬, 가요 덴에몽이 입회함.

엔뽀 4년 병진년(丙辰年, 1676년)

— 오카다 산에몬이 데리고 온 츄우겐中間18 키치지로가 수상하다고 의심을 받아 감옥에 갇혔다. 파수꾼 초소[囲番所]19에서 키치지로의 주머니 속에 있는 일용품들을 검사한 결과, 그가 목에 걸고 있던 부적 주머니에서 기리시단들이 존경하는 본존本尊이 그려진 상[みいません]20이 하나 나왔다. 그 본존의 한편에는 성 바울로와 성 베드로가, 반대편에는 가브리엘 천사가 새겨져 있었다. 키치지로는 옥에서 불려 나와, 어디 출신이며, 친척은 누구

---

17 무가(武家)의 주택에서 사람들을 만나는 등의 공무(公務)를 수행하던 곳.

18 에도 시대의 신분의 하나. 하인(코모노 小者)과 아시가루(足輕) 사이의 낮은 신분의 잡졸(雜卒)로서 성문의 경비 등을 담당하였다.

19 '가코미반쇼'는 경비나 보초를 서기 위해서 배치된 사람들이 모여 있는 곳.

20 '미이마센'[みいません]. 일본어로 높임을 나타내는 접두사 미[み = 御]에 상(像)을 의미하는 포르투갈어 imagem의 일본어 음역인 '이마센'(いません)이 합성된 단어.

인가 등에 대해서 문초를 당했다. 그가 태어난 곳은 규슈의 고토
五島이며, 올해 54세가 되었다.[21]

— 키치지로와 언제나 가깝게 지내는 히토츠바시 마타베도 기리시
단 신앙을 가지고 있지 않은가 하고 의심을 받았다. 그래서 키치
지로가 자신에 대해서 모든 것을 진술할 때까지 마타베도 옥에
갇혀 있었다. [중략] 마타베는 키치지로와 가깝다는 연유로 이런
저런 것들이 모두 신앙을 갖고 있는 것처럼 의심받았다. 이러한
일로 인해서 마타베와 각별히 가깝다고 알려진 쿠로자에몬과
신헤베도 심문을 받았고, 서원에서 철저히 조사를 받았다. 그들
의 옷, 겉옷을 묶는 띠와 속옷[下帶], 휴지를 넣는 주머니나 부적
符籍에 이르기까지 하나도 남김없이 샅샅이 뒤졌다. [중략] 토오
토오미노카미 님께서도 이곳까지 몸소 오셔서 서원으로 키치지
로를 호출하시어 기리시단의 본존을 누구로부터 받았는가 하고
엄히 물으셨다. 그러자 키치지로가 대답하기를, 3년 전에 이곳
을 찾아왔던 츄우겐 사이자부로가 그것을 가지고 있었으며, 그

---

21 〈사켄요로쿠〉에는 하인 가쿠나이(角內)가 기리시단의 신앙의 도구들을 가지고 있
었다고 되어 있으나, 엔도가 가쿠나이를 기치지로로 "고쳐 쓴" 것이다. 〈사켄요로
쿠〉에 의하면 가쿠나이는 '에치젠'(越前, 지금의 후쿠이현 福井縣) 출신으로 나이는
42세였으나, 엔도는 로드리고와 기치지로의 활동무대였던 규슈지역이나 로드리고
의 나이 등과의 정합성을 위해서 기치지로의 출신지를 가고시마(鹿兒島)의 고토
(五島)로 바꾸고 나이도 54세로 올렸다. 또한 이 해에 수용소 안에서는 창고 도난사
고가 있었고 이를 계기로 대대적인 수색이 이루어졌는데, 엔도는 "관리인의 일기"에
서 이에 대해서도 말하지 않고 있다. (池田純溢,「遠藤周作『沈默』の硏究 ─「切支
丹屋敷役人日記」〈實〉と〈虛〉との間」『上智大學國文學論集』26(1993), 24).

238 〈침묵〉의 소리

가 이곳에 왔을 때 땅에 떨어뜨렸으므로 자기가 그것을 주어놓
았다고 하면서, 이 사실은 당시 문지기였던 토쿠에몬도 알고 있
노라고 하였다. 그리하여 토쿠에몬도 불려 나와 심문을 받기에
이르렀는데, 그가 말하기를 "옷과 물건을 햇볕에 널어놓고 말리
고 있던 어느 여름날 그러한 일을 보았다"라고 하였다. 다시 이
것을 산에몬으로부터 받은 것은 아니냐고 추궁당하였으나, 키
치지로는 말하기를 산에몬으로부터 이러한 것을 받을 틈이라고
는 전혀 없었는데, 그 자세한 이유는 산에몬에게 갈 때는 언제나
당번인 도오신 두 사람이 산에몬과 자기를 각각 따라다녔으므
로 그렇게 할 틈이 없기 때문이라고 하였다.[22]

— 9월 17일, 주거지에 오카시라御頭 토오토오미노카미 님께서 납
시어 서원에서 세 사람의 츄우겐을 모두 호출하시고, 그들이 기
리시단인지 아닌지를 엄히 심문하시었다. 그 후 키치지로, 토쿠
에몬 두 사람을 불러내시어 심문을 하시었다. 또 도오신들이 머
무는 집안에 있는 모든 물건을 하나도 남김없이 샅샅이 뒤지라

---

22 〈침묵〉에서 키치지로는 몇 번이나 신앙을 버렸던 약한 사람이었다. 그는 붙잡혀서
고문을 받게 되면 곧 신앙을 버리곤 하였고, 심지어 신부 로드리고를 밀고하여 그가
붙잡히도록 한 인물이기도 하였다. 하지만 "기리시단 주거지 관리인의 일기"를 통해
서 엔도는 키치지로가 기독교 신앙을 나타내는 메달을 몸에 지니고 있었다고 기술하
면서, 그가 여전히 기리시단 신앙을 가지고 있었음을 강조하고 있다. 더욱이 키치지
로는 이 메달을 로드리고(산에몬)에게서 받은 것이 아니냐고 추궁 받았을 때, 예전
과 달리 로드리고를 보호하기 위해서 말을 둘러대고 있다. 약하고 비굴하기까지 했
던 신앙인이었던 키치지로가 어느새 강한 신앙인으로 다시 태어났음을 시사하는 중
요한 구절이라 할 수 있다.

고 하시고, 특히 주거지에서 근무하는 관리들이 머무는 쿠미야시키組屋敷[23] 세 곳과 키도반木戸番[24]도 다 뒤지라고 명하셨다. 무엇보다도 여자나 아이들도 부교오奉行[25] 앞에서 겉옷을 묶는 띠와 속옷을 벗겨서 털어 조사할 것, 특히 그들이 몸에 지니고 있는 불상佛像도 샅샅이 살피라고 명하셨다.[26] 또 스기야마 신이치로베의 집안을 조사할 때 쓰레기 종이 조각에 기리시단의 글씨가 쓰여 있는 것을 코구레 토자에몬이 찾아냈다. 그래서 즉시 가요 덴에몽이 이것을 가지고 가서 요오닌用人[27]에게 넘겨주었다. 거기에는 신부[ばてれん],[28] 대주교[あるせびすぽ],[29] 주교[ひすぽ],[30] 교황[はつぱ][31]이라고 쓰여 있었다.

---

23 쿠미야시키까지 조사하라고 한 것은 전향한 기리시단으로부터 전도를 받아 그들을 감시하는 관리나 하인들 중에도 기리시단 신앙을 가지게 된 자들이 있었음을 반증한다고 할 수 있다. 실제로 1709년에 기리시단 주거지에 수용되었던 이탈리아 출신의 신부 죠반니 시도티(Giovanni Battista Sidotti, 1668-1714)는 키아라의 하인으로서 일하던 부부 쵸스케(長助)와 하루(はる)가 기리시단 신자임을 발견하였다.

24 키도(木戸)는 경비를 위해서 설치된 문으로 야간에는 폐쇄되었다. 키도반은 이 문을 관리하기 위해서 만들어 놓은 조그마한 집을 의미한다.

25 무가(武家)의 일을 보던 관리.

26 기리시단들이 관리의 눈을 피해 가면서 기리시단 신앙을 유지하기 위해서 불상으로 위장된 성구들을 지니고 있었음을 엿볼 수 있는 구절이다.

27 에도 시대 부가의 직제의 하나. 주군을 뜻을 밑으로 전달하고 서무와 회계를 담당하던 직분.

28 신부를 의미하는 포르투갈어 padre. '伴天連'(바테렌)이라고도 썼다.

29 아르세시스호: 大主教(arcebispo).

30 히스호: 主教(bispo).

31 하쯔하: 教皇(papa).

一 같은 달 18일. 주거지에 토오토오미노카미 님께서 납시어 서원에서 츄우겐 세 사람의 말을 들으셨다. 히토츠바시 헤에베가 심문에 불려 나가 샅샅이 조사를 받았다. 다음으로 키치지로, 토쿠에몬도 낱낱이 심문을 받았고, 그 후 오카다 산에몬의 처와 하녀와 젊은 하인[小者]³²도 불려 나와 철저하게 조사를 받았다. 산에몬도 불려나와 키치지로를 교화敎化한 적이 있는가 하고 심문을 당하였다. 산에몬은 자신은 교화한 적이 전혀 없다고 말하였으며, 그렇게 한 적이 없다는 뜻으로 손바닥 도장[判形]을 찍었다. 그 후 스기야마 시치로베가 불려 나와 어제 발견된 기리시단의 이름이 있는 종잇조각을 무슨 목적으로 가지고 있었는지 그 이유를 추궁당하였다. 시치로베가 말하기를 몇 년 전 호오조 아와노카미 님께서 다스리실 때 몇 분의 카로오[家老]³³께서 말씀하시기를 "자네가 이 직을 담당하고 있으니 그 이름들을 똑똑히 기억해두라"고 말씀하셨으므로 요리키 핫도리 사헤에게 써 달라고 부탁해서 갖고 있었다는 것이었다. 그의 설명은 납득할 만한 것이었기에 돌려보냈다.

一 사이쇼宰相 다테바야시 님³⁴의 부하인 카사하라 코에몬의 부하인 츄유칸 타헤에와 사이토 타노모 조組에서 짐을 나르는 일을 하던 도오신 신베, 이 두 사람이 불려 나와 키치지로와 대질심문

---

32 코모노. 잡역 등에 종사하던 신분이 낮은 사람.

33 무가의 가신 중에서 최고의 직분.

34 도쿠가와 쯔나요시(德川網吉, 1646-1709)를 가리킴. 3대 쇼군(將軍) 도쿠가와 이에미쯔(德川家光 1604-1651)의 넷째 아들로 1680년에 5대 쇼군이 된다.

을 받았다. 그들이 주었다는 본존에 대한 심문이었는데, 신베에
가 그것을 주었다는 것은 틀림없는 사실임이 밝혀졌다. 앞에서
말한 타헤에는 신베에가 그것을 가지고 있었던 것을 보았노라
고 증언한 것이다. 타헤에와 신베에 두 사람 모두 돌아갔다.

— 같은 날. 히토츠바시 마타베가 옥중에서 매달리기[釣し]를 당하
였다.35 부교[奉行] 히사키 겐에몬, 오쿠다 토쿠베, 카와세 소오
베, 카와하라 진고베가 이 일을 하였다. 또 마타베는 이 일이 있
은 후로도 수차례의 고문을 받았다.

— 같은 달 19일. 주거지로 오카시라 토오토오미노카미 님께서 납
시어 다음과 같은 내용의 문서를 넘겨주셨다.36

— 10월 18일, 맑음. 주거지로 오카시라 토오토오미노카미 님께서
납시었다. 또한 오카치메쯔케 사야마 쇼자에몬과 타네구사 타
로에몬이 오셨다. 히토쯔바시 마타베와 그의 처가 목마木馬37에

---

35 '쯔루시'(釣し)는 기리시단을 고문하던 방법의 하나로서 집안에서 행해지던 고문이
었다. 기록에 의하면 사람의 두 손을 뒤로 묶고서 바닥에서 약 10센티미터 정도의
높이로 대들보에다 매달았다. 유사한 방식의 고문으로서 옥외에서는 "구멍에 거꾸
로 매달기"(穴吊るし)가 자행되었다. 이는 오물을 집어넣은 구덩이를 파고, 거기에
온몸을 묶은 채 거꾸로 매달던 고문이었다. 온몸을 강하게 결박하여 내장이 밑으로
쏠리지 않도록 한다든지, 피가 갑자기 머리로 몰려 죽는 것을 방지하기 위하여 귀밑
에 조그마한 상처를 내어 피가 흘러내리도록 함으로써 고통을 오랫동안 받도록 한
잔인한 고문이었다. 고통에 견디지 못하여 염불을 외우던가 하면 배교한 것으로 인
정되어 고문에서 풀려났다.
36 〈사켄요로쿠〉에는 이 문장 뒤에 "다음과 같은 문서"라고 한 그 문서의 내용이 기록되
어 있으나 "관리인의 일기"에는 생략되어 있다.
37 '모쿠바제메'(木馬責め)라는 고문의 일종. 등이 뾰족하게 솟은 삼각형의 통나무에

태우는 고문을 받았다. 나이토 신베에도 서원에 불려와서 철저히 조사를 받았다. 마쯔이 쿠로에몬도 철저한 심문을 받았는데, 그는 모든 사실을 실토하였다.

— 11월 24일. 기리시단을 발견한 자는 신고할 것을 알리는 방榜[誓札]이 주거지 입구에 나 붙었다. 카와하라 진고베, 우카이 겐고에몬, 야마다 주로베가 이에 입회하였다. 이 방은 두 분의 오카시라의 명령에 의해서 설치된 것이었다. 그 내용을 여기에 적어 둔다.

고함[定]

기리시단 종문은 수년간에 걸쳐서 금지되어 왔다.

수상한 자가 있으면 신고할 것.

포상금으로서는

신부[ばてれん]를 신고한 자 은銀 300매,

수도사[いるまん]38를 신고한 자 은 200매,

기리시단 신앙으로 돌아간 자를 신고한 자 위와 동일,

도오주쿠[同宿]39 또는 신자를 신고한 자 은 100매.40

피고문자를 전라 또는 하반신을 벗긴 상태로 걸터앉게 하여 피고문자의 체중에 의해서 고통을 받도록 하였던 고문.

38 포르투갈어 irmão. 형제, 수도사의 의미. 伊留満, 入満이라고도 썼다.

39 사제나 수도사를 도와주는 평신도.

40 기치지로뿐만 아니라 주거지 안에 살던 많은 수인들이 기리시단 신앙으로 귀의했음에 부교소가 당황하여 다시금 방을 붙였음을 암시하는 구절로서 받아들여진다.

위와 같이 포상함. 가령 신고자가 도오쥬쿠나 기리시단 신자라고 하더라도 신고자에게 주는 상금에 따라서 그에게도 은 300매를 하사함. 만일[自然と][41] 이들을 숨겨주거나 예상치도 않았던 곳에서 발견된다면 그 마을의 책임자[名主][42]나 고닌구미[五人組][43]도 모두 엄벌에 처함. 이처럼 명하는 바임.

─ 12월 10일. 쥬앙이 옥에 갇혔다. 두 분의 오카시라로부터 요오닌 타카하시 나오에몬과 핫도리 킨에몬이 왔고, 특별히 두 분 모두 요리키를 입회시킨 가운데 요오닌 타카하시 나오에몬이 쥬앙에게 다음과 같이 언도하였다.

쥬앙은 평소부터 늘 제멋대로 행동하여 왔으며, 이번에는 카요 겐

---

41 16, 17세기에 일본에 왔던 포르투갈 선교사들은 '우연히', '만의 하나'라는 의미의 포르투갈어 poventura를 일본어의 씨젠(xijen, 自然)이라고 설명하였다. '자연'(自然)이라는 말이 중국에서의 한자적 의미와는 달리 일본에서는 '만일'이라는 의미로서 이해되었다는 연구는 대단히 흥미롭다. 이것은 서구의 'nature'라는 개념이 한자어인 '자연'으로 해석되고, 이러한 해석의 정당성에 대한 논의가 계속되는 것과도 관계를 지녀야 한다고 여겨진다. (Toru Murayama, "NATURE and real chance", 『南山大學日本文化學科論集』5(2005), 1-6).

42 '나누시'라고 하며 에도 시대 마을의 행정을 담당하던 관리를 가리킨다.

43 에도 시대의 행정제도로서 다섯 집을 하나의 단위로 묶어서 운영한 제도. 고대의 율령제(律令制) 사회에까지 거슬러 올라가며, 토요토미 히데요시도 치안 유지를 위해 이 제도를 운영하였다. 기리시단 시대에 이르러서는 다섯 집 가운데 한 곳에서라도 기리시단 신자가 발견되면 다섯 집 모두를 처벌함으로써 서로 감시하도록 하는 제도로서 이용되었다.

자에몬에게 무례한 짓을 했으며, 여러 차례 무례한 자라고 여겨져 왔으므로 쓰메로[つめ牢]에 갇히는 벌을 받도록 명받았으니 그처럼 명심할 것이다.

쥬앙이 말하기를 그것은 평소 바라던 바였으므로 오히려 감사히 여기는 바라고 하였다. 그는 바로 옥문 앞에 세워졌는데, 그는 지갑을 하나 꺼내서 그것을 관리인들에게 건넸으므로 그 지갑을 반쇼[番所]에 제출해 놓았고, 그는 곧바로 옥에 갇혔다. 이 지갑은 오카시라의 요오닌과 요리키의 입회하에 검사를 받았는데, 거기에는 동전으로 17료[兩] 1부[分]가 들어 있었다. 그 이외에 쥬앙이 갖고 있던 일용품들도 검사한 후 장부에 기록하고 요리키가 함께 봉인을 하여 쥬앙의 집에 넣어 두었다.

　— 쥬앙이 가지고 있던 물건 중에는 고행대苦行帶[ちりちょ][44] 한 벌, 고행 채찍[りしひりな][45] 두 개, 로사리오[こんたす][46] 두 개와 별자리표 한 점이 있었다.

---

44 '칠리치오'(cilicio, cilicium). 고행(苦行)을 위해서 두르는 띠, 또는 프란치스코회의 수도복 위에 매는 띠(修道帶).
45 '리시히리나'는 고행을 위해서 자신의 몸을 때리는 채찍을 의미하는 포르투갈어 디씨플리나(disciplina)의 와전된 음역(音譯)으로 보인다.
46 '콘타스'(contas). 로사리오를 의미하는 포르투갈어.

엔뽀 9년 신유년(辛酉年, 1681년)

― 7월 25일, 신시申時 늦은 시각[下刻]⁴⁷ 오카다 산에몬이 병으로 세상을 떠났다. 이러한 사태를 오카시라에게 보고하기 위해서 우카이 겐고에몬과 나루세 지로자에몬이 함께 달려갔고, 즉시 오카시라로부터 명을 받은 요오닌 타카하라 세키노조와 에마가리 쥬로에몬이 달려왔다. 산에몬의 시신에는 도오신이 세 사람 배치되었다.

― 오카다 산에몬이 가지고 있던 돈으로는 코쯔부[小粒]⁴⁸가 13료[兩] 3부[分], 코반[小判]⁴⁹이 15료였으며, 합해서 28료 3부였다. 그 외의 일용품들을 오카시라의 요오닌들이 함께 봉인해 놓았고, 28일 창고[土藏]에 넣어 두었다.

― 같은 달 26일. 주거지로 검사 오카치메쯔케 오오무라 요에몬, 무라야마 카쿠다유 그리고 코비토메쯔케인 시모야먀 소하치로, 노무라 리헤에, 우치다 칸주로, 후루카와 큐자에몬, 모두 6분이 거주기로 오셨고, 오카시라의 요오닌들이 입회한 가운데 다음과 같은 공술서[口書]⁵⁰를 작성하여 오카치메쯔케에게 드렸다.

---

47 에도 시대에는 2시간을 1각(一刻)으로 하고, 전반부의 1시간을 죠코쿠(上刻), 후반부의 1시간을 게코쿠(下刻)로 나누어 불렀다. 신시(申時) 늦은 시각(下刻)은 오후 4시-5시경을 가리킴.
48 에도 시대에 사용되던 사각형의 금화.
49 에도 시대에 사용되던 타원형의 금화.
50 피해자 등이 구두로 공술한 내용을 기록한 문서.

공술서[口上の覺]⁵¹

기리시단 주거지에서 살던 신부[伴天連] 오카다 산에몬은 남반南蠻 포르투갈인으로서, 30여 년 이전인 양의 해[未年]에 처음으로 이노우에 치쿠고노카미 님께 보내졌으며, 주거지 안에서 올해 신유년까지 30년 동안 있었다. 이번 달 초순부터 음식을 입에 대지 않고[不食]⁵² 앓자, 수인들을 담당하는 의원[牢醫] 이시오 도테키가 약을 써 보았으나 병은 더욱 심해져갔다. 지난 25일 오후 4시[晝七つ半]⁵³가 지나서 숨을 거두었다. 위의 산에몬은 64세였다.⁵⁴ 그 외에 달리 특기할 만한 것은 없음.

이상.

7월 26일

---

51 구두로 진술한 내용을 문장으로 쓴 것. 에도 시대에는 재판 기록 등의 구술 필기도 이에 해당한다.

52 수도행위로서의 단식(斷食)을 의미한다고 보아야 할 것이나, 연로한 로드리고가 죽음을 각오하고 음식을 입에 대지 않았다는 사실을 생각해 볼 때, 여기서 말하는 '不食'은 복합적인 의미로 해석될 여지가 많을 것이다. 이에 대해서는 笠井秋生,「『沈黙』の「切支丹屋敷役人日記」を讀み直す―弱者はいかにして强者になつたか」『キリスト敎文芸』25(2009), 24 이하를 참조.

53 에도 시대의 시간 단위.

54 실제로 로드리고의 모델이었던 키아라(오가모토 산에몬)는 84세로 세상을 떠났다. 엔도는 로드리고의 나이를 실제의 키아라보다 20년을 젊게 설정하였다. 그 이유는 로드리고가 스승 페레이라의 배교에 자극을 받아 위험한 일본 선교를 지망하였다는 소설의 설정상, 40세를 이미 지난 실제의 키아라의 나이를 젊은 20대의 젊은 사제로서의 로드리고를 설정하는 것이 보다 현실성이 있다고 판단하였기 때문이었다.

하야시 시나노노카미 조(組)

오쿠다 지부에몬

우가이 겐고에몬

가와하라 진고베

가와세 소베에

가요 덴에몽

　위에서 말한 검사가 끝난 후 산에몬의 사체는 코이시카와小石川에 있는 절 무료인으로 옮겨져서 장례를 치렀다. 무료인에서는 겐슈[玄秀]라고 하는 승려가 나와서 산에몬의 사체를 수레에 싣고 가서 화장하였다. 산에몬이 받은 계명은 뉴우센 조오신 신지入專淨眞信士였다. 장례를 치러준 데 대한 보시[弔料]으로서 1료 2부, 화장에 필요한 비용으로써 100 히키疋[55]를 건넸다. 그 외 장례에 필요한 잡비로 소요된 비용은 모두 산에몬이 가지고 있던 돈에서 지불하였다.

---

55 에도 시대의 동전을 세던 단위.